Le Livre de Poche

Jeunesse

SIGRID
ET LES MONDES PERDUS
3

LE GRAND SERPENT

DU MÊME AUTEUR DANS
Le Livre de Poche Jeunesse

Le pique-nique du crocodile
Sigrid et les mondes perdus : L'œil de la pieuvre
Sigrid et les mondes perdus : La fiancée du crapaud

SERGE BRUSSOLO

SIGRID ET LES MONDES PERDUS

3

LE GRAND SERPENT

HACHETTE
Jeunesse

Qui est l'auteur ?

Né en 1951, Serge Brussolo a beaucoup écrit. Il se consacre désormais au thriller, explorant le suspense sous toutes ses formes. Doué d'une imagination surprenante, il est considéré par la critique comme un conteur hors pair, à l'égal des meilleurs auteurs du genre, et certains n'hésitent pas à lui trouver une place entre Stephen King et Mary Higgins Clark. Il a reçu le Prix du roman d'aventures 1994 pour *Le Chien de minuit* paru au Masque, et son roman *Conan Lord : carnets secrets d'un cambrioleur* a été élu Masque de l'année 1995. Grand maître des atmosphères inquiétantes, Serge Brussolo a également reçu le Grand Prix RTL-LIRE pour *La Moisson d'hiver* (éd. Denoël). La série des *Peggy Sue*, publiée chez Plon, est déjà un phénomène dans le monde de l'édition pour la jeunesse. Depuis 2000, Serge Brussolo a ajouté à son métier d'écrivain celui de directeur de collection aux Éditions du Masque.

Note de l'auteur

Les contes japonais, comme les nôtres, sont peuplés d'ogres et de fantômes. La présente aventure de Sigrid ne dérogera donc point à cette tradition.

1

Le banquet des momies

À bord du bateau tout le monde mourait de faim, Sigrid plus que les autres, peut-être en raison de son jeune âge. À vingt ans, elle était capable d'engloutir des tonnes de riz et de poisson séché sans prendre une once de graisse. Mais les occasions de faire bombance devenaient rares ces temps derniers.

Assis sur le bastingage, les matelots laissaient traîner des lignes, appâtées avec des morceaux de chiffon frottés de graisse à canon, sans jamais rien attraper. Il n'y avait pas de poisson, pas dans ces eaux du moins, *car la présence du dragon les avait fait fuir depuis longtemps.*

Au début, quand les vivres avaient commencé à manquer, on avait essayé de piéger les cormorans volant dans le sillage du navire. Le stratagème avait fonctionné deux ou trois fois, puis les oiseaux avaient éventé la ruse. Désormais, ils ne commettaient plus l'erreur de se poser sur le pont.

Installée sur un rouleau de filin, Sigrid affûtait son harpon en songeant que le navire – *L'Ao-na-tako* (*La Pieuvre bleue* en mauvais japonais galactique) – avait vraiment piteuse allure. L'équipage, maigre à faire peur, sommeillait la plupart du temps pour oublier la faim dévorante qui lui rongeait l'estomac. La mutinerie couvait, la haine des marins avait pris pour cible le capitaine Hokukaï qu'on accusait de n'avoir pas choisi la bonne route. On était perdus, à la dérive, il fallait bien l'admettre. Les vivres embarqués avaient fini par s'épuiser, comme l'eau douce dont il restait à peine un tonnelet. Hokukaï annonçait chaque jour qu'on verrait la terre le lendemain, mais il se trompait régulièrement, et la colère des hommes montait d'un cran.

Sigrid contemplait la pointe du harpon quand Hata, le mousse, s'approcha. C'était un garçon de treize ans, seulement vêtu d'un pagne, et dont la nudité découvrait les côtes, de plus en plus saillantes. Sous certains éclairages, il avait parfois l'air d'un squelette déguisé en petit garçon.

Le gamin s'assit au pied de la jeune fille et regarda peureusement par-dessus son épaule. Cette attitude le faisait ressembler à un chiot efflanqué chassé par ses frères de portée.

— *Watashi wa onaka ga sukimashita* (« Je meurs de faim »), murmura-t-il à l'adresse de la harponneuse en employant l'ancienne langue japonaise, celle qu'on utilisait pour souligner avec ostentation l'importance d'une affirmation. Tu sais qu'ils veulent trancher la gorge du capitaine ?

— Ça ne servirait à rien, fit Sigrid. Personne ne sait où se cache la prochaine terre. On ne sera pas plus avancé une fois Hokukaï assassiné.

— Tu n'as rien compris, souffla le mousse. C'est juste un prétexte. *Ils veulent le tuer pour le manger.*

Sigrid tressaillit. Elle savait que le gosse n'exagérait pas. Beaucoup d'équipages perdus en mer finissaient par sombrer dans l'anthropophagie. Les mauvaises langues affirmaient que c'était la raison principale pour laquelle les commandants embarquaient plusieurs mousses... et les choisissaient dodus, de préférence. Dans les ports, on prétendait que les marins étaient cannibales ; il ne s'en trouvait pas un sur toute la planète qui n'ait un jour mangé de la chair humaine. Certains, disait-on, en conservaient le goût et ne pouvaient plus se satisfaire, désormais, d'une autre viande. Un vieux harponneur de la guilde avait expliqué à Sigrid que les recruteurs veillaient à ce que les équipages soient constitués d'hommes gras et d'adolescents. « Des porcs et de jeunes veaux ! avait-il ricané ; fais bien attention à toi ! La viande de fille c'est encore plus tendre. »

S'agissait-il de contes à dormir debout ? Sigrid aurait aimé en avoir la certitude.

— Tu me protégeras, hein ? *Onegai-shimasu* (« S'il te plaît »), gémit Hata d'une voix suppliante. S'ils n'égorgent pas le capitaine, ils se tourneront vers moi.

Hier, le maître charpentier m'a pincé la cuisse, et il a dit aux autres : « Faudrait penser à s'occuper de ce mioche pendant qu'il a encore un peu de chair sur les os. » Et les gars m'ont jeté un drôle de regard.

— Tu n'auras qu'à rester près de moi, murmura Sigrid qui prenait la menace au sérieux. N'accepte aucune corvée qui t'entraînerait dans un recoin du bateau.

— *Arigatô-gozaimasu* (« Merci »), fit Hata, je partagerai avec toi la souris que j'ai attrapée hier dans l'entrepont.

— Il y a encore des souris ? s'étonna Sigrid en se maudissant de sentir la salive lui emplir la bouche.

— Plus beaucoup, avoua le gosse. Et elles sont devenues méfiantes.

Se servant du harpon comme d'une canne, Sigrid se releva et s'approcha de la proue. Le mousse se colla aussitôt à elle. Les marins observèrent ce manège avec des yeux mauvais. Ils craignaient la harponneuse, aux gestes rapides, souples. Ils la savaient capable de les embrocher sans effort, à quarante pas. Si elle voulait s'en donner la peine, Sigrid Olafssen, cette étrangère aux cheveux bleus, leur passerait son fer au travers du ventre avant même qu'ils aient eu le temps de la voir lever le bras.

Sigrid se pencha à la proue, pour examiner l'océan. Dans cette partie de la planète l'eau était trouble et il ne fallait guère espérer entrevoir le dragon tapi au fond de la mer, occupé à préparer son prochain mauvais coup. C'était à cause de lui que tout allait de travers depuis près d'un siècle. Avant, les marins pouvaient se guider sur les étoiles pour déterminer la course des vaisseaux et rentrer au port ; aujourd'hui, consulter le ciel ne servait à rien *puisque les îles changeaient tout le temps de place et qu'on ne les retrouvait jamais là où on les avait laissées.*

— Tu crois qu'il est là ? s'enquit Hata.

— Sûrement, grogna Sigrid, puisqu'il n'y a plus de poisson. C'est un signe. Quand la mer se vide de ses habitants, c'est que le dragon est dans le coin.

La harponneuse scrutait les vagues, boueuses comme l'eau d'un fleuve limoneux. Cela aussi c'était la faute du dragon. Il rampait sur le fond de vase et rongeait les racines des îles, le pied des continents, le socle des terres habitées. Oui, il grignotait les assises du monde par en dessous. Chaque fois qu'au cours de sa reptation sous-marine son museau heurtait le plateau littoral d'un continent, le serpent géant enrageait de se voir ainsi contrarié dans son avance et mordait la roche, arrachant à grosses bouchées le socle pierreux qui lui barrait la route. Ses dents énormes broyaient tout dans un crissement de fin du monde. Et la poussière de craie se mêlait à l'eau, donnant à l'océan l'apparence d'une mer de lait. Rien ne pouvait l'arrêter, il mâchait, mâchait, jusqu'à ce qu'il ait dépassé l'obstacle et que l'île, désormais privée de base, se mette à dériver tel un radeau en perdition. Voilà pourquoi aucune terre n'avait plus de coordonnées fixes. *Elles bougeaient sans cesse, emportées par les courants marins, poussées par les tempêtes*... Depuis que le dragon des abîmes s'était mis au travail, les continents voyageaient tels des vaisseaux sans gouvernail, et l'on n'était jamais sûr de les retrouver à la même place.

Peu d'archipels jouissaient encore du privilège de posséder des racines, et ces terres épargnées entretenaient à prix d'or une armée de harponneurs dans l'espoir qu'ils parviendraient un jour à tuer le dragon. Jusqu'à présent, personne n'avait encore réussi cet exploit.

Sigrid aurait voulu faire descendre un seau pour puiser un peu d'eau de mer. Quand on la buvait, on parvenait à déterminer la proximité ou l'éloignement de la bête. Elle avait, disaient les Anciens, un « goût démoniaque » plus ou moins prononcé selon l'endroit où reposait le monstre. Il fallait toutefois faire attention : quand le dragon était trop près, sa pestilence intime empoisonnait les flots, et l'on pouvait s'intoxiquer en en avalant ne serait-ce qu'une goutte.

— Regarde ! lança Hata en se cramponnant au bras de la harponneuse. *Un bateau !* Droit devant !

Sigrid plissa les yeux. Une forme noire venait de surgir du brouillard. Ses voiles en lambeaux montraient qu'il s'agissait d'un vaisseau fantôme. Mais déjà l'équipage se pressait dans les haubans, la main en visière au-dessus des sourcils pour mieux distinguer l'embarcation. Les matelots poussaient des hurlements ou agitaient des chiffons pour signaler leur position. Avec un peu de chance, les occupants de l'autre navire auraient peut-être pitié des affamés et leur abandonneraient quelques vivres.

Sigrid leva la main.

— Arrêtez ! Imbéciles ! tonna-t-elle. Vous ne voyez donc pas qu'il s'agit d'une barque mortuaire ?

Depuis que les îles partaient à la dérive, la terre était devenue trop précieuse pour être livrée aux morts, il était donc interdit d'y creuser des trous pour enterrer les défunts. La coutume exigeait qu'on les entasse sur un vaisseau funéraire. On laissait ensuite cette embarcation dériver au hasard des océans jusqu'à ce qu'une tempête la fasse chavirer. Pourtant, il arrivait qu'une nef survive aux pires tempêtes et continue son périple pendant des dizaines d'années, chargée de squelettes emmaillotés de bandelettes. Croiser l'une de ces funèbres embarcations était toujours considéré comme un mauvais présage.

— Non ! Non ! protestèrent les matelots, c'est juste un bateau abîmé par la bourrasque. L'équipage est passé par-dessus bord mais les soutes sont pleines ! Il faut l'aborder, nous emparer des vivres !

— Vous êtes fous ! gronda Sigrid. Je vous dis que c'est une barque funéraire, un cimetière flottant.

— Et alors ? grinça Ozata, le cuisinier borgne. Même si tu as raison, c'est peut-être notre seule chance de nous en tirer.

Et, se tournant vers les autres marins, il dit :

— Regardez, compagnons, les voiles sont à peine lacérées ! Ça signifie qu'il est en mer depuis peu de temps. Si c'est un bateau mortuaire, les offrandes déposées auprès des momies seront encore fraîches !

— Oui ! rugirent les affamés. Il y a sans doute du riz, du poisson séché, du vin, des galettes.

Car c'était de cette manière qu'on préparait la nef funéraire. Chaque dépouille était installée dans une cabine particulière, comme un voyageur de marque. On la ficelait sur un fauteuil cloué au plancher, et l'on disposait sur la table lui faisant face les victuailles dont elle aurait besoin au cours de sa dernière traversée. La qualité et la quantité de denrées restaient proportionnelles à la richesse des familles, de même que la disposition des morts sur le bateau. Les riches se tenaient au carré des officiers ou des voyageurs de marque, les pauvres dans la cale.

— Vous n'allez tout de même pas grimper sur ce cimetière flottant pour voler la nourriture des momies ! gronda Sigrid. C'est un blasphème qui nous portera malheur !

— Pauvre crétine ! répliqua le cuisinier borgne. Que veux-tu faire d'autre... *à part manger le mousse ?*

Hata laissa échapper un gémissement de terreur et se serra contre la harponneuse.

— C'est à toi de voir, renchérit Ozata. Laisse-nous monter à bord... ou donne-nous le gamin. Choisis. Nous ne pouvons pas rester plus longtemps le ventre vide. Ton harpon ne nous fera pas tous reculer. Et si tu es tuée dans l'affrontement, *nous te mangerons aussi.* Je sais que tu n'aimerais pas ça.

Sigrid serra les doigts sur la hampe de son arme. Le

cuisinier avait raison. Elle pourrait tuer trois ou quatre marins, guère plus. Les autres la submergeraient. À la seule idée d'être dévorée par ces bouches remplies de dents gâtées, la nausée lui retournait l'estomac.

— C'est bon, capitula-t-elle. Manœuvrez pour nous amener bord à bord, mais je vous le répète, cela nous portera malheur.

Les hommes haussèrent les épaules et coururent vers le gouvernail pour placer le navire dans le sillage de la nef funéraire.

— Dans mon pays, murmura Hata, il y a beaucoup de ruches et on place des rayons de miel au pied des morts.

Il avait le regard fixe et salivait de gourmandise. Sigrid réalisa que la faim aurait raison du vernis de civilisation des marins, et qu'elle devait désormais s'attendre au pire. La baleinière, mieux conçue pour la course, avait déjà rattrapé la nef. La harponneuse regardait grossir la masse noire du cimetière flottant avec angoisse. Dans une minute ce serait l'abordage. Les hommes se tenaient massés sur le bastingage, les yeux dilatés par l'envie, la bave aux lèvres. Chacun imaginait mille offrandes délicieuses à peine abîmées par le temps. D'ailleurs la viande et le poisson fumés se conservaient une éternité, même chose pour le porc et le canard laqués. Seul le riz, qu'on disposait par marmites entières, serait un peu moisi, mais quelques taches vertes ou bleues ne faisaient peur à personne, surtout après un jeûne aussi long. Et puis il y aurait le vin. Le vin des morts ! Et les cruches de saké !

On s'en pourléchait à l'avance.

Les deux coques râpèrent l'une contre l'autre mais personne n'y prit garde. Seule Sigrid s'en alarma. Il arrivait que les nefs funéraires soient de structure fragile. Cela dépendait de la richesse du village qui les avait édifiées. Certaines étaient à peine assez solides pour supporter leur cargaison de momies. À la première surcharge elles se défaisaient, éparpillant leurs planches ; et ceux qui avaient eu la mauvaise idée d'y poser le pied disparaissaient dans les abîmes marins à la suite des défunts.

— Attention ! cria-t-elle. Pas de mouvements brusques. Tâtez le pont du pied avant d'y marcher.

Personne ne l'écoutait. On ne songeait qu'à sauter à bord du vaisseau noir et à le piller sans se soucier de l'affront fait aux morts. C'était l'acte de piraterie le plus vil qu'on puisse imaginer.

Sigrid se sentit forcée de se joindre aux hommes. Ainsi, serait-elle en mesure d'endiguer leurs éventuels débordements.

Elle n'aima pas le bruit émis par le pont quand elle sauta sur la nef funéraire. Le gémissement du bois sous ses pieds nus confirmait ses doutes : il s'agissait d'un navire de pacotille condamné à la dislocation dès la première tempête. Un simulacre de bateau construit par un village désargenté. Elle voulut inviter ses compagnons à la prudence, mais déjà tous se ruaient vers les écoutilles. Même le gentil Hata lui échappa. Sigrid dut se résoudre à les suivre. De la pointe de son harpon, elle piqua dans le plat-bord. L'arme s'y enfonça sans rencontrer de résistance. Un bateau en moelle de sureau, dont la coque allait s'ouvrir sous leurs pieds d'un instant à l'autre !

— Les canailles ! grogna Ozata le cuisinier. Ils ont verrouillé les cabines, il faut défoncer les portes !

— *Il y a à manger ! Il y a à manger !* balbutia Hata qui s'était dressé sur la pointe des pieds pour regarder à travers un hublot. Je vois des canards laqués... des cochons de lait !

Le borgne avait tiré un couteau de dessous ses hardes ; en trois coups de lame il déchiqueta le bois autour de la serrure. La porte s'ouvrit enfin. Le mort enveloppé de bandelettes se tenait très droit entre les accoudoirs du fauteuil à haut dossier où on l'avait ficelé. Sa momie était couverte de lourds bijoux dont l'or scintillait dans la pénombre : un pectoral, des bagues, des bracelets.

— Et en plus nous serons riches ! exulta Ozata.

Sigrid le repoussa de la pointe du harpon.

— Pas question de voler les dépouilles, siffla-t-elle. Mangez les offrandes, mais ne touchez pas aux bijoux. C'est compris ?

Les marins se ruèrent vers la table. Sans s'occuper des calebasses pleines de riz moisi, ils se bousculèrent pour s'emparer des canards disposés sur les plats à l'intention du défunt. Un cri de déception leur échappa aussitôt.

— Hé ! bredouilla le charpentier. *Tout est factice !* Ce sont des rôtis de carton-pâte !

— Les bijoux aussi ! hoqueta le cuisinier. *Du plâtre peint !*

Sigrid ne put retenir un ricanement de triomphe.

— Je m'en doutais, lança-t-elle. C'est un cimetière de pauvres gens. Seul le riz est réel. Ils n'ont pas osé pousser la contrefaçon jusque-là ; et même cette simple offrande a dû constituer un énorme sacrifice pour les parents des défunts.

La coutume asiatique autorisait de tels simulacres. Aux enterrements, les riches *shôguns* jetaient dans les flammes purificatrices de vraies liasses de billets pour apaiser les démons ; les paysans, eux, se contentaient de les imiter en brûlant de la monnaie factice, en papier grossièrement colorié. C'est ce qui s'était produit ici. Le riz... seul le riz moisi était vrai.

— Mangez donc ! gronda Sigrid, puisque vous êtes venus pour ça !

Les matelots avaient trop faim pour se laisser impressionner par la momie dont le regard aveugle semblait fixé sur eux. Oubliant leur déception, ils se jetèrent sur la table et commencèrent à se battre pour la possession des plats de riz desséché. La bousculade fit s'effondrer la table qui se disloqua en mille morceaux. Comme l'avait supposé Sigrid, les « richesses » emplissant la cabine n'étaient que des accessoires de théâtre kabuki destinés à donner le change, des simulacres.

— Arrêtez ! hurla-t-elle. Vous remuez trop ! Le plancher va craquer !

Elle se voyait déjà traversant le pont, tombant dans la cale, *trouant la coque.* Les charpentiers funéraires avaient probablement calculé la résistance des matériaux en fonction du poids des défunts. Les vivants étaient de trop, ils allaient précipiter le naufrage de la nef.

Le riz englouti, les marins sortirent de la cabine en grande hâte, prêts à écumer les autres chambres. Ayant pris conscience de la fragilité des parois, ils enfonçaient maintenant les portes à coups de pied. Ces effractions ne faisaient guère de bruit, et l'inquiétude de Sigrid en fut accrue.

— À la cale ! À la cale ! cria le cuisinier. Il faut tout visiter.

La harponneuse essaya de retenir le mousse au passage, mais le gosse se dégagea avec colère, la bouche pleine de riz verdâtre. La faim aveuglait tout le monde. On secouait les récipients. Le saké se révéla n'être qu'un vin de sureau aigrelet mais les matelots s'en contentèrent. L'effet de l'alcool sur les estomacs vides fut foudroyant. En l'espace de trois gorgées, les marins se retrouvèrent ivres.

Sigrid sentait venir la catastrophe, elle était toutefois trop faible pour s'imposer par la force. Malgré l'horreur que sa conduite lui inspirait, elle força une cabine pour s'asseoir à la table du mort et festoya sous le regard vide de la momie.

— Pardonne-moi, bégaya-t-elle en mâchant le riz fermenté qu'elle engloutissait à pleines poignées. Pardonne-moi, noble étranger. Plus tard je brûlerai de l'encens en prononçant mille fois ton nom... Ne me poursuis pas de ta colère.

La tête lui tourna. Cela n'avait rien de surprenant. Le riz, en fermentant, se chargeait d'alcool. Elle crut qu'elle n'aurait pas la force de se relever. La houle que le vaisseau encaissait par le travers faisait dodeliner la tête de la momie et frissonner son corps emmailloté de bandelettes. On eût dit qu'elle allait soudain se dresser entre les accoudoirs du fauteuil en criant d'épouvantables malédictions.

Sigrid rassembla ses forces pour se traîner hors de la cabine. Elle se retrouva nez à nez avec Hata, le mousse, qui roulait des yeux terrifiés.

— Ils... Ils ont perdu la tête, bredouilla l'enfant.

— Qu'est-ce que tu dis ?

— Il n'y a plus de riz, et ils ont toujours faim.

— Fichons le camp ! lança Sigrid à l'enfant. Nous avons profané le sanctuaire des morts, leur colère va s'abattre sur nous.

La jeune fille sortait du carré des officiers, poussant le mousse devant elle, quand les planches du pont cédèrent sous ses pieds. Elle ne put rien faire pour freiner sa chute tant le bois s'émiettait. Elle se retrouva dans la cale, le cimetière des pauvres gens, au milieu d'une trentaine de momies alignées sur des couchettes superposées.

Les matelots se bousculèrent pour gagner l'échelle. Ils paraissaient en état second. Les yeux leur sortaient de la tête.

— Les dieux ne laisseront pas se perpétrer une pareille infamie ! prophétisa le mousse.

— Imbécile ! répliqua Ozata, le cuisinier borgne.

Les dieux se fichent bien de ce qui nous arrive. Rien ne peut plus les sortir de leur sommeil.

Ozata n'avait pas tort. Il ne faisait que reprendre le discours officiel de la plupart des prêtres. Pour beaucoup, en effet, les dieux du ciel avaient tous sombré dans le sommeil au début du siècle, piqués par Taïwa, la mouche tsé-tsé sortie des Enfers. La somnolence les gagnant, les divinités avaient cessé de s'occuper des affaires du monde, et l'univers n'avait pas tardé à sombrer dans le chaos. C'est toujours parce que les créateurs de l'univers dormaient que le dragon avait pu commencer à ronger le socle des continents. Livrés à eux-mêmes, sans espoir de secours, les humains avaient dû se résoudre à affronter la bête avec leurs pauvres armes. On avait beau prier, battre du tambour, tirer des feux d'artifice, rien ne réveillait les dieux endormis. Parfois, un moine croisait l'un d'eux dans la brume, mais c'était toujours une divinité en proie au somnambulisme qui avançait au hasard, les yeux ouverts mais ne voyant rien, les oreilles béantes mais n'entendant personne.

Le piétinement des matelots ébranlait dangereusement la coque. Sigrid réalisa que de l'eau s'infiltrait entre les planches. La cale était en train de se remplir. Dans un moment la quille de la nef se détacherait, et le bateau des morts s'enfoncerait dans les abîmes. Les intrus n'avaient fait que précipiter le travail de dislocation prévu par les charpentiers funéraires.

— Nous coulons ! hurla la harponneuse. Dehors ! Vite ! La barcasse fait eau de toutes parts !

Les marins furent pris de panique. Leur gesticulation accentua le roulis du navire funéraire, projetant les morts hors de leurs couchettes. Sigrid, qui essayait de se redresser, fut ainsi à demi ensevelie sous les momies. La panique s'empara d'elle. Elle crut que les mains résineuses des défunts se nouaient autour de ses chevilles pour l'entraîner par le fond. Hata la saisit par le poignet.

L'eau montait, faisant flotter les momies telles des bûches de bois.

— Viens ! supplia le mousse. Les matelots vont larguer les amarres et partir sans nous !

Sigrid s'ébroua. Le gamin avait raison. Le borgne ne laisserait pas passer une telle occasion de se défaire d'une harponneuse, étrangère de surcroît, dont il jalousait les privilèges. La jeune fille gravit l'échelle en priant pour que les barreaux ne cèdent pas sous son poids. Quand elle émergea sur le pont, la nef funéraire s'enfonçait déjà par la poupe. On entendait, à l'intérieur des cabines, s'entrechoquer les objets qui n'avaient pas été fixés ou collés. Sigrid et Hata sautèrent par-dessus le bastingage au moment même où le cuisinier et ses amis dénouaient les amarres. Il s'en était fallu d'un cheveu. Sigrid serra les doigts sur le harpon. Elle ne savait ce qui la retenait d'expédier la lance de fer à travers la poitrine du cuistot !

— Ne me reproche rien, siffla le maître coq. Tu lambinais, il fallait bien sauver le bateau... Je n'étais pas inquiet, je me disais qu'une fille aussi maligne que toi trouverait le moyen de s'en sortir.

2

La planète du Soleil-Levant

Sigrid ferma les yeux, se remémorant l'enchaînement de circonstances qui l'avait amenée sur cette étrange planète.

Tout avait commencé avec l'amplification des symptômes curieux dont elle était affligée depuis son retour d'Almoha.

Après l'affaire de la gargouille[1], la situation avait nettement empiré. Elle ne pouvait plus prendre de bain sans se couvrir immédiatement d'écailles de la tête aux pieds, et cela de manière durable. À plusieurs reprises, elle s'était même transformée en poisson à peine le pied plongé dans l'eau ! Sans l'arrivée inopinée de Gus, elle serait restée prisonnière de sa baignoire jusqu'à ce que

1. Voir *La fiancée du crapaud.*

mort s'ensuive, dans l'impossibilité d'appeler au secours.

— Votre organisme a été grandement perturbé par les métamorphoses que vous avez subies sur cette planète perdue, Almoha, lui déclara le médecin. Il devient de plus en plus instable. La première fois que vous êtes venue me consulter vous aviez 20 ans, la deuxième fois 16 ans. Aujourd'hui, vous en paraissez à peine 12 !

Sigrid serra les mâchoires. Le praticien ne lui apprenait rien. En se réveillant, le matin, elle ne savait jamais quelle serait son apparence de la journée. En prévision des mauvais tours que lui jouait son corps, elle achetait ses vêtements en trois tailles. Ce n'était ni commode ni économique.

Son dernier petit ami, Zoïd, avait très mal supporté la chose. Ils s'étaient séparés au bout de trois mois.

— Je t'aime beaucoup, avait-il déclaré, mais j'ai 25 ans, je ne peux pas sortir avec une fille qui a l'air d'en avoir 11 !

Affligée par cette épreuve, Sigrid n'avait plus fréquenté aucun garçon.

— J'ai bien peur que votre état n'aille en se dégradant, marmonna le docteur. Il n'existe aucun traitement sur la Terre susceptible de remédier à ces crises de métamorphoses. Par contre, j'ai entendu parler d'une planète lointaine dont l'atmosphère possède des propriétés stabilisatrices capables de soigner ce type de maladie.

— C'est vrai ? balbutia Sigrid, pleine d'espoir.

— Oui, grommela l'homme. Il suffirait que vous y

séjourniez pendant six mois pour que votre état s'améliore. Ce serait une sorte de cure, voyez-vous ? À ce qu'on dit, les bains de mer sont excellents pour ce que vous avez. Ce serait un peu comme des vacances à la plage.

Six mois ? Cela semblait long, mais Sigrid avait terriblement envie de redevenir normale.

— Où est-ce ? s'enquit-elle.

— Quelque part dans la galaxie du Septentrion, répondit le médecin. Il s'agit d'une petite planète presque entièrement recouverte par l'océan, et colonisée jadis par des explorateurs japonais. On a très peu de nouvelles d'eux car ils ne communiquent pas volontiers. À ce qu'on dit, ils détestent le modernisme et s'obstinent à vivre comme au temps des *samouraïs*. Vous voyez le genre ! Ce n'est pas là-bas que vous pourrez regarder la télé !

— Six mois..., murmura Sigrid d'un air songeur.

— Oui, lança le médecin. Je peux me débrouiller pour vous y faire expédier à titre d'observatrice. Personne ne veut y aller. Pensez donc : ni cinéma ni *fast-food* ! Rien que des spectacles d'ombres chinoises ! En six mois, vous aurez le temps de rédiger un rapport sur ce qui se passe chez nos *samouraïs*, et vos crises de métamorphoses se soigneront toutes seules. Qu'en dites-vous ?

— Six mois..., répéta la jeune fille, encore réticente.

— Prenez cela comme une sorte de voyage organisé,

s'impatienta le médecin. Voulez-vous guérir, oui ou non ?

N'ayant guère le choix, Sigrid avait dit oui. Bien évidemment, Gus ne pouvait l'accompagner. On n'avait pas besoin d'être deux pour rédiger un simple rapport d'observation !

Sitôt son ordre de mission en poche, la jeune fille avait bouclé ses bagages. Elle ne se doutait pas encore de ce qui l'attendait au terme du voyage !

Ce n'était pas de gaieté de cœur qu'elle se séparait de Gus, mais elle en avait assez d'être malade et voulait à tout prix recouvrer la santé.

« Il est hors de question que je continue à me transformer en poisson chaque fois que je pose le pied dans ma baignoire ! » se répétait-elle pour se donner du courage.

La planète portait le numéro Zéta-33247 B, mais on la surnommait plus communément « la planète du Soleil-Levant ».

Si le voyage se déroula sans encombre, l'atterrissage fut une catastrophe. Une pluie de météorites déchiqueta la fusée à son entrée dans l'atmosphère. Ayant réussi à se glisser dans une navette de sauvetage, Sigrid fut la seule survivante du crash. Par bonheur, les habitants de l'île d'Amoto l'accueillirent plutôt bien. Comme elle était sans ressources ni travail, Noburu, le chef du village, lui proposa un arrangement :

— Il y a chez nous une vieille femme nommée Haha. C'est la veuve d'un riche armateur qui a coulé avec sa jonque un jour qu'il revenait d'une expédition marchande. Le dragon a pulvérisé la flottille d'un coup de queue. Le mari de Haha s'est noyé. Par malheur, sa fille, Ki, l'accompagnait. C'en était trop pour la pauvre femme qui a perdu la tête. Depuis, elle vit seule dans sa grande maison, prisonnière de ses rêves et des hallucinations. Si tu veux t'occuper d'elle, comme le ferait une demoiselle de compagnie, tu nous rendrais service, et tu trouverais ta place dans notre communauté.

— D'accord, fit Sigrid, du moment que vous m'affirmez qu'elle n'est pas dangereuse.

— Rien à craindre de ce côté-là, assura Noburu. C'est juste une vieille dame un peu folle. Je suis prêt à parier qu'elle te prendra pour sa fille, Ki, celle qui s'est noyée... *Ne la détrompe surtout pas.* Joue la comédie, cela lui fera plaisir et, de cette manière, ta vie sera plus douce.

— J'accepte, dit Sigrid.

— Bien, ronronna le chef du village, visiblement satisfait. C'est mieux comme ça. J'aurais eu du mal à te placer ailleurs car tes cheveux bleus effrayent mes concitoyens. Beaucoup d'entre eux te prennent pour un démon. Je préfère t'avertir que tu auras du mal à te faire des amis.

Voilà comment Sigrid Olafssen, plongeuse de combat et naufragée sur la planète du Soleil-Levant, était devenue la fille adoptive d'une vieille folle sur l'île d'Amoto.

Pour obéir aux recommandations de son médecin,

elle prit l'habitude d'aller se baigner chaque matin. Elle eut la surprise de constater que les eaux médicinales de ce monde étrange possédaient bel et bien un effet curatif. Très vite, ses crises de métamorphoses s'espacèrent pour disparaître tout à fait. Au bout de deux mois, elle pouvait nager des heures durant sans jamais voir la moindre écaille se dessiner sur sa peau. Elle était guérie.

3

La voile noire

Hata, le mousse, posa une main tremblante sur l'épaule de Sigrid, tirant la jeune fille de sa méditation.

— Qu'y a-t-il ? s'enquit celle-ci.

— Il y a une voile noire derrière nous, chuchota l'enfant. On nous a pris en chasse. *Je crois que c'est le bateau des morts.*

Sigrid bondit sur ses pieds.

— Impossible ! lança-t-elle, il a coulé...

— Non, insista le mousse. C'est un navire ensorcelé, il ne peut pas faire naufrage. Les momies sont furieuses. Elles veulent nous punir d'avoir volé la nourriture funéraire.

« Du calme, songea Sigrid. Ne commençons pas à divaguer. Il s'agit probablement d'un autre navire. »

Elle savait les matelots superstitieux. À force de naviguer en leur compagnie, elle finissait par se laisser prendre à leurs histoires de fantômes. Elle plissa les paupières, scrutant l'horizon. Dans le jour baissant, elle repéra une grande voile carrée, noire, qui claquait dans le vent comme une aile de chauve-souris. Elle frissonna.

« C'est vrai qu'on dirait le bateau des morts... », admit-elle, la gorge nouée.

Dans son dos, les marins murmuraient, en proie à la peur.

— C'est normal, gémit le charpentier. Nous avons volé le riz. À présent les momies n'ont plus rien à manger. Elles viennent nous chercher pour remplacer les victuailles que nous avons englouties !

— Arrête ces idioties ! grogna le cuisinier qui n'avait pu s'empêcher de blêmir.

— Je n'invente rien, protesta le charpentier. Nous allons devenir leur prochain repas ! Elles nous couperont en morceaux et nous saleront comme des porcs. Il leur faut bien remplir les plats que nous avons vidés.

— Ça suffit ! ordonna Hokukaï, le capitaine. Occupez-vous plutôt de la voilure. Si les défunts nous ont pris en chasse, il est important d'aller plus vite qu'eux.

Sigrid essayait de résister à l'atmosphère de panique qui s'emparait de l'équipage, mais la voile noire se rapprochait. À travers le brouillard du soir, elle prenait une apparence de plus en plus inquiétante.

— Les momies, haleta le mousse. Elles vont grimper à bord et nous ne pourrons rien contre elles puisqu'elles sont déjà mortes !

Sigrid aurait voulu le rassurer ; hélas ! elle éprouvait la plus grande difficulté à empêcher ses dents de claquer. Il lui semblait deviner, à travers la nuée couvrant la surface de la mer, d'étranges silhouettes immobiles à la proue du bateau noir. Des ombres raides, figées...

« Des marins ne se tiendraient pas ainsi, pensa-t-elle, *mais des momies, si !* »

4

L'île morte

— Terre en vue ! hurla l'homme de vigie. Terre en vue !

Sigrid se réveilla en sursaut et empoigna instinctivement son harpon. Depuis le matin, elle somnolait pour essayer d'oublier la morsure de la faim qui lui déchirait l'estomac, mais la nourriture devenait une obsession et elle n'avait qu'à fermer les paupières pour voir ses fantasmes s'organiser autour de ce thème dans un luxe de détails qui la surprenait.

L'équipage était épuisé d'avoir passé la nuit à lutter avec le vent pour distancer la nef funéraire lancée à sa poursuite. Quand la sinistre silhouette du bateau des morts s'était enfin perdue dans le brouillard, tout le monde en avait profité pour dormir sur le pont, sans même prendre la peine de regagner les hamacs.

Sigrid se redressa avec lenteur pour éviter d'être assaillie de vertiges, comme cela lui arrivait de plus en plus souvent.

— Terre ! Terre en vue ! répéta l'homme de vigie, des sanglots dans la voix.

Sigrid mit une main en visière au-dessus de ses sourcils. Elle s'abstenait de se réjouir trop vite, sachant par expérience que la dénutrition avait tendance à provoquer des hallucinations. Toutefois, elle aperçut la galette plate et jaune d'une île en train de dériver sous le vent. Le morceau de terre venait à peine de sortir d'un banc de brouillard et ne paraissait pas engagée dans le couloir d'un courant sous-marin rapide, ce qui laissait au navire une chance de la rattraper avant qu'elle ne regagne son écrin de nuées.

— Sortez toute la toile ! hurla le capitaine Hokukaï. En prenant vent arrière on peut être sur elle en trente minutes. Bougez-vous !

L'île était habitée ; Sigrid, en dépit de l'éblouissement, distinguait des maisons de pêcheurs au long de la côte, ainsi que des filets étendus, en train de sécher.

— Tu crois qu'ils accepteront de nous ravitailler ? demanda le mousse.

Sigrid partageait la même angoisse. Il était fréquent que les insulaires, souffrant déjà de pénurie, refusent l'accès du port aux navires en difficulté. On en avait vu qui, s'étant équipés d'un petit canon, ouvraient carrément le feu sur le vaisseau entamant sa procédure d'approche.

— Prenez vos armes, ordonna le capitaine, mais

cachez-les sous vos guenilles. On ne sait jamais. Il n'est pas question de se laisser massacrer. Nous descendrons à terre en petit comité, avec le canot, et nous essaierons d'acheter *honnêtement* de quoi remplir la cambuse.

— Vous gaspillez votre salive, chef, ricana le borgne. Ces gens-là ne vous vendront rien. Regardez... ils se cachent. Ils ont peur. Ils vous cribleront de flèches dès que vous aurez posé le pied sur le débarcadère. Le mieux serait encore de débarquer en masse, de les terrifier... et de les piller !

— Ça suffit, gronda Hokukaï. Je n'enverrai là-bas que des gens ayant belle figure. Je ne veux dans la chaloupe aucune trogne susceptible d'effrayer les femmes et les petits enfants. Sigrid, tu iras... Prends Hata avec toi.

La harponneuse s'inclina et se dirigea vers les bossoirs supportant la chaloupe. Le mousse l'accompagna. Le commandant désigna encore deux hommes pour la suivre : Denshu le gabier[1] et Saka l'aide du charpentier. Pendant la demi-heure qui suivit chacun fixa la maîtresse voile avec inquiétude, se demandant si elle allait continuer à se gonfler dans le vent ou se déchirer de haut en bas avec un claquement d'explosion. Enfin, on fut à portée de chaloupe. Sigrid et ses compagnons mirent le canot à la mer. Ils ramèrent avec ardeur pour se rapprocher de l'île silencieuse.

— *Je vois des gens !* cria le mousse. Là ! aux fenêtres des maisons. Il y a une femme avec un bébé dans les

1. Matelot chargé de l'entretien des voiles.

bras. Et là-bas, un troupeau de porcs qui remonte la rue principale... Et un enclos rempli de vaches !

Penchée sur sa rame, Sigrid vérifia du coin de l'œil que le gamin ne délirait pas ; mais non ! Elle voyait elle aussi les merveilles décrites par Hata. L'île était habitée. Avec un peu de chance on parviendrait à s'entendre avec ses occupants.

L'atoll tournait lentement sur lui-même sous l'effet des vagues – ce qui faisait de cette terre à la dérive une espèce de toupie plate livrée aux caprices des eaux. Dans les premiers temps, cette rotation devait engendrer un léger malaise, une perturbation du sens de l'équilibre ; il conviendrait de s'y accoutumer.

Sigrid et ses compagnons éprouvèrent quelque difficulté à jeter une amarre sur le débarcadère qui ne cessait de se dérober devant eux, à la manière d'un cheval de bois vissé sur un manège. Le filin noué, ils purent enfin se hisser sur le ponton délabré. Leur arrivée provoqua un envol de mouettes. Le soleil se réfléchissait de façon éblouissante sur les vêtements des paysans immobiles et sur la peau des cochons. Tous, hommes et bêtes, s'étaient figés devant l'intrusion des étrangers, paralysés par la peur.

— *Sumimasen*[1]. Ne craignez rien ! leur lança Sigrid. Nos intentions sont pacifiques. Nous désirons seulement acheter des tonnelets d'eau douce, du riz, du porc fumé. Nous avons de l'argent. *Onegai-shimasu*[2]...

---

1. Formule de politesse.
2. Idem.

C'était là un argument sans valeur, car la plupart des îles flottantes vivaient en complète indépendance et se moquaient bien de la monnaie. Aux pièces d'étain, de bronze ou d'or, on préférait le troc ou quelque service manuel, si le village se trouvait en pénurie de bras forts.

Personne ne répondit. Un silence de mort planait sur les lieux. Pas un coq ne criait, pas une vache ne meuglait. Sigrid fit quelques pas. Le mousse gémit de terreur, persuadé que cette initiative allait leur valoir une volée de flèches. La harponneuse se sentait de plus en plus mal à l'aise. L'immobilité des insulaires lui paraissait soudain des plus bizarres.

Tous ces gens, ces bêtes, trop silencieux, trop figés...

Elle s'avança vers la première maison, là où une femme l'observait sans bouger, un bébé serré sur la poitrine.

— Par les dieux endormis ! bégaya-t-elle alors qu'elle arrivait au pied de la bâtisse.

Ce qu'elle avait pris pour une mère allaitant un nourrisson était en réalité une grande poupée de chiffons sur la poitrine de laquelle on avait cousu un autre pantin de la taille d'un nouveau-né. Les yeux étaient figurés par deux traits de pinceau obliques.

Une poupée, grandeur nature.

Sigrid se rua vers les cochons arrêtés au milieu de la rue. Elle les dispersa en trois coups de pied ; il s'agissait de sacs de toile rembourrés, cousus de manière à imiter la silhouette d'un porcelet. Même chose pour les vaches dans l'enclos : des poupées, peinturlurées pour donner le change et qui répandaient une puanteur de suint.

Les matelots avaient compris, eux aussi. Ils allaient de maison en maison, ouvrant les portes à la volée. Partout on avait disposé de fausses familles de pantins vêtus de guenilles et vaquant à d'inoffensives occupations ménagères. Tous les objets étaient réels. De même que les réserves de riz et les citernes d'eau de pluie encore pleines de la dernière averse.

Dans les champs, des laboureurs de chiffons aiguillonnaient des bœufs fabriqués à partir de bois et de tissu. Ces poupées géantes avaient été plantées dans le sol grâce à des piquets. Sigrid s'agenouilla pour examiner la terre. Elle se révéla jaunâtre. L'herbe avait de toute évidence le plus grand mal à pousser.

— Qu'est-ce que ça veut dire ? demanda le mousse.

— Nous sommes sur une île morte, expliqua Sigrid. L'eau de mer est remontée dans le sol par capillarité. Le sel a stérilisé la terre. Plus rien ne poussera ici, *jamais*.

L'enfant regarda peureusement autour de lui. Malgré la chaleur, des frissons parcouraient ses côtes saillantes.

— Mais les poupées..., pleurnicha-t-il. Ça me flanque la trouille. On dirait un cérémonial de sorcellerie.

— Calme-toi, fit la harponneuse. Je crois comprendre ce qui s'est passé ici. Regarde là-bas. Tu vois ces lézardes ?

La jeune fille fit trois pas en direction d'un réseau de crevasses sillonnant la plaine sèche. À cet endroit l'île paraissait aussi fragile qu'une poterie fêlée. On avait essayé d'endiguer le désastre en rapiéçant le paysage à gros points. Des pièces de cuir avaient été jetées en travers des fissures et maintenues fixées de part et d'autre au moyen d'énormes pieux. Ces « coutures » empêchaient les lèvres des crevasses de s'écarter.

— Un stratagème pour ralentir la dislocation, observa Sigrid. Pour éviter que l'île ne se désagrège complètement lorsqu'elle est prise dans une tempête. Mais c'est juste du bricolage. Un jour ou l'autre, cette terre volera en éclats.

— *Mais les poupées...*, gémit Hata qui n'avait rien écouté.

— Viens, fit la harponneuse. Il faut dire aux autres d'aborder. On peut faire escale ici trois jours, le temps de réparer le navire. On récupérera le bois de charpente des maisons.

Ils regagnèrent le village.

— Hé ! balbutia Denshu, les yeux écarquillés par la stupeur. Il y a du riz, du poisson séché... et du vin. Des jarres entières de vin ! Et des poupées partout. Ça me flanque la chair de poule.

— Ne touchez à rien tant que le capitaine n'a pas pris de décision, lança Sigrid. Et envoyez au bateau le signal d'abordage.

On se rassembla sur le ponton pour aider à la manœuvre. Hokukaï se présenta fort habilement en dépit de la voilure en loques du vaisseau. Quand les amarres furent nouées, l'équipage descendit, la hache à la main. Le cuisinier borgne venait en tête, déjà prêt à en découdre.

— Ça va, calmez-vous, grogna Hokukaï lorsqu'il eut remonté la rue principale du village. Je vois de quoi il s'agit. Il n'y a pas de danger immédiat.

On se pressa autour de lui, dans l'attente de la révélation qui allait tomber de sa bouche.

— C'est une île-appât, murmura-t-il. Une terre stérilisée par le sel, et que ses habitants ont abandonnée pour émigrer sur un autre atoll. Ils savaient que plus rien n'y pousserait, alors ils ont décidé d'utiliser l'île pour combattre le dragon. Vous savez que, de temps à autre, le dragon se dresse au-dessus de l'eau et avale un îlot entier d'un coup de gueule ?

— Oui, balbutièrent les matelots.

Tous connaissaient la terrible malignité du monstre et sa haine des humains. Il arrivait qu'on s'endorme, l'âme en paix, sans savoir qu'au cours de la nuit la gueule immense du dragon s'approcherait silencieusement des côtes, grande ouverte, et qu'elle happerait l'île comme un crocodile croque une tortue occupée à nager maladroitement devant son museau. On n'osait imaginer ce que devaient éprouver les malheureux quand l'haleine fétide les submergeait et qu'ils sortaient de chez eux pour découvrir qu'au-dessus de leur tête la voûte céleste avait été remplacée par les crocs de la bête. Que se passait-il ensuite ? Les dents vous mettaient-elles en pièces ? Était-on avalé tout cru et jeté dans le lac des acides gastriques qui vous rongeait les chairs en dix secondes ?

— Nous sommes sur une île-piège, répéta le capitaine. Un appât... Je pense que les anciens habitants des lieux ont entassé dans les cavernes du sous-sol des jarres pleines d'un poison violent. Des centaines de jarres. Et cela dans l'espoir que le dragon s'empoisonnerait en broyant l'atoll entre ses dents. J'ai déjà vu ça.

— Mais les poupées ? interrogea le mousse.

— Elles font partie du décor, répondit Hokukaï. Elles sont là pour faire croire à la bête que l'île est habitée, car le monstre se détourne des terres abandonnées où il n'y a plus personne à tuer. Ces poupées sont des mannequins destinés à lui donner le change, des leurres. Des leurres qui fonctionnent très bien, d'ailleurs, puisque nous nous y sommes laissé prendre.

— Du poison ? grogna le borgne. Mais alors il faut peut-être s'abstenir de toucher au vin ?

— Mais non, fit Hokukaï avec un haussement d'épaules. Le vin, le riz et les chapelets d'oignons font eux aussi partie du décor. Leur odeur est, pour le dragon, synonyme de présence humaine. Les poupées ont été taillées dans de vieux vêtements imbibés de sueur, de crasse. Le poison n'est pas sur les tables, il est sous nos pieds, dans les cavernes. Nous pouvons manger sans crainte. Cette île ne tuera sûrement pas le dragon, mais elle nous sauvera la vie !

Soulagés, les hommes éclatèrent d'un rire énorme et se congratulèrent à grandes bourrades dans les côtes.

— Alors c'est vrai ? bredouilla le mousse. On va pouvoir manger ?

— Il semblerait, soupira Sigrid qui se sentait tout près de défaillir.

Il fut décidé qu'on dresserait un bivouac à l'extérieur pour ne pas être incommodé par la puanteur des poupées. Les citernes d'eau de pluie étaient pleines à ras bord, et, pour la première fois depuis des semaines, on put se désaltérer et se débarrasser du sel qui gerçait les peaux. Le borgne emprunta plusieurs marmites et mit le riz à cuire. Il y émietta le poisson séché dont on avait découvert une importante quantité. Le vin excitait les convoitises, et le capitaine ordonna qu'on n'y touche qu'avec modération tant qu'on aurait l'estomac vide.

L'équipage forma un grand cercle autour du feu de camp et festoya avec allégresse.

— Nous sommes sauvés, ne cessaient de répéter les matelots. Maintenant nous pourrons embarquer assez de vivres pour tenir jusqu'au prochain port.

On louait haut et fort ceux qui avaient préparé ce piège à l'intention du dragon. Sigrid s'empiffra comme les autres. Ce soir, elle avait besoin d'oublier.

Quand le soleil se coucha, l'équipage était ivre mort, et même le capitaine Hokukaï ronflait, le menton sur la poitrine, la barbe constellée de grains de riz.

— On pourrait rester ici, bredouillait le charpentier cramponné à une jarre de vin... Moi, personne ne m'attend à la maison. Mon île natale a coulé quand le dragon l'a attaquée. Je suis un vagabond.

Sigrid prit appui sur son harpon pour se relever. Elle tituba jusqu'à la citerne d'eau de pluie pour s'asperger le visage. Elle ne partageait pas l'enthousiasme du charpentier. Elle avait hâte d'entrer dans le port d'Amoto d'où elle était partie il y avait maintenant plusieurs mois. Elle avait sillonné les océans en tous sens sans jamais rencontrer le dragon, et cet échec lui restait en travers du gosier.

Un froissement d'herbe sèche la fit tressaillir. Tirée de sa méditation, elle se retourna, croyant voir s'approcher l'un de ses compagnons. Mais il n'y avait personne... qu'une grande poupée de chiffons affaissée contre un mur.

« Je deviens nerveuse, songea-t-elle. Et j'ai sommeil. Je commence à rêver les yeux ouverts... »

Elle décida de faire le tour du village, le temps de recouvrer ses esprits. S'attarder sur cet îlot proche de la dislocation lui semblait tout à coup une idée moins brillante qu'elle n'avait d'abord cru. Si une forte tempête se levait, l'atoll pouvait s'émietter, chacun se retrouverait alors prisonnier d'une minuscule portion de terre à la dérive. Non, rester ici présentait trop de risques. Si les habitants des lieux avaient préféré émigrer, c'est que la structure rocheuse était pourrie à cœur.

Un nouveau craquement de brindilles la figea. Cette fois, elle tourna la tête aussi vite qu'elle put. Personne. Personne à part une poupée de chiffons.

Fortifiée par les ténèbres, une étrange angoisse s'insinua dans l'esprit de la jeune fille. Les poupées n'avaient-elles pas... *bougé ?*

Il lui semblait, à bien les regarder, que leurs attitudes avaient changé. Oh ! pas beaucoup, juste un peu... un pied plus avancé, une main plus tendue.

« C'est le vent, se dit-elle. Le vent qui fait remuer les armatures de fil de fer. »

Mais elle n'y croyait pas vraiment. Une sueur glacée la couvrit de la tête aux pieds. Elle s'efforça de demeurer impassible pour ne pas signaler à l'adversaire qu'elle venait d'éventer le piège. Elle feignit de bâiller, et, accentuant sa démarche hésitante, regagna le bivouac. Là, elle fit semblant de soupeser les calebasses à la recherche d'un reliquat de vin. Quand elle fut à proximité du capitaine, elle le réveilla d'une bourrade.

— Chef, chuchota-t-elle. Il faut filer. Nous sommes tombés dans un piège... L'île n'est pas abandonnée, c'est un repaire de naufrageurs...

— *Dô shimashita ka ?* (« Qu'est-ce que tu racontes ? ») grommela Hokukaï. Tu es saoule, va cuver ton vin et laisse-moi dormir.

— Capitaine, insista Sigrid. Les poupées... Elles ne sont pas toutes en chiffons. *Certaines dissimulent des hommes.* Ils se sont cachés à l'intérieur, ils vont venir nous égorger. Ils s'empareront du bateau pour fuir cette île pourrie. Vous ne comprenez pas ? C'était une mise en scène.

Oui. La nourriture, le vin. Mise en scène. Appâts. La population de l'atoll avait dû repérer le vaisseau à la dérive deux ou trois jours auparavant et mis ce délai à profit pour concocter le traquenard. S'emparer d'un bateau constituait pour les gens d'ici la seule chance d'échapper à l'inévitable dislocation de l'île. Mais pour se rendre maître du navire, encore fallait-il – au préalable – se débarrasser de son équipage !

— Ils vont venir, répéta Sigrid. Capitaine. Vos hommes ont englouti toute la réserve de vin, les « poupées » seront forcées d'agir cette nuit pendant que l'équipage est ivre mort. Elles n'auront pas de seconde chance. Pour elles, c'est ce soir ou jamais !

Hokukaï consentit enfin à ouvrir les yeux. D'un air apeuré, il scruta l'obscurité. Les lueurs mourantes du bivouac dansaient sur les poupées de toile jaunâtre, accentuant leur aspect maléfique.

— Ne les regardez pas, murmura Sigrid. Si elles se doutent de quelque chose elles attaqueront toutes ensemble et nous serons débordés.

— Lesquelles sont... *habitées ?* s'enquit Hokukaï.

— Je ne sais pas, avoua la jeune fille. Peut-être une sur trois. Sans doute celles qui empestent le plus. La puanteur était un stratagème pour nous ôter l'envie d'aller les regarder sous le nez.

— Que veulent donc ces gens ? bredouilla le capitaine. Nous tuer ?

— Je pense, confirma Sigrid. *Puis ils nous fumeront,*

nous saleront, car ils auront besoin de vivres pour la route. Il faut regagner le navire en bon ordre, sans leur donner l'éveil.

— D'accord, balbutia Hokukaï. Je vais essayer.

La peur avait balayé son ivresse et son visage était d'une effrayante pâleur. Il se redressa et, allant de l'un à l'autre, réveilla les matelots à coups de pied dans les côtes.

— Debout, tas de porcs ! hurlait-il. J'en ai assez de vous voir paresser. Vous allez grimper sur le bateau pour me décrocher la grand-voile et la ramener ici. Demain vous la rapiécerez à la lumière du soleil, car sinon jamais nous ne pourrons reprendre la mer. Allez, debout !

Le mensonge n'était pas maladroit. Il pouvait passer pour une lubie d'ivrogne. Hélas ! les hommes rechignaient. Certains se révélèrent d'ailleurs trop ivres pour bouger.

— La paix, capitaine ! grommela le borgne. Ça peut attendre !

— Non, rétorqua Hokukaï. C'est moi qui commande, et j'en ai assez de votre paresse.

Il fit semblant de saisir le cuisinier au collet. Sigrid devina qu'il en profitait pour lui glisser quelques mots à l'oreille. Le borgne se dégrisa et se mit, lui aussi, à secouer ses compagnons de beuverie. Les marins se redressaient un à un, hagards, effrayés. Malheureusement, ils étaient trop mauvais comédiens pour dissimuler leur peur, et la plupart d'entre eux se trahissaient en scrutant les poupées de chiffons d'un air horrifié.

La bande reflua en direction du débarcadère, abandonnant les ivrognes sur le terrain. Quand le borgne commit l'erreur de tirer son poignard, les poupées de chiffons sortirent de leur immobilité pour s'avancer dans le cercle lumineux du bivouac. Bien que gênées par le rembourrage de paille de leur déguisement, elles progressaient vite. Elles brandissaient des couteaux, des fourches, des épieux. L'une d'elles faisant mine de lui sauter à la gorge, Sigrid dut lui piquer la pointe de son harpon dans la panse. Le fer creva la toile à sac qui se tacha de sang. Dès lors ce fut le carnage. Tout le monde se mit à frapper à l'aveuglette. Les pantins, protégés par leur carapace de vieux chiffons, encaissaient mieux les coups que les marins ivres, aux gestes mal affermis.

Alors qu'on atteignait le débarcadère, Sigrid réalisa que le mousse, Hata, était resté endormi auprès du bivouac, assommé par le vin. La jeune fille revint sur ses pas, s'ouvrant un chemin à la pointe du harpon au milieu des poupées, et cela en dépit des cris d'Hokukaï qui faisait larguer les amarres en toute hâte.

— Reviens ! hurla le capitaine, je ne peux pas t'attendre ! Reviens !

Sigrid épingla deux poupées, chargea Hata sur son épaule, et courut vers la jetée de toute la puissance de ses jambes. Elle tremblait à l'idée que le borgne puisse la repousser dans le vide au moment où elle enjamberait le bastingage. Le bateau s'éloignait déjà du quai. Sigrid projeta le corps inanimé du mousse sur le pont et sauta en prenant appui sur le harpon comme sur une perche.

— C'était moins une, ricana le cuisinier lorsqu'elle roula à ses pieds.

— Regardez ! cria quelqu'un. Ils les tuent ! Ils les tuent !

On se pressa contre le plat-bord. Là-bas, autour du bivouac, les sinistres poupées de chiffons s'acharnaient sur les ivrognes abîmés dans le sommeil. Lorsque le dernier matelot eut été assassiné, l'un des pantins s'avança à l'extrémité du débarcadère et releva la cagoule de tissu blanc qui masquait son visage. C'était une jeune femme, aux traits déformés par la colère. Elle brandit son couteau au-dessus de sa tête et cria quelque chose à l'intention du navire qui s'éloignait. Sûrement une malédiction.

Tout le temps que mit le bateau pour gagner le large, son équipage dut supporter une odeur de chair rôtie rabattue par le vent.

L'odeur des matelots abandonnés qu'on avait mis à cuire.

5

L'île de feu

Sigrid et ses compagnons abordèrent l'île d'Ikenawa alors que – une fois de plus ! – ils mouraient de faim. C'était une île véritable, possédant encore toutes ses « racines », pas un radeau flottant comme la plupart des terres à la dérive ; et tous s'aperçurent combien il était agréable d'avoir sous les pieds une terre ferme qui ne bougeait pas au gré des marées. Les matelots eurent la surprise d'être accueillis par une population affable ne manquant de rien et ne professant aucune méfiance envers les étrangers.

L'atmosphère était si douce, la vie si indolente, que le capitaine décida de faire mettre le navire en cale sèche afin de procéder à des réparations d'urgence sur la coque qui commençait à prendre l'eau.

*

La chose se produisit alors que Sigrid longeait le rivage, une perche chargée de seaux jetée en travers des épaules. Ce jour-là elle était de corvée d'eau et s'en revenait de la source après avoir rempli ses récipients. Elle était de bonne humeur, de nouveau confiante en l'avenir.

La tête du dragon creva l'eau tout près de la plage, au moment où la jeune fille s'y attendait le moins. De la fumée s'échappait de son mufle, Sigrid crut que le monstre allait vomir un torrent de feu sur l'île. La peur la pétrifia car c'était la première fois qu'il lui était donné de contempler la gueule du grand serpent d'aussi près. Les concrétions marines conféraient à cette face hideuse des allures de sculpture géante, les herbes frangeant ses mâchoires lui faisaient une barbe couleur de vase. Ç'aurait pu être une statue renflouée par la marée, une idole maléfique taillée en des temps anciens par une civilisation cruelle.

« Une idole, se répétait Sigrid. Ce n'est qu'une statue, une épave que les tourbillons ont arrachée au limon... »

Elle aurait voulu fuir mais ses jambes paraissaient verrouillées comme celles d'un cheval qui s'apprête à dormir. Brusquement, le monstre ouvrit la bouche, et Sigrid gémit d'horreur.

La gueule de la bête était une caverne frangée de dents énormes, une caverne d'où s'échappait en sifflant une vapeur brûlante. La jeune fille, qui se tenait pourtant loin du monstre, sentit ce mur de chaleur se rapprocher d'elle. La végétation des alentours en fut flétrie ; les feuilles, les fleurs se ratatinèrent, cuites en l'espace d'une seconde. Sigrid eut le réflexe de se jeter face contre terre et d'enfoncer son visage dans la mousse pour échapper à la buée d'enfer qui montait des entrailles de la créature. Le dragon avait posé sa mâchoire inférieure sur le sable. Il ne bougeait plus. Son attitude rappelait celle des crocodiles qui, lorsque leur température interne devient trop élevée, restent ainsi : la gueule grande ouverte, à attendre que l'air circulant à la surface de leurs muqueuses les rafraîchisse.

Sigrid claquait des dents. Craignant que ce bruit ne trahisse sa présence, elle arracha du sol une poignée de mousse et mordit dedans. Un écho incongru s'échappait de la gueule béante de la créature, comme si quelqu'un montait un immense escalier. *Un escalier s'enfonçant dans le ventre du dragon.*

« Je deviens folle, pensa la harponneuse. C'était à prévoir ; quand un humain côtoie les dieux, son esprit sombre dans la démence. »

Plus que l'apparence de la bête, ce bruit de pas la troublait. Il était en contradiction avec l'aspect formidable du monstre, il évoquait le cheminement d'un moine progressant sous la voûte d'un temple... Un bonze solitaire dont les sandales de bois, les *geta*, raclaient les marches de granit.

Quelqu'un allait donc sortir de la bouche de la créature ?

La jeune fille releva la tête. La vapeur lui brûla le front, les pommettes. Si elle s'attardait, elle allait se couvrir de cloques. Plongeant les doigts dans la boue du sol, elle s'en barbouilla à la hâte. Cet écran improvisé l'isola de la buée brûlante qui continuait à cuire la végétation aux alentours. Sigrid avait beau trembler de peur, elle ne parvenait pas à s'enfuir. Elle voulait voir qui allait sortir de la gueule du dragon. Quel démon... quel dieu ?

Une exaltation étrange s'empara d'elle, l'exaltation qui saisit tout être humain lorsqu'il a conscience de soudain toucher aux secrets fondamentaux du monde. Le brouillard devint plus dense, Sigrid eut la conviction que la mer se mettait à bouillir autour de la tête du dragon. Une forme émergea, humanoïde. Une sorte de samouraï dont le corps était entièrement recouvert d'acier. Son masque de guerre – l'*hôate* – et son casque ne permettaient pas de distinguer ses traits. Sigrid nota que les perles de buée s'évaporaient en chuintant au contact de la cuirasse, elle en déduisit que l'armure était aussi brûlante qu'au sortir d'une forge. Cela se voyait aux irisations bleuâtres parcourant le métal. C'était bien là une armure chauffée au rouge entre les parois de laquelle se débattait un être en grand danger d'être brûlé vif.

Le guerrier, le *bushi*[1], tituba au moment où il enjambait les dents du dragon pour poser le pied sur la plage.

1. Le chevalier. On emploie à tort le terme *samouraï* pour désigner un noble guerrier. *Samouraï* signifie, en réalité, « fonctionnaire ».

La chaleur qui se dégageait de sa semelle de fer vitrifia le sable en l'espace de deux secondes, le transformant en cristal. La brise du large fit passer son souffle sur l'armure, la faisant rougeoyer telle une braise qu'on ranime d'un coup d'éventail, et le samouraï se cabra de souffrance. Sigrid aurait voulu l'aider. Se rappelant qu'elle était venue là pour la corvée d'eau, elle saisit ses seaux et courut à la rencontre du malheureux pour l'asperger. Le mur de chaleur l'arrêta à mi-course, suffoquée, et lorsqu'elle lança le contenu de ses récipients en direction du guerrier, l'eau s'évapora avant même d'avoir touché la cuirasse. Sigrid n'osait respirer de peur de se rôtir les poumons. La boue dont elle avait pris la précaution de s'enduire séchait sur son corps, telle l'argile d'une poterie mise au four. La jeune fille la sentait craqueler, durcir autour de ses articulations.

Le guerrier tendit les bras dans sa direction pour réclamer de l'aide. Chaque mouvement qu'il esquissait amplifiait le rougeoiement du métal. Son attitude de supplication ne trompait pas : il demandait du secours. Sans doute voulait-il qu'on l'aide à s'extraire de la carapace surchauffée dont il était prisonnier, mais c'était impossible, personne n'aurait pu s'approcher de lui sans être aussitôt carbonisé.

Sigrid lâcha ses seaux dont le bois commençait à fumer, et se mit à courir en direction du village.

Elle arriva hors d'haleine devant la case du chef et eut le plus grand mal à se faire comprendre. On crut qu'elle délirait. Les femmes émirent l'idée qu'elle avait peut-être été piquée par une bête venimeuse.

Le capitaine Hokukaï, alerté par ses bredouillements, consentit à s'extirper de son hamac pour s'enquérir de son état. Sigrid lui répéta ce qu'elle venait d'expliquer aux insulaires.

— Un *bushi* en armure ? marmonna le commandant. Et qui sortait de la gueule d'un dragon ? *Okashïï nâ.* Tu es restée trop longtemps au soleil, ma petite, il faut...

Il se tut, écarquilla les yeux. De la fumée montait au-dessus de la ligne des arbres. La forêt était en train de brûler.

— C'est le samouraï, balbutia Sigrid. Il est en train de flanquer le feu à tout ce qu'il touche. *Il vient par ici...* Il cherche de l'aide, il sera bientôt là.

Le silence se fit, seulement troublé par les crépitements montant de la forêt incendiée.

— Il faut arrêter le feu ! ordonna le chef du village en s'ébrouant. Prenez les outils, les seaux. Vite !

Chacun courut se munir des pelles et des pioches nécessaires au creusement du pare-feu. On ne prêtait plus aucune attention à Sigrid.

— C'est lui, répéta la jeune fille, la chaleur qui se dégage de son corps a desséché la végétation et l'a enflammée.

— Par les dieux, grogna Hokukaï, il faut que je voie ça de mes propres yeux. Aucun être humain ne pourrait se déplacer ainsi dans une armure chauffée à blanc. Il faut donc que ce soit un génie ou un démon.

Sigrid réalisa qu'elle avait envie, elle aussi, de contempler une nouvelle fois le prodige, cela en dépit du danger qu'impliquait le côtoiement de la créature. Le capitaine et la harponneuse se lancèrent dans le sillage des villageois. Femmes, enfants, vieillards s'étaient joints à la besogne, chacun portant des calebasses remplies d'eau. La fumée les arrêta à mi-course. Les hommes du clan se mirent aussitôt en devoir d'abattre les arbres et de creuser une saignée assez profonde pour arrêter les flammes. Les enfants arrachaient les buissons d'épines, faisaient place nette. On jetait de la terre sur les étincelles et les brandons amenés par le vent. Pour tous, il ne s'agissait encore que d'un simple feu de forêt, mais un sentiment d'horreur s'abattit sur la communauté lorsqu'on aperçut, se débattant au milieu des flammes, l'ombre d'un *samouraï* qui s'approchait en titubant.

— S'il franchit le fossé, il incendiera l'autre moitié de la forêt, hoqueta Sigrid. Il faut le repousser... ou bien essayer de le tuer.

Le chef du village secoua la tête, choqué.

— On ne peut pas tuer un *kami* (un dieu), dit-il sèchement. Il faut l'accueillir selon son rang. Lui faire des offrandes. Apaiser son courroux par des cadeaux.

— Il n'est pas en colère, lança Sigrid. Il est... malade, blessé. Je crois qu'il cherche de l'aide.

— Un dieu ne peut pas être malade, grogna l'Ancien avec un haussement d'épaules. Ce que tu dis est idiot, femme. Laisse-nous faire et ne t'en mêle pas. C'est notre île après tout et tu n'es qu'une *gaijin,* une étrangère aux cheveux bizarres.

Là-bas, le *bushi* ne progressait plus. Il semblait être

tombé à genoux, à bout de forces. Les flammes crépitaient autour de lui.

— Pourquoi est-il comme ça ? s'enquit Hokukaï.

— C'est à cause de la chaleur qui règne à l'intérieur du dragon, murmura la harponneuse. On dirait qu'il en a été affecté... comme s'il s'était produit un accident.

— Tu crois vraiment qu'il vivait dans le ventre du monstre ? grogna le capitaine.

— Je ne sais pas, capitula Sigrid. Quand il a émergé à l'air libre, j'ai eu l'impression qu'il venait d'escalader un immense escalier. Un escalier sortant de l'estomac du Grand Serpent.

— C'est absurde, lâcha Hokukaï.

— J'en ai bien conscience, soupira Sigrid, désolée.

Les hommes du village avaient confectionné des boucliers de bambou derrière lesquels ils s'abritaient pour tenter d'approcher le guerrier blessé. Une chaîne s'était formée. À un bout on puisait l'eau directement dans la mer, à l'autre on la jetait dans le brasier.

Le *samouraï* demeurant immobile, on en déduisit qu'il était mort, brûlé vif par sa propre cuirasse. On isola à l'aide d'un coupe-feu la portion de terrain sur lequel il s'était abattu et l'on attendit que les arbres soient trop carbonisés pour continuer à brûler. Les enfants couraient de-ci de-là, éteignant systématiquement les flammèches amenées par le vent.

La forêt devint charbon de bois, les arbres se changèrent en une armée de squelettes dont les os semblaient dessinés d'un trait d'encre de Chine. Un souffle de vent suffisait à émietter ces silhouettes trop friables. Les flammes moururent, faute de combustible. La déambulation du guerrier inconnu avait ouvert une tranchée de cendre au milieu de la jungle, un désert gris d'où toute vie avait été bannie.

La dernière fumée dissipée, on crut naïvement que la catastrophe était conjurée. Ce fut Sigrid qui, en essayant de descendre dans le cratère, s'aperçut que l'intense chaleur n'avait pas diminué d'un degré. Si le feu s'était éteint, c'était tout bonnement parce qu'il n'y avait plus rien pour l'alimenter. Quant à l'armure, elle brasillait toujours sous la caresse du vent, noyau de lave entrebâillé sur l'enfer. Sigrid rebroussa chemin, la peau irritée, le poil roussi. Elle n'ignorait pas que les météorites, ces pierres tombées du ciel, mettaient parfois une semaine à refroidir. Le guerrier sorti du ventre du dragon était-il comme ces débris d'étoiles éparpillés par les tempêtes cosmiques ?

Tout autour de l'armure immobile le sable s'était vitrifié, les parois du cratère avaient pris l'apparence du verre. Sigrid se garda d'y risquer le pied, elle aurait pu déraper, perdre l'équilibre, rouler jusqu'au centre du trou, entre les bras de l'idole en fusion qui s'y tenait agenouillée.

— Ce n'est rien, grommelait le capitaine. Il va bien finir par refroidir. Il est sûrement mort à présent, rôti par sa propre cuirasse. Une sale fin !

Hélas ! deux heures plus tard le *bushi* se redressait en titubant et reprenait sa course zigzagante.

Le chef du village dépêcha ses meilleurs guerriers pour l'asperger d'eau glacée afin qu'il soit convenablement refroidi lorsqu'il atteindrait les premières cahutes. Les jeunes gens firent preuve d'un courage exemplaire. Barbouillés d'argile, ils couraient à la rencontre du *kami* afin de lui jeter à la face le contenu de leur seau. Ils rivalisaient de témérité pour s'approcher le plus possible de la créature, mais la plupart d'entre eux perdaient connaissance, suffoqués par l'aura de chaleur qui entourait l'homme sorti des abîmes. Ils couraient toutefois jusqu'à la dernière seconde, pendant que le seau de bois s'enflammait contre leur poitrine, que l'eau s'y mettait à bouillir. Quand ils s'affaissaient, face contre terre, l'argile mouillée dont ils étaient enduits cuisait sur eux, les enfermant dans une carapace qui les empêchait de se relever quand la douleur, devenue trop forte, les ramenait à la vie. C'était une vraie pitié de les voir alors cuire tels des poissons enveloppés de glaise, au fur et à mesure que le *samouraï* de feu se rapprochait d'eux.

— Arrêtez ! supplia Sigrid en saisissant le chef du village par le bras. *Asoko e wa iku na.* Ça ne sert à rien et vous allez tous les tuer. Creusez plutôt une fosse à tigre, et essayez d'y faire tomber le samouraï.

L'Ancien se dégagea sèchement.

— Tu es folle, cracha-t-il d'un ton offusqué. On ne précipite pas un dieu dans un piège. C'est un grand honneur pour notre village d'avoir été choisi pour cette visite divine. Cette épreuve nous a sûrement été envoyée pour nous rappeler combien l'homme est fragile en face des dieux. Nous devons méditer cette leçon et ne rien tenter pour l'éviter.

Sigrid battit en retraite car la chaleur devenait intolérable et la peau de son visage semblait près de se fendre pour rendre son jus.

Hokukaï se dandinait dans son coin, de plus en plus inquiet.

— *Haï.* Je commence à croire que rien n'arrêtera le guerrier de feu, murmura-t-il. Il serait peut-être temps d'envisager de mettre les voiles. Ces gens sont des fanatiques, je n'ai pas l'intention de sauter dans les flammes en souriant comme c'est visiblement leur intention !

— Mais le navire est en cale sèche, observa Sigrid.

— Justement, grogna le capitaine. Je vais dire aux hommes d'abréger les travaux. J'espère que nous serons en état de prendre le large avant que le monstre n'entre dans le village.

Le temps pressait car le guerrier de feu avait quitté le cratère pour s'engager dans la forêt. De nouveau, il déshydratait tout ce qui se trouvait à sa portée. La sève bouillonnait et s'évaporait dès qu'il approchait un palétuvier à moins de dix mètres. Les écorces explosaient avant de s'enflammer. Tous les arbres flambaient comme des torches trempées dans la poix. Les lianes, les feuilles s'embrasaient avec des craquements de papier de riz. Il leur suffisait d'une seconde pour disparaître au milieu d'une gerbe d'étincelles.

On eut un bref espoir quand le *bushi* se mit en devoir de traverser une plaque de roche siliceuse à l'orée de la jungle. La pierre fondit sous ses pieds, et l'on crut bel et bien qu'il allait s'y enfoncer comme dans une poche de sables mouvants. Pendant un moment il se débattit, prisonnier du sable vitrifié qui filait, l'enveloppant dans un cocon de fibres de verre.

« Il va creuser son trou ! jubilait Sigrid. Il va disparaître au fond du puits qu'il aura lui-même foré ! »

Malheureusement, le guerrier triompha de cet obstacle comme des précédents. Il allait toujours, les bras ouverts, tendus, en une mimique de supplication, comme s'il criait « À l'aide » ou « Miséricorde ».

— Par les dieux, gémit le chef du village, cette créature subit de grandes souffrances et c'est notre devoir de l'aider.

— Je ne suis pas bonze ! riposta Hokukaï. Si vous voulez vous sacrifier, cela vous regarde, mais ne comptez ni sur moi ni sur mes hommes !

Sigrid, la main en visière pour se protéger des étincelles, suivait la progression de la créature titubante. Ses forces s'épuisaient, c'était certain : mais s'abattrait-elle avant d'avoir atteint le village ? Rien n'était moins sûr. À la cale sèche les matelots travaillaient d'arrache-pied pour colmater la coque dont on avait démonté certaines membrures aux trois quarts pourries. Jamais on n'avait vu un calfatage mené si rondement. Les hommes ne cessaient de regarder par-dessus leur épaule pour suivre la progression de l'incendie dont la fumée formait à présent une véritable muraille opaque.

— Si nous parvenons à remettre à l'eau, vous pourrez embarquer avec votre clan, proposa Hokukaï au chef du village. Le monstre ne pourra tout de même pas nous suivre sous la mer, et s'il essaye, l'eau finira bien par le refroidir pour de bon.

— Je vous remercie, dit l'Ancien en inclinant la tête. Mais je dois refuser, ce serait nous dérober à l'honneur qui nous est fait. Aucun d'entre nous ne pourrait vivre avec cette honte. Ce jour est un grand jour. Un esprit est descendu du ciel pour nous serrer sur son cœur ! Quelle joie ! Quelle fierté pour chaque membre de ma tribu !

Sigrid et le capitaine se retirèrent, vaincus.

Au début de l'après-midi, l'Ancien expédia à la rencontre du guerrier cinq adolescentes ornées de couronnes de fleurs. C'étaient de toutes jeunes filles qui serraient les mâchoires pour empêcher leurs dents de claquer. Les matrones les avaient parées comme pour un mariage. Elles quittèrent le village bravement, pressant des corbeilles remplies de fruits contre leur poitrine, et marchèrent vers la forêt sans dévier d'un pas. Tout le village s'était rassemblé pour les observer. Les femmes pleuraient silencieusement pour ne pas indisposer les hommes.

— C'est pour elles un grand honneur d'aller à la rencontre d'un dieu ! radota l'Ancien. Une petite île comme la nôtre est vraiment indigne d'une telle distinction.

On l'approuva d'un murmure collectif.

Alors que les malheureuses n'étaient encore qu'à quinze mètres du *samouraï*, l'encens disposé dans les corbeilles s'enflamma spontanément, puis la vannerie elle-même prit feu, suivie de près par les robes de voile des adolescentes. Les ongles incrustés au creux des paumes, Sigrid vit les cheveux des gamines s'embraser. Durant une seconde, elles restèrent figées, la tête couronnée de flammes. La chaleur les suffoqua avant même qu'elles aient eu le temps de commencer à crier.

— Par l'enfer ! rugit Hokukaï, cette fois c'en est trop, tout le monde au bateau ! *Irasshai.*

Les premières paillotes s'embrasèrent ; le *torii* – ce haut portique de bois sculpté planté à l'orée du village – subit le même sort. Toute la population s'était agenouillée pour se prosterner devant le dieu titubant. Seul le chef se tenait droit, son bâton d'autorité à la main. Sigrid avait dû se résoudre à suivre Hokukaï. Sur la plage, les matelots avaient inondé la cale sèche pour remettre le navire à flot.

— Difficile de savoir si ça tiendra, lança le charpentier. On a tout bricolé à la va-vite.

— On verra bien, grogna le capitaine. De toute façon mieux vaut mourir noyé que brûlé vif.

On se hissa en désordre à bord du bateau. Sigrid, cramponnée au bastingage, ne pouvait détacher son regard du vieil homme qui, un sourire serein sur le visage, s'avançait à la rencontre du *bushi*, une papaye mûre au creux de la paume, en signe de bienvenue.

Le guerrier de feu tendit les bras vers lui, comme un enfant appelant sa mère, et l'Ancien continua d'avancer. La toison blanche de sa poitrine roussissait à vue d'œil ; ses cheveux et sa barbiche faisaient de même, répandant une odeur de crin grillé. Il continuait à sourire bien que la peau de son ventre et de ses bras fût en train de se couvrir de cloques.

— Ô dieu souffrant, chevrota-t-il d'une voix que la douleur rendait grinçante, tu es en peine, tu nous fais l'immense honneur de venir à nous, les pauvres pêcheurs de cette île. Nous t'en remercions et tenterons tout ce qui est en notre pouvoir pour te soulager. Notre science n'est pas bien grande, mais nous en déploierons le savoir pour te guérir...

Il dut se taire, car ses lèvres se fendillaient. Il planta son bâton en terre, s'y accrocha pour ne pas défaillir car ses jambes ne le soutenaient plus. Il resta ainsi tout le temps que mit le samouraï pour se rapprocher de lui et le prendre dans ses bras. Il y avait beaucoup de délicatesse dans les gestes du guerrier, comme s'il redoutait que les arêtes de sa cuirasse ne blessent le corps émacié du vieillard. Pourtant, à peine ses gantelets s'étaient-ils posés sur la peau du chef du village que l'épiderme de celui-ci prit la couleur d'une braise rougeoyante. Presque aussitôt, l'Ancien ne fut plus qu'une longue poupée grisâtre entre les bras du *bushi*. Une poupée de cendre qui perdait ses formes et coulait en rigoles pulvérulentes.

Les villageois ne bougèrent pas d'un pouce. Prosternés, le front touchant le sol, ils attendaient que l'*akarikaze* – le vent de feu – passe sur eux. Le samouraï s'avança dans leurs rangs sans même chercher à les toucher, mais la chaleur qui se dégageait de sa masse incandescente suffit à les incinérer sur place. Sigrid vit leurs cheveux devenir gris, comme leur peau, comme leurs kimonos. Déjà ils n'étaient plus que cendre... Des statues de poussière grise, dont le vent érodait les contours.

— Hissez la voile ! hurla Hokukaï d'une voix éraillée par la terreur. Vous voyez bien qu'il vient vers nous ! Si nous ne fichons pas le camp, il va essayer de grimper à bord !

On s'activa, mais la peur embrouillait les hommes, ralentissait la manœuvre.

Les ongles plantés dans le bois du bastingage, Sigrid vit le guerrier incandescent sortir du village et descendre sur la plage. Le sable se vitrifiait sous ses pas, donnant naissance à une grande flaque de verre à chaque nouvelle enjambée. Quand le *kami* entra dans la mer, les vagues se mirent à bouillir, et les poissons du rivage remontèrent, le ventre en l'air, si cuits que leur chair blanche se défaisait dans le tourbillon des bulles. Sigrid recula, suffoquée par la vapeur. Si le guerrier avait le malheur de poser ses gantelets sur la coque du navire, le bois s'enflammerait d'un coup. En moins d'une minute le voilier ne serait plus qu'une torche.

Par bonheur le vent daigna se lever. La voile se gonfla, le bateau s'éloigna du rivage. Immergé jusqu'à la poitrine, le *samouraï* leva une dernière fois les bras dans un geste de supplication. Il semblait dire : « Revenez, par pitié ! Ne m'abandonnez pas ! »

Tout autour de lui la mer bouillonnait comme la soupe dans une marmite.

Le nuage de vapeur le dissimula bientôt au regard, mais, alors que le bateau contournait l'île, Sigrid aperçut la tête du dragon affaissée sur la plage, les mâchoires toujours ouvertes. Elle eut la conviction que le monstre était mort.

La jeune fille songea qu'il aurait fallu en profiter pour l'examiner de plus près... et se promit de revenir, dès qu'elle en aurait l'occasion.

6

La troisième malédiction

Pendant les jours qui suivirent, l'équipage resta prisonnier d'une sorte de stupeur hallucinée.

— C'est la malédiction des momies qui nous a poussés vers l'île des poupées, bégayait Hata, le mousse. La malédiction des poupées, elle, nous a précipités vers l'île de feu. Maintenant que nous avons refusé de secourir le *samouraï* de flammes, nous allons être punis. La prochaine épreuve nous tuera, c'est sûr. Nous n'en sortirons pas vivants.

Sigrid ne disait rien. Assise sur ses talons. Elle scrutait l'océan dans l'espoir de voir enfin surgir les contours du port accueillant d'Amoto. Hélas ! un voile de brouillard couvrait la mer, réduisant la visibilité à quelques centaines de mètres.

L'énigme du dragon continuait à l'obséder. Il lui semblait entendre encore le bruit des pas du *bushi* sortant de sa gueule béante.

« Comme si quelqu'un remontait un interminable escalier... », se répétait-elle. À n'en pas douter, la réponse à tous ces mystères se trouvait sur l'île de feu, dans la carcasse du serpent de mer. Elle regrettait de n'avoir pu s'en approcher pour l'ausculter sur toutes les coutures.

*

Il devait être midi quand l'homme de quart poussa un cri étranglé et pointa la main vers l'horizon. Sigrid sentit un frisson lui hérisser les cheveux sur la nuque. Du nuage de brume couvrant la mer venait d'émerger une ligne noire, verticale et sinueuse évoquant le tourbillon figé d'un cyclone silencieux. C'était comme une tornade arrêtée, prise dans la glace, paralysée. Cela sortait de l'eau pour transpercer les nuages et grimper jusqu'au ciel. Mais il ne s'agissait nullement d'une tornade, d'un cyclone, ou...

C'était la queue du dragon.

Souvent, lorsqu'il s'endormait au fond des abîmes de vase constituant son habitat, le monstre dressait ainsi son appendice caudal hors des flots, tel un périscope. On ne savait pourquoi. Certains prétendaient que cette queue immense et écailleuse était constellée d'yeux au moyen desquels la bête espionnait le monde.

La peur s'empara de l'équipage. Sigrid, elle-même,

demeura figée, le dos collé au grand mât, serrant la hampe du harpon à s'en briser les phalanges.

Le brouillard avait masqué l'obstacle jusqu'à la dernière minute, et il était trop tard pour passer au large. Les marins tremblaient et se frappaient le front contre les planches du pont en invoquant les dieux endormis. Sigrid, maintenant à cheval sur l'éperon d'étrave, devait se retenir aux cordages pour ne pas perdre l'équilibre. Le spectacle dépassait tout ce qu'elle avait jusqu'alors imaginé. À sa base, là où elle disparaissait dans la mer, la queue du dragon était aussi épaisse que le donjon de pierre du château d'un *shôgun*. Au vrai, elle semblait à peine vivante tant ses écailles millénaires étaient recouvertes de coquillages et d'algues. On eût dit une architecture de pierre montant jusqu'au ciel, une tour ondulante dont les créneaux se perdaient dans les nuages.

— Il ne faut pas le réveiller, bredouilla le capitaine. Que tout le monde fasse silence, que la manœuvre s'effectue comme dans un rêve. Réduisez la toile, il faut diminuer les remous, passer au ralenti.

C'était une bonne idée, mais elle terrifia les marins qui voulaient s'éloigner au plus vite. La panique gagna l'équipage, chacun n'en fit qu'à sa tête. Au lieu de carguer les voiles on donna toute la toile pour filer vent arrière. Ce qui devait arriver arriva. Le bateau éperonna la queue du dragon à sa base. Elle ne l'égratigna même pas, et la coque, en heurtant les écailles pétrifiées, produisit à peine un raclement. Mais la vibration fut suffisante. Elle courut le long des nerfs de la bête, fut relayée et amplifiée par les multiples cerveaux secondaires disposés sur sa moelle épinière...

La riposte fut foudroyante. Le donjon de pierre s'anima. En une seconde, il sortit de son immobilité pour devenir aussi fluide qu'une mèche de fouet. La queue claqua haut dans le ciel, produisant un bruit de tonnerre, sectionnant les nuages comme l'eût fait la lame d'un sabre... puis elle s'abattit sur la mer, à plat, soulevant des trombes d'eau, des murailles liquides pesant plusieurs tonnes. Sigrid eut l'impression d'être prise sous une cataracte. L'avalanche d'écume rompit les mâts, creva les ponts, disloqua la coque. La jeune fille fut arrachée de son perchoir, jetée dans les flots. Elle eut la chance de pouvoir planter son harpon dans une vergue flottante et de s'y cramponner. Quand le tumulte prit fin, il ne restait plus rien du navire. Hata, le borgne, le capitaine, tous les marins avaient sombré, aspirés par l'épave... et la queue du dragon avait disparu.

La jeune fille s'abandonna aux courants marins. Elle ne se faisait guère d'illusions sur ses chances de survie. Elle craignait par-dessus tout le retour du Grand Serpent. Il n'aimait pas laisser de survivants, disait-on ; pour cette raison il effectuait toujours un deuxième passage afin d'avaler les malheureux marins essayant de surnager.

Une heure s'écoula sans que le monstre réapparaisse. Sigrid s'usait les yeux à scruter l'horizon dans l'espoir de voir surgir un navire. En vain.

Accrochée à son morceau de bois, elle flotta toute la nuit.

Le lendemain, à bout de forces, elle fut recueillie par une barque de pêche rentrant sur Amoto. Elle était la seule survivante du naufrage, et cette qualité douteuse manqua de la faire lapider par les familles des victimes.

— Quelle honte ! marmonnaient les femmes, si cette étrangère aux cheveux bleus avait la plus petite parcelle d'honneur, elle se serait fait *hara-kiri*.

Seule la vieille Haha, sa mère adoptive, lui pardonna d'avoir survécu.

— Ki, ma fille ! s'exclama-t-elle en voyant Sigrid s'avancer sur le seuil de la maison aux cloisons de papier. Où t'es-tu encore fourrée ? Tu es sale et décoiffée. Est-ce là une tenue pour une jeune fille de ta condition ? J'espère que tu as une bonne excuse, sinon je serai obligée de te punir.

7

Morsures dans la nuit

Deux mois plus tard.

Sigrid dormait sur sa natte de paille de riz quand la secousse ébranla la fragile maison de papier où elle vivait avec la vieille Haha. La jeune fille se redressa, en alerte, les ongles enfoncés dans la chair des paumes. Le bruit montait du sous-sol, courait dans la charpente, dans le plancher, faisait vibrer les *shôji*, ces cloisons coulissantes qui délimitaient les pièces. C'était un grignotement énorme, le bruit d'une mâchoire gigantesque broyant un os plus épais que le *tenshu* (le donjon) d'un château fort. Sigrid savait ce que cela signifiait : le dragon qui vivait au fond de la mer s'était réveillé, il avait repris son travail de sape. En ce moment même, il mordait à belles dents le socle rocheux de l'île, rongeant l'assise sous-marine du piton volcanique sur lequel s'étaient installés les villageois. C'était une impression horrible, un peu comme d'être perché en haut d'un arbre que des bûcherons seraient en train d'abattre à grands coups de hache. On entendait l'impact du fer courir sous l'écorce, grimper vers les plus hautes branches, puis, lentement, on sentait le tronc s'incliner, pencher... craquer, et finalement s'abattre dans un grand vacarme de feuillage... et vous vous retrouviez pris dans sa chute.

Sigrid saisit son kimono de coton pour éponger la sueur sur sa poitrine. Il faisait très chaud. « *Atsui desu* », répétait-on à tout bout de champ en japonais ancien pour souligner l'importance de la chose. Encore trois mois avant la mousson. Un été torride comme on n'en avait pas connu depuis longtemps. En dépit du chant des oiseaux et des couleurs éclatantes des fleurs sauvages, toute la population essayait de se préparer à la catastrophe depuis plusieurs semaines. On avait beau s'être pratiquement résolu au pire, il était difficile de s'empêcher d'espérer. On s'était dit que le dragon finirait par se rendormir, qu'il tournerait son museau dans une autre direction et passerait au large, continuant sa reptation en direction d'un autre archipel. Amoto était une belle île volcanique, à la structure friable et légère. Elle avait eu la chance de se recouvrir de terre fertile et de donner naissance à une végétation bien enracinée, contrairement à beaucoup de ses voisines dont le vent emportait l'humus à la moindre rafale, mettant le roc à nu. La vie y avait été douce et bonne... Et voilà que le dragon s'était mis dans la tête de la ronger, de sectionner le socle sous-marin qui la tenait enracinée au fond de la mer.

— Il nous coupe la terre sous le pied, dit l'*okâsan* (la « mère » de Sigrid) en essuyant ses larmes. C'est la fin du monde, ma pauvre petite. Quand le monstre aura entièrement scié le piédestal qui nous supporte, l'île basculera, comme un bateau qui fait naufrage, et nous coulerons tous, entraînés par les remous. Oh ! Il faut nous préparer à la mort, mettre toutes nos affaires en ordre, demander aux dieux le pardon de nos fautes.

Sigrid n'était pas d'accord. Elle n'avait que 20 ans et de grosses réserves d'espoir. « De naïveté », prétendait sa mère.

— *Haha*, Mère, dit Sigrid. Le naufrage n'est pas assuré. Certaines îles s'enfoncent d'un bloc, c'est vrai. Mais ce sont généralement des terres lourdes, pesantes. Amoto a la chance d'être constituée de pierre ponce, comme tous les îlots volcaniques. Il est possible qu'elle flotte, même lorsque plus rien ne la rattachera au plateau littoral.

— Comme tu es sotte, ma pauvre enfant, rétorqua sa mère adoptive. Nous coulerons à pic, oui ! Et cela vaut peut-être mieux ainsi. Je ne pourrais pas me résoudre à vivre sur une terre qui s'en irait au hasard des courants. Un radeau ! C'est cela que tu veux, vivre sur un radeau comme une naufragée ? Tu n'as pas d'honneur, ma fille.

Sigrid ne chercha pas à discuter. Haha était vieille et un peu folle, elle nourrissait des idées d'un autre âge. Elle s'obstinait à parler le japonais ancien que presque tout le monde avait oublié. Elle voyait dans le nomadisme des îles déracinées une déchéance à laquelle on ne pouvait échapper que par la voie du *hara-kiri*.

Sigrid voulait vivre, elle n'avait aucune envie de se transpercer la gorge avec la lame d'un *kaiken*, ce petit poignard que les femmes gardaient caché sur leur poitrine, sous les plis de leur kimono[1].

Le sol bougea sous son corps, s'inclinant tel le pont d'un navire en perdition. Les statuettes des dieux endormis, disposées sur le *tokonama* (l'autel familial), dégringolèrent avec fracas. Certaines se brisèrent.

« L'île penche ! » constata la jeune fille. Elle était paralysée, toujours nue, incapable de se résoudre à enfiler son kimono. Maintenant elle ne se faisait plus aucune illusion : encore deux bouchées, et le dragon aurait achevé son travail de sape, l'île n'aurait plus de racines. Elle flotterait *ou s'enfoncerait*... Personne ne pouvait savoir.

Sigrid s'habilla en hâte, poussa la cloison coulissante. De l'autre côté, sa « mère » priait, prosternée, le front collé au *tatami*[2], implorant les dieux endormis de se réveiller le temps de chasser le dragon. « Oh ! gémissait-elle, une minute, juste une minute ! » Mais les divi-

1. Lors du *hara-kiri* (ou *seppuku*), le suicide rituel japonais, les hommes s'ouvrent le ventre et les femmes la gorge.
2. Petit tapis de paille tressée.

nités, plongées dans le sommeil de la maladie, ne paraissaient guère en état de répondre à ses prières.

— Ma fille ! appela-t-elle, viens dans mes bras. Nous mourrons enlacées. Ne me laisse pas, j'ai toujours eu peur de l'eau, tu le sais bien. Rappelle-toi : je n'ai jamais voulu grimper sur les bateaux de ton père. Je ne veux pas me noyer toute seule ! Aide-moi à mourir !

Sigrid la repoussa sans rudesse. Elle ne possédait pas la faculté de résignation de sa mère adoptive. Elle voulait croire que tout était encore possible. Elle sortit sur la véranda au moment où l'escalier se disloquait. À la lueur des lampions elle vit que de grosses lézardes sillonnaient le jardin zen, bousculant les pierres disposées avec art. L'île souffrait. La brusque inclinaison de son plan émergé fendillait le sous-sol. Elle pouvait éclater d'une minute à l'autre, se morceler en une infinité de récifs minuscules. Tout allait se jouer dans le quart d'heure qui suivrait. À travers la campagne les gens couraient en brandissant des lampions dans l'espoir d'éclairer la nuit. Dans la bousculade, il arrivait que ces fragiles lanternes de papier s'enflamment et se transforment en d'éphémères boules de feu, qui dégringolaient du haut des hampes de bambou directement sur la tête de leur propriétaire. C'était une nuit de peur et de grande confusion.

Avec un nouveau grincement l'île s'enfonça un peu plus.

Les chefs de milice, munis de bâtons, essayaient d'endiguer le chaos, en vain. Beaucoup de pêcheurs avaient déjà mis des embarcations à flot après y avoir entassé leur famille. La panique rendait fous des gens qu'on avait toujours connus doux et serviables. On les voyait soudain sauter dans les vagues, arracher femmes et enfants des pirogues à balancier pour leur voler leur place !

L'inclinaison de l'île était désormais trop forte pour certaines habitations ou monuments mal enracinés. Une maison de papier brisa ses pilotis et se mit à glisser à travers la campagne comme une luge sur une pente neigeuse. Elle se défaisait au fil des chaos, éparpillant ses cloisons. Un gros bouddha de granit roula hors de sa niche d'exposition, à la manière d'un boulet de canon. Il rebondissait au hasard, écrasant les malheureux qui avaient la malchance de se dresser sur son passage. C'était une grande pitié d'assister à ce carnage au moment même où l'île menaçait de s'engloutir.

Sigrid courut jusqu'à la plage, là où l'eau moussait, fouettée par la queue du dragon. Des dizaines de familles s'étaient rassemblées à l'abri des rochers, sous la bénédiction d'un bonze[1] qui disait les prières. Parmi les notables, beaucoup s'étaient fait *seppuku*[2], préférant la mort sur le sol natal au terrible destin des errants. Les hommes s'étaient ouvert le ventre de droite à gauche, les femmes s'étaient transpercé la gorge en s'enfonçant un poignard sous l'oreille.

Avisant la jeune fille, le bonze lui sourit, de ce sou-

---

1. Moine, prêtre.
2. Nom véritable du suicide rituel connu en Occident sous l'appellation de *hara-kiri*.

rire horriblement serein de ceux pour qui il ne fait pas de doute que la chair n'a aucune importance.

— Tu viens pour le *seppuku*, petite ? lui demanda le prêtre. Ton honorable mère t'accompagnera ? Tu sais au moins comment t'y prendre ? As-tu apporté un couteau ?

Sigrid le repoussa des deux mains sans respect pour la robe safran qui l'enveloppait. Qu'il aille au diable ! Elle ne voulait pas mourir, elle n'avait rien à voir avec ces fanatiques.

Et soudain, l'ultime craquement retentit, le dragon avait rongé la dernière colonne de pierre qui soutenait encore l'île. Il y eut une sorte d'affaissement prodigieux, et la terre parut tomber dans l'eau comme si on venait de la jeter du haut des nuages. Un mur d'éclaboussures se leva sur le pourtour de la côte, et, pendant trois secondes, l'atoll fut véritablement entouré d'une enceinte liquide hésitant à retomber.

Sigrid s'était recroquevillée sur le sol. Elle crispa les muscles du dos pour affronter la chute des tonnes d'eau salée qui la surplombaient. Les hurlements de désespoir avaient cessé, l'horreur laissait les bouches béantes et silencieuses. Enfin les murailles liquides s'affaissèrent, et la jeune fille crut qu'on essayait de l'écraser. Les éclaboussures pesaient autant que des cailloux. Elle hurla sous les meurtrissures mais crocha les doigts dans le sol pour ne pas être emportée par le flot.

L'eau reflua, éloignant les pirogues qui s'apprêtaient à prendre le large. Les remous firent chavirer certaines d'entre elles, surchargées, qui coulèrent à pic avec leurs occupants. Personne n'y prêta attention, on n'attendait plus qu'une chose : *savoir si l'île allait flotter...* Tout allait se jouer maintenant que le dernier pilier de lave avait été rongé.

« Plus rien ne nous soutient, songea Sigrid avec terreur. Nous sommes comme une assiette de pierre ponce posée à la surface de l'océan... »

On prétendait la pierre volcanique poreuse, parsemée de cavernes scellées et remplies d'air ; ces poches constituaient autant de flotteurs naturels. Mais était-ce seulement vrai ? Et y avait-il assez de « flotteurs » pour soutenir la masse de l'atoll ?

Sigrid n'osait bouger, de peur, par un mouvement infime, de précipiter le désastre. On n'entendait plus que le vent dans les hautes herbes, le crépitement du sable sur les kimonos ou les *wakufu*[1].

Privée d'assise, l'île s'était légèrement enfoncée. La plage, pendant deux minutes, avait alors été engloutie sous l'eau écumeuse. À présent la mer se contentait de lécher la base des dunes, elle ne semblait pas décidée à pousser plus loin.

Brusquement chacun perçut dans toute sa chair l'écho du bloc de terre cédant à l'attraction du courant. *La dérive commençait !*

Un gémissement déchirant monta des poitrines. Ainsi c'était fini, Amoto ne connaîtrait plus jamais l'immobilité des vrais continents, plus jamais elle ne

1. Vêtements amples qu'on porte la nuit.

pourrait s'enorgueillir de posséder une longitude et une latitude immuables. *Elle était devenue un radeau...*

Sigrid releva doucement la tête. Elle grelottait dans son kimono ruisselant. La sensation était nouvelle, étrange. Elle n'avait plus du tout l'impression d'être juchée sur un morceau de terre ferme mais bel et bien de se trouver agenouillée au bord d'un canot pneumatique géant filant sur une mer d'huile.

— On n'a pas coulé ! triompha un gamin tout près d'elle.

Son père le fit taire d'une claque sur la tête.

— Qu'en sais-tu ? gronda-t-il. Parfois cela se produit à retardement, quand la pierre ponce est entièrement gorgée d'eau, quand tout l'air a fui des cavernes du sous-sol. Ce n'est peut-être qu'un sursis...

Les gens se redressaient un à un. Les regards se tournaient vers les barques de pêcheurs qui s'éloignaient à grands coups de rames de peur d'être victimes du maelström engendré par l'île si elle se décidait à faire naufrage.

— Oh ! sanglota une femme, comme je voudrais être avec eux !

— Tais-toi ! *Baka !* Idiote ! lui lança son époux. Ils ne sont pas mieux lotis que nous. Où iront-ils à présent ? Si la prochaine tempête ne les fait pas chavirer, ils seront réduits à mendier un hébergement d'île en île, et chaque fois on les repoussera. Va, nous ne sommes pas les plus à plaindre.

— Ça suffit ! cria Noburu, le chef de village, en grimpant sur un rocher. Je ne veux plus entendre de jérémiades. Nous avons eu la chance de ne pas couler, il faut s'organiser pour conserver cet avantage. J'ordonne que tous les jeunes gens qui sont bons nageurs se rassemblent au plus vite. Dans les heures qui viennent il va falloir calfater[1] le dessous de l'île, pour empêcher la remontée de l'eau dans les cavernes. Notre pouvoir de flottaison dépend de cette imperméabilisation du sol. Vous connaissez tous la procédure...

Pointant l'index en direction de Sigrid, il lança :

— Je compte particulièrement sur toi, l'étrangère, tu es la meilleure plongeuse d'Amoto. Tu commanderas les escouades de nageurs. Il faut faire très vite. *Hayaku !*

La jeune fille tressa ses longs cheveux bleus en une natte serrée. Le travail de calfatage était dangereux puisqu'il consistait à nager sous l'île comme sous la coque d'un navire, et à obturer l'entrée de chaque trou de la pierre volcanique avec du goudron. On n'avait rien trouvé de mieux pour empêcher l'eau de remonter à l'intérieur de la masse flottante, jusqu'au moment où le sel empoisonnait la terre et faisait mourir jusqu'au dernier brin d'herbe.

— Allez ! Allez ! grognait le chef de village. Bougez-vous ! Que ceux qui veulent se suicider ne gênent pas le travail des plongeurs. Et que les corps soient jetés immédiatement à la mer, il faut penser dès maintenant à alléger l'île au maximum.

---

1. Action qui consiste à boucher les interstices entre les planches d'une coque à l'aide d'un mélange imperméable à base de goudron.

Sigrid s'ébroua et courut chez elle pour prendre son nécessaire de plongée. En raison des pouvoirs dont elle avait hérité lors de son séjour sur Almoha, elle était une très bonne *ama*, une pêcheuse de perles au potentiel pulmonaire fort développé. Une grosse pierre attachée aux chevilles en guise de lest, elle était capable de se laisser couler au fond de la mer et d'y rester douze minutes pleines avant de remonter. Ce qui portait son temps d'immersion total en apnée à près de vingt minutes. Ici, sur cette étrange planète, elle ne possédait plus le pouvoir de se transformer en poisson dès qu'elle se sentait menacée de noyade, et c'était aussi bien, car une telle métamorphose aurait été considérée comme un acte de sorcellerie par les gens d'Amoto, et lui aurait valu d'être brûlée vive.

Quand elle franchit le seuil du jardin, Sigrid vit que la fragile maison de papier s'était presque affaissée. Sa mère adoptive, assise sur une pierre, en face des ruines, contemplait en pleurant le couteau qu'elle n'était pas encore parvenue à s'enfoncer dans la gorge.

— *Haha*, Mère ! intervint la jeune fille, ressaisissez-vous. Le chef a besoin de tout le monde. Il faut préparer le calfat, faire fondre le bitume. Tous les bras valides sont mis à contribution. Au lieu de vous lamenter sur votre honneur, vous feriez mieux d'aller rejoindre les femmes sur la place du village.

— Quoi ? bégaya la vieille en relevant la tête. Que dis-tu ? Nous n'allons pas couler ?

— Mais non... Du moins pas encore, s'impatienta

Sigrid. Allez. Je vais prendre la tête des plongeurs et diriger le colmatage.

— Ce n'est pas ta place ! siffla la vieille femme en se redressant brusquement. Une jeune fille de ta condition ne s'exhibe pas nue devant des paysans !

Elle n'avait jamais supporté que sa fille adoptive pêche les perles avec les autres adolescentes de l'île. Perdue dans ses rêves de grandeur, elle s'imaginait encore femme d'armateur, oubliant que la flottille de son mari avait péri en mer, balayée par un seul coup de la queue du dragon.

Sigrid entra précautionneusement dans les ruines. Elle désirait récupérer ses lunettes de plongée, ses palmes de cuir, et surtout la graisse dont elle s'enduisait le corps. Graisse qui avait un effet répulsif sur les requins. En raison de la proximité du dragon les squales ne seraient sans doute pas nombreux, mais restait le froid... et le dragon lui-même.

Sigrid se surprit à grelotter d'angoisse à l'idée qu'elle pourrait soudain se trouver nez à nez avec l'immense gueule du monstre. La bête serait bien capable de l'avaler sans même s'en rendre compte. Quand le saurien aspirait l'eau, l'effet de succion était si puissant qu'aucun nageur ne pouvait y résister. On disparaissait dans le gosier du monstre comme dans un entonnoir.

« Mais non, se dit-elle pour se rassurer. Maintenant qu'il a rongé l'obstacle, le dragon a repris sa route. Il doit être loin. »

Elle trouva enfin le sac de toile contenant son nécessaire de plongée et repartit en courant vers la plage.

Quand elle sortit du jardin, sa mère était toujours immobile au milieu du *cha-niwa*, le jardin zen bouleversé, son petit couteau à la main.

« Lorsque je reviendrai, elle se sera peut-être tuée... », songea Sigrid avec déchirement. Oui, mais que pouvait-elle faire d'autre ? L'intérêt de la collectivité passait avant tout le reste. Prendre le temps de s'arrêter pour réconforter la vieille femme aurait été un crime au yeux de Noburu, le chef de village. En outre, Sigrid n'avait pas le droit d'intervenir dans les affaires d'honneur de sa mère adoptive. Les règles du code familial étaient strictes, et plutôt inhumaines si elle les considérait de son point de vue d'étrangère ! Hélas ! elle n'était qu'une pièce rapportée, une vagabonde recueillie comme un animal errant. On ne lui demandait pas son avis, on attendait même d'elle qu'elle se montre encore plus obéissante que les autres jeunes gens de son âge.

Elle était à peine essoufflée lorsqu'elle arriva au pied des dunes. Les garçons et les filles d'Amoto s'y tenaient rassemblés. La plupart étaient déjà occupés à se frictionner le corps à la graisse de coprah. Beaucoup savaient déjà qu'ils faisaient là leur dernier plongeon.

L'odeur du calfat empuantissait l'air. On avait allumé le feu sous les énormes marmites où se liquéfiait le goudron auquel on mêlait de l'étoupe.

Les flammes crépitaient bruyamment dans le vent du large.

Sigrid ôta son kimono pour s'enduire d'une épaisse

couche de graisse. Puis elle releva ses lunettes de plongée sur son front et noua autour de sa taille une petite ceinture de cuir tressée soutenant un poignard. Elle coinça sa paire de longues palmes de cuir entre cette ceinture et ses reins.

— Écoutez, dit-elle en levant les bras pour réclamer le silence. Vous savez tous ce que vous avez à faire. L'été dernier, nous avons procédé à plusieurs répétitions, mais je vous rappelle que c'étaient de simples simulations. Ce qui vous a semblé alors facile vous paraîtra aujourd'hui dangereux. Ne pensez ni aux requins ni au dragon. *Méfiez-vous surtout du goudron.* Au contact de l'eau froide il durcit vite, vous pourriez vous y retrouver englués, collés à la roche comme une mouche prise dans le miel, et dans l'incapacité de remonter. C'est pour cette raison que vous devez sans cesse renouveler la couche de graisse dont vous êtes enduits. Veillez à demeurer glissants ! C'est clair ?

Ils maugréèrent et évitèrent son regard. Ils avaient peur. En outre ils n'aimaient pas recevoir des ordres d'une étrangère sous prétexte qu'elle était bien meilleure nageuse qu'eux.

— Allez, dit Sigrid en prenant la tête de la colonne. Que chacun attrape son récipient de *coaltar*[1] et se jette à l'eau. Il faudra faire la navette jusqu'à ce que vous tombiez épuisés dans le sable.

Le vent étouffait ses paroles et lui coupait la respiration. Elle était irritée de ne pouvoir jeter ses ordres

1. Calfat, goudron.

d'une voix tonnante de capitaine. Elle ne se faisait aucune illusion : s'ils n'avaient pas été aussi inquiets, les garçons auraient refusé de lui obéir.

Auprès des marmites, les matrones emplissaient de calfat bouillant de gros bidons de terre cuite qu'elles obturaient ensuite au moyen d'un bouchon. Le goudron liquide s'épaissirait peu à peu au contact de l'eau glacée. Sur toutes les côtes de l'île, dans tous les villages de pêcheurs, des équipes de jeunes gens faisaient ce que s'apprêtaient à faire Sigrid et ses compagnons.

Les hommes avaient planté des madriers au sommet des dunes ; ces potences improvisées permettaient de faire descendre sous la surface des globes de verre dans lesquels on brûlait une substance dont l'éclat rappelait celui du magnésium enflammé. Ces photophores éclairaient l'île par en dessous. Sans eux, les plongeurs auraient été réduits à travailler dans l'obscurité.

Sigrid courut à la rencontre des vagues, tenaillée par la peur, prenant garde à tenir éloigné de son corps le bidon de bitume bouillant. Elle plongea sans s'occuper des autres. L'eau était trouble, encore chargée de particules de terre en suspension, de boue, de racines émiettées. La jeune fille descendit à quatre mètres et écarquilla les yeux. *Au-dessous, il n'y avait plus rien !* Le socle supportant l'île avait disparu, l'atoll avait désormais l'aspect d'un gigantesque navire à la coque mal dégrossie. La lumière tremblotante des photophores éclairait cette espèce de bateau mal fichu. Les traces des dents du dragon étaient visibles, elles avaient labouré la pierre, y ouvrant des sillons assez profonds pour qu'un homme adulte puisse s'y cacher. Sigrid s'engagea sous cette voûte torturée. Elle savait qu'elle était juste au-dessous du village mais elle avait du mal à s'en persuader. Dire que quatre mètres à peine la séparaient du jardin zen érigé devant la maison familiale ! Quatre mètres... c'était si peu, c'était si... *fragile*.

Elle battit des chevilles. Ses longues palmes l'amenèrent au ras du « plafond ». La coupe sauvage effectuée par le dragon avait dénudé les racines de certains arbres centenaires qui ne manqueraient pas de crever à brève échéance à force de s'abreuver d'eau salée. Çà et là, on distinguait les emplacements d'anciens tombeaux. On apercevait les squelettes des guerriers tués lors d'une quelconque bataille. Encore plus loin, la lave brisée révélait les fossiles tenus cachés depuis des millénaires : fragments de dinosaures, bêtes fantastiques, que la morsure du dragon avait tirés de leur sarcophage de cendre durcie. Sigrid nageait sous cet univers formidable, frôlant de la main les crânes des diplodocus et les cercueils pourris des grands dignitaires oubliés. Elle n'avait pas le temps de s'émerveiller. Dans chaque cavité de la pierre volcanique s'était logée une grosse bulle d'air qui brillait telle une perle de cristal. Pour l'heure, cette bulle d'oxygène agissait à la manière d'un bouchon : elle empêchait l'eau de mer de remonter à l'intérieur du terrain, mais, si on ne scellait pas cet orifice au plus vite, la bulle finirait par éclater, et l'eau grimperait alors dans la terre, centimètre par centimètre. Lorsque l'île ne serait plus qu'une grosse éponge imbibée de saumure[1], la végétation périrait, tuée par le sel. Les champs ne produiraient plus rien, la famine s'installerait. Pour empêcher cela, il fallait calfater la « coque ».

Sigrid se glissa entre deux stalactites et se stabilisa à coups de palmes. Ses tempes bourdonnaient, mais modérément. Avec d'infinies précautions, elle déboucha le bidon de calfat, et, puisant dedans à l'aide d'une spatule, obtura la cavité au-dessus de sa tête, comme un maçon bouche la fissure d'un plafond. C'était une tâche dangereuse, car le goudron liquide, si on l'appliquait mal, pouvait se détacher d'un bloc et vous tomber sur la figure, vous brûlant la chair jusqu'à l'os. Quand il était presque froid, au contraire, il se changeait en une glu tenace, qui vous collait à la roche. Si l'on avait commis l'erreur d'y mettre la main, mieux valait essayer de se libérer en se tranchant quelques doigts d'un coup de poignard, c'était la seule solution.

Sigrid s'appliquait à travailler vite. Elle savait d'ores et déjà qu'au cours des mois à venir elle ne ferait rien d'autre qu'entretenir inlassablement la « coque » de l'île. La survie de l'*uji*, la communauté, serait à ce prix.

Le bidon de calfat était déjà vide, elle devait remonter. Elle s'éloigna d'un coup de reins souple, croisant les autres nageurs à l'ouvrage. L'interminable navette commençait. Au début, tout se passerait bien, puis, la fatigue venant, elle commettrait des erreurs, ses pou-

---

1. Eau salée.

mons se fatigueraient, son temps d'immersion s'abrégerait. Pour ne pas asphyxier, elle étalerait le calfat à la hâte... C'était ainsi que les accidents se produisaient.

Elle en était à son troisième voyage, quand elle remarqua la double tache phosphorescente perdue au fond des abysses, très loin au-dessous d'elle.

« Par les dieux ! songea-t-elle. Ce sont les yeux du dragon. Il n'est pas endormi... *Il nous regarde !* »

C'étaient deux soleils vert pâle animés d'une palpitation lente, deux astres tombés du firmament et engloutis dans les enfers marins où ils continuaient à brûler d'un feu glacial sans jamais s'éteindre.

Cette présence faillit lui faire perdre son sang-froid. Elle se demanda si le monstre observait les plongeurs, si ce fourmillement de jambes, de bras minuscules l'énervait. Allait-il dresser le cou pour venir happer les nageurs à la manière d'un chat que le ballet des mouches s'entrecroisant devant son museau finit par irriter ?

Elle s'obligea à ne plus y penser. La mauvaise oxygénation vous emplissait toujours d'une sourde angoisse contre laquelle on ne pouvait rien. Certains plongeurs cédaient alors à l'affolement, commettaient des erreurs mortelles.

« Il serait temps de remonter... », songea-t-elle. Oui, il aurait été plus prudent de s'accorder une demi-heure de repos au sommet de la dune, mais elle ne le ferait pas, non, elle était là pour donner l'exemple. On l'avait désignée comme la meilleure plongeuse du village, il n'était pas question qu'elle soit la première à avouer sa fatigue.

Elle obturait trou après trou. Scellant les perles d'oxygène à l'intérieur de leur écrin de pierre volcanique.

La pierre déchiquetée lui lacérait les épaules lorsque le courant la projetait contre la voûte. Elle voyait alors son sang monter en fumée rouge des plaies cisaillant ses avant-bras. Malgré la protection de la graisse, la morsure du froid devenait difficile à supporter.

Un grand trouble se fit soudain sur sa droite, agitant l'eau d'un bouillonnement désordonné. Sigrid vit tout de suite de quoi il retournait. Un garçon, fatigué ou impatient, avait mal étalé le calfat sur la « coque ». L'emplâtre de bitume s'était détaché d'un bloc pour lui tomber sur la tête et les épaules, tel un poulpe visqueux et noir, aux tentacules bouillonnants. Le malheureux se débattait, aveuglé, essayant de se nettoyer la figure à l'aide des mains, mais il n'arrivait qu'à se brûler les doigts. Sigrid prit sa spatule et nagea vers lui. Elle tenta de racler le calfat au moyen de l'outil de bois, mais c'était inutile, l'eau glacée était en train de durcir le goudron. La tête et les mains du nageur étaient prises dans ce bloc informe. Sigrid remonta d'une détente des cuisses, pendant que le plongeur sans visage descendait en tourbillonnant vers les deux soleils phosphorescents tapis au fond de l'abîme.

« Par les dieux ! songea Sigrid. Il aura au moins la

chance d'être déjà mort lorsque son corps touchera le fond de vase, juste devant le nez du dragon. »

Oui, c'était une vraie chance, ainsi il ne connaîtrait pas l'horreur ultime de la dévoration.

La brûlure de ses poumons devenait intolérable, elle devait remonter. Combien de temps avait-elle tenu cette fois ? À peine cinq minutes sans doute... Sur cette planète, elle ne disposait pas du formidable pouvoir d'immersion qui faisait d'elle une sirène.

Crevant les vagues, elle s'abattit au pied des dunes que le mouvement de dérive de l'atoll commençait à bouleverser. Le sable s'éboula sur elle, manquant de la recouvrir. Elle grelottait car l'eau avait fini par diluer la graisse dont elle était enduite. Des pleureuses vêtues de kimonos noirs formaient une ligne funèbre en bordure du rivage. Selon la tradition, elles ululaient sur une note monotone et soutenue en se frappant le front au moyen d'un galet plat. Plusieurs s'étaient déjà fendu les arcades sourcilières ; elles continuaient néanmoins leur psalmodie, le visage couvert d'un masque de sang. Sigrid se traîna en direction des marmites à calfat, dans l'espoir de se réchauffer. Une matrone eut pitié d'elle et lui coinça entre les paumes un bol de soupe au gingembre. Lorsqu'elle porta le récipient à sa bouche, la jeune fille réalisa que ses doigts étaient plus fripés que ceux d'une centenaire. Elle avait à peine avalé deux gorgées qu'elle reçut un coup de pied dans les côtes. C'était Haha, sa mère adoptive, qui la contemplait de toute sa hauteur, le visage courroucé, l'œil fou.

— Mauvaise fille ! hurla la vieille femme. Tu te caches pour paresser pendant que les autres travaillent ! Fiche le camp ! File te remettre à l'eau ! Ah ! Il ne sera pas dit que tu auras jeté la honte sur notre famille ! Saleté ! Bouche inutile ! Je savais bien que j'aurais dû t'abandonner sur un tas de fumier quand tu es née... J'en avais le pressentiment !

Sigrid voulut protester mais elle reçut un nouveau coup de pied. La vieille Haha paraissait en proie à l'une de ces crises de confusion qui lui embrouillaient l'esprit. Elle gesticulait en brandissant son petit couteau, et personne n'osait s'interposer.

— Va ! cria-t-elle, va nager puisque tu ne sais faire que ça !

Sigrid battit en retraite. Au passage, elle puisa dans le seau de graisse pour se protéger du froid et de l'adhérence du goudron. Tout le monde était désormais trop fatigué pour observer cette précaution et elle savait que les accidents allaient se multiplier dans les heures à venir.

Quelqu'un lui tendit un nouveau bidon de calfat. Elle était si lasse qu'elle ne reconnaissait plus personne. En entrant dans l'eau, elle eut envie de fermer les yeux et de se laisser couler vers le regard verdâtre du dragon somnolent.

Le soleil brillait au-dessus de la ligne d'horizon, à présent, et la visibilité sous-marine s'en trouvait augmentée d'autant. Même l'eau se décantait. La vase retournait doucement vers le fond. Elle allait se déposer sur le corps du monstre immobile, le dissimulant.

Sigrid se dirigeait vers une nouvelle cavité, quand elle aperçut une silhouette se débattant entre les stalactites. Une jeune fille au visage à demi masqué par les lunettes de plongée s'agitait en tous sens, comme si sa main droite était coincée dans une faille. Sigrid se détourna pour nager vers elle. C'était Anato, sa rivale à la pêche aux perles, celle qui, depuis déjà plusieurs mois, ambitionnait de la supplanter. Une belle fille aux cuisses très musclées, aux épaules carrées. Elle avait si peu de poitrine que, de loin, on pouvait parfois la prendre pour un adolescent. Son visage était large, aplati par un apport de sang mongol, et toujours boudeur.

Sigrid la rejoignit dans l'anfractuosité et vit tout de suite ce qui n'allait pas. C'était là encore l'accident classique dû à la fatigue. À force d'étaler le calfat en cours d'épaississement, Anato n'avait pas réalisé que ses doigts se souillaient de goudron refroidi. Elle avait fini par poser la main sur la roche, pour prendre son élan, et sa paume avait aussitôt adhéré à la pierre... *de manière définitive*. Sigrid tira son poignard pour tâter le bitume. Il était froid, aussi dur que le rocher auquel il collait. Essayer de le gratter n'aurait servi à rien. De plus, Anato étouffait déjà. Ses yeux hagards roulaient dans son visage cyanosé. Dans quelques secondes elle rendrait sa dernière bulle, inspirerait par mouvement réflexe et noierait ses poumons d'eau salée.

Elle avait peur, ses mouvements désordonnés ne faisaient qu'augmenter ses besoins en oxygène. Sigrid saisit la nuque de la plongeuse et posa sa bouche sur la sienne pour lui souffler dans la gorge tout l'air emmagasiné dans ses poumons. Anato comprit ce qu'elle essayait de faire et s'y prêta. Le transfert effectué, ce fut à Sigrid de se retrouver au bord de l'asphyxie. Elle dut s'éloigner à la hâte pour refaire surface.

Ce petit jeu ne pouvait pas durer éternellement. Une décision s'imposait.

Sigrid se savait à bout d'endurance ; en tergiversant davantage, elle risquait la syncope. Elle replongea, et, négligeant Anato qui lui griffait l'épaule pour exiger un nouveau baiser chargé d'oxygène, elle sonda la roche avec son poignard pour voir s'il lui serait possible de détacher la pierre à laquelle la main de la plongeuse adhérait. Ce n'était pas forcément la meilleure solution, car, parfois, le bloc se révélait si gros qu'il entraînait le nageur à sa suite, au fond des abîmes. Anato s'exaspérait, ses ongles ouvraient des sillons sanglants sur le bras de Sigrid. Elle étouffait, elle voulait de l'air, encore plus d'air...

« Je n'aurai pas la force de remonter avec les poumons vides, décida Sigrid. Si je lui donne mon air, j'étouffe. C'est maintenant qu'il faut prendre une décision... même désagréable. Nous restons là toutes les deux à cracher nos dernières bulles ou bien...

Tout était dans ce « ou bien... ».

Anato devina ce qui allait se passer, ses yeux s'agrandirent d'horreur et de colère, mais Sigrid avait déjà arrêté sa stratégie. D'un geste rapide, elle fit courir son poignard de plongée sur la main d'Anato, à la racine des doigts. C'était une lame terriblement aiguisée, un poignard fabriqué à partir d'un tronçon de *katana*, un sabre de *samouraï*, ayant appartenu au mari de la vieille Haha. Sigrid n'eut pas à accomplir le moindre effort. L'acier trancha la chair et les os avec une facilité déconcertante. La seconde d'après, Anato n'avait plus un seul doigt à la main droite, et un bouillonnement de fumée rouge s'échappait de ses moignons. Sigrid lui passa un bras autour du cou et l'entraîna vers la surface, de la même façon qu'on remorque une noyée. Les deux jeunes filles crevèrent l'eau au pied de la dune et s'abattirent dans le sable, emmêlées comme des lutteuses.

Dès qu'elle eut repris son souffle, Anato brandit sa main mutilée à la face de sa compagne.

— Tu l'as fait exprès ! Saleté ! hoqueta-t-elle. Tu savais que j'étais meilleure que toi... Tu n'étais pas obligée ! Non ! pas obligée !

Des matrones se précipitèrent pour envelopper la main de la blessée. Pendant qu'on tirait Anato à l'écart, Sigrid se plia en deux et vomit toute la bile et le sel qui lui emplissaient l'estomac. Au moment où elle relevait la tête, elle entendit la voix lointaine d'Anato qui criait :

— Je me vengerai ! Je me vengerai !

8

La route blanche

Sigrid avait beaucoup maigri, ses muscles durcis par les longues heures de nage sous-marine saillaient désormais sous sa peau au moindre mouvement. Sa mère adoptive l'observait du coin de l'œil et fronçait le nez en une mimique dégoûtée chaque fois que les abdominaux de sa fille devenaient un peu trop visibles.

— *Jijo !* Regarde de quoi tu as l'air ! siffla-t-elle entre ses dents. On dirait une jongleuse de théâtre ambulant, l'une de ces catins qui dansent sur les cordes en provoquant les hommes par leurs poses indécentes.

— Je travaille, mère, objecta Sigrid.

— C'est bien ce que je te reproche, marmonna la vieille femme. Une demoiselle de ta condition ne devrait rien faire qu'arranger des bouquets ou composer des poèmes.

Elle traversait une de ces phases de confusion mentale pendant lesquelles elle finissait par prendre l'étrangère aux cheveux bleus pour Ki, la fille qu'elle avait perdue, jadis, dans le naufrage qui avait ruiné sa maison.

— Les temps ont changé, *Haha*, fit prudemment Sigrid. Nous ne pouvons plus nous permettre de jouer les seigneurs.

Quand elle était trop fatiguée, elle entrait dans la folie de la vieille femme et jouait le rôle de Ki.

— Sottise, s'entêtait la mère. Ton père, mon *shujin,* était riche, nos finances ne peuvent pas être aussi mauvaises.

Il n'y avait rien à faire pour la ramener à la raison. Elle s'obstinait à nier la ruine de sa famille, le naufrage de sa flotte, la disparition de sa fille et de son époux.

*

Sigrid passait près de dix heures par jour dans l'eau, elle souffrait d'une inflammation des bronches due à la température trop basse de la mer. Le sel lui brûlait l'épiderme, et elle songeait avec tristesse que son corps aurait bientôt l'air d'avoir été taillé dans du cuir. Les garçons s'intéresseraient-ils encore à elle quand elle serait devenue une sirène à peau d'hippopotame ?

Elle était occupée à se masser avec une pommade

grasse quand le chef du village se présenta au seuil du jardin.

— *Ohayô-gozaimasu. Shitsurei-Shimasu. Gomen-kudasai ?*

— *Dôzo ohairi-kudasai.*[1]

L'échange de courbettes achevé, l'homme murmura :

— Je suis inquiet, pas par l'état général de l'île qui est bon, mais par la route que nous semblons prendre.

Sigrid serra les pans de son kimono.

— Qu'y a-t-il ? interrogea-t-elle. Nous ne descendons pas vers le sud ?

— Non, grommela le quinquagénaire en grattant son crâne rasé avec gêne. Tu as dû t'en rendre compte par toi-même : l'eau devient de plus en plus froide. Nous avons été capturés par un courant qui remonte droit vers le Pôle.

— Le Pôle ? hoqueta la jeune fille. Vous voulez dire : la banquise, les glaces ?

— Oui, confirma le chef. Si nous ne faisons rien pour sortir de ce couloir, nous arriverons dans un mois en vue des premiers icebergs. *Kiken desu.*

Sigrid songea à ce que cela signifiait. Amoto n'avait jamais connu les rigueurs de l'hiver. La mauvaise saison s'y traduisait par une baisse de deux ou trois degrés et une recrudescence des pluies, rien de plus. On n'y avait jamais porté que des kimonos légers, les maisons y étaient avant tout conçues pour protéger leurs habitants du soleil trop ardent et des moustiques. *La neige...*

1. Formules de politesse rituelles.

La glace... Sigrid devina que les insulaires auraient du mal à se représenter ce que signifiaient exactement ces mots. Ils n'en connaissaient les manifestations que par les images des estampes. Pour eux, la neige était une sorte de farine qui tombait du ciel, et la glace un tour de passe-passe mystérieux par lequel l'eau se changeait en morceaux de verre.

— Nous n'avons pas beaucoup d'arbres, énonça Noburu, le chef de village. Si nous commençons à les couper pour nous chauffer, nous nous retrouverons vite privés de bois.

— Je sais, fit la jeune fille en songeant à la maigre forêt qui poussait sur les contreforts de l'ancienne colline volcanique. Les arbres y étaient hauts et forts mais, hélas ! peu nombreux.

— Nos maisons de papier ne sont pas taillées pour affronter le froid du Pôle, gémit l'homme. Et nous n'avons pas de réserves de nourriture assez importantes pour faire face à la stérilisation des champs par l'hiver.

Sigrid ferma les yeux. Elle imaginait l'île s'enfonçant peu à peu dans le couloir maritime fréquenté par les icebergs, côtoyant ces montagnes de glace qui n'auraient aucun mal à la broyer. Elle frissonna sous son mince kimono de soie. Où se procurer des vêtements chauds ? C'était comme si une population tropicale se trouvait brusquement transplantée au milieu des glaciers. Personne ne s'habituerait à un tel changement en seulement un mois. Les vieillards et les enfants mourraient les premiers.

— Il y a peut-être un moyen d'échapper à la catastrophe, dit le chef après une hésitation. Se dérouter. *Transformer l'île en bateau et sortir du courant qui nous entraîne vers la mort.*

— Mais comment ? bredouilla la jeune fille en écarquillant les yeux.

— En utilisant des arbres de la forêt comme des mâts, et en y installant des voiles, souffla l'homme. Le mari de ta mère adoptive était armateur. Je sais que vous possédez encore de grandes voiles dans la remise de votre maison. Des voiles de rechange qui ne vous servent à rien maintenant que vous avez perdu vos bateaux.

— Peut-être, dit Sigrid. Il faudrait demander la permission à ma « mère ». Ce sont ses affaires. Je ne suis qu'une fille adoptée.

— Ta « mère » est folle, grogna Noburu. Et de toute manière elle te prend pour Ki, sa vraie fille que le dragon a noyée. Elle ne voudra même pas me parler ; pour elle, un chef de village compte moins qu'un serviteur. Essaye de la convaincre. Si nous avons les voiles, je ferai construire un grand gouvernail que nous installerons sur la côte sud, et qui nous permettra de nous diriger où nous voulons.

— *L'île deviendra un bateau ?*

— Oui, pas très maniable, c'est vrai, mais un bateau tout de même. Nous ne serions plus condamnés à suivre les fantaisies des courants marins.

— Je vais voir ce que je peux faire, soupira la jeune fille.

— Ne tarde pas, insista Noburu. L'eau va se refroidir chaque jour un peu plus et le travail de calfatage deviendra une torture.

Sigrid perçut la menace mais se contenta de s'incliner poliment pendant que l'homme s'en allait à reculons. Le chef de village la mettait mal à l'aise. Elle avait souvent remarqué les regards amoureux dont il la couvrait. Il ne perdait pas une occasion de s'approcher d'elle pour lui chuchoter des fadaises et lui toucher les cheveux. C'était un sale bonhomme, laid comme un poux, à qui la catastrophe avait donné trop de pouvoir.

Comme elle le présageait, Sigrid eut le plus grand mal à convaincre sa mère adoptive de céder les voiles de rechange à la communauté.

— Elles appartiennent à ton père ! grinça la vieille femme. Que dira-t-il lorsqu'il reviendra ? Il ne me pardonnera pas d'avoir donné son bien à des croquants. Il me bannira sans doute, et il aura raison ! Oh ! Tu veux donc m'éloigner de cette maison... C'est cela ? Tu inventes ce stratagème pour me faire répudier ? Tu espères sûrement présenter à ton père l'une de tes amies dont il fera sa concubine. Et qui, pour te remercier, te passera tous tes caprices !

— Mère, insista Sigrid. Dans un mois l'île se couvrira de neige et nous mourrons de froid. Rappelez-vous que vous frissonnez dès qu'il pleut ! Que ferez-vous quand nous devrons brûler la maison morceau par morceau pour nous réchauffer ?

La vieille femme haussa les épaules. Sa bouche striée de rides verticales se crispa avec dédain.

— Je ne crois guère à ces histoires de *neige*, siffla-t-elle. De la farine qui tombe du ciel ! Allons donc ! Pourquoi pas du riz ? L'eau qui se change en verre... Ce sont des contes à dormir debout comme les marins aiment en colporter. Noburu veut voler nos voiles pour en faire des vêtements et les vendre un bon prix. Et toi, tu es assez sotte pour le croire.

Il fallut longtemps batailler. À la fin, lasse, Sigrid décida de céder les voiles à la communauté sans en avertir sa mère adoptive qui, de toute manière, ne descendait jamais à la remise par peur des rats.

Le chef vint la nuit même avec une dizaine de garçons et s'empara des rouleaux de bonne toile sans même un remerciement. Le lendemain, Sigrid put voir qu'il avait fait clouer des vergues de fortune en travers des grands arbres de la montagne. Les voiles avaient été tendues sur ces espars, si bien que les sapins géants s'étaient changés en d'immenses mâts enracinés dans le sol. Les troncs ployaient sous les secousses du vent.

Noburu paradait dans la plaine, fier de sa réalisation.

— En ce moment même, dit-il en posant la main sur l'épaule de Sigrid, au sud de l'île, on est en train de tailler un grand gouvernail. Dix sapins qu'on montera sur un axe et qu'un groupe d'hommes manœuvrera au moyen de cordages. Cela devrait nous permettre d'échapper au courant. Dès que le vent forcira, nous filerons vers l'ouest pour revenir d'où nous sommes partis, vers les régions chaudes.

— C'est formidable, observa Sigrid, mais il faudrait

se dépêcher de mouiller ce fameux gouvernail car, pour l'heure, le vent qui gonfle les voiles ne fait que nous rapprocher encore plus vite du Pôle.

Le visage de l'homme se ferma, et la jeune fille comprit qu'elle avait eu tort de l'humilier.

— Les travaux vont bon train, grogna-t-il. Ne t'en fais donc pas. Après-demain, au plus tard, nous aurons tourné le dos aux icebergs.

Sigrid le laissa là, planté à la lisière de la forêt, les poings sur les hanches, considérant avec une fierté non dissimulée les grandes voiles gonflées au milieu des sapins. Ce spectacle avait empli la jeune fille d'une angoisse sourde, car les gémissements des troncs martyrisés lui avaient fait peur. Un arbre ne devient un mât qu'après avoir subi de multiples épreuves de trempe et de séchage – ce rituel artisanal exigeant souvent *plusieurs* années. Par là même, elle craignait que Noburu ne soit allé trop vite en besogne. Et si une tempête se levait, prenant l'île par le travers ? Faute de pouvoir replier les voiles assez vite, l'atoll risquait tout bonnement de chavirer... de se retourner, « quille » en l'air, noyant ses habitants.

Cette image d'épouvante la tortura tout le long du chemin. Il lui sembla que les grincements des grands arbres couraient dans le sol, jusque sous ses pieds nus. En pénétrant dans le jardin, elle découvrit sa « mère » agenouillée au milieu des légumes, l'air soucieux.

— Le vent est en train d'emporter la terre ! lança la vieille femme, l'index tendu vers le ciel. *Kaze ga tsuyoi-sugimasu desu.* Regarde ! Nous allons trop vite... Nous bougeons excessivement. Bientôt, la couche fertile sera partie dans la bourrasque et nous vivrons sur un rocher nu.

— Allons, Mère, soupira Sigrid. Les choses sont assez compliquées comme cela, n'en rajoutez pas. Et n'allez pas exposer vos brillantes théories aux voisins. Le moral est déjà bas. Et puis rentrez, vous allez prendre froid.

— Ah ! oui, ricana l'ancienne grande dame. J'oubliais : *yuki* (« la neige ») ! La farine miraculeuse qui tombe du ciel. Elle nous nourrira peut-être, qui sait ? Avec de la farine on fabrique des galettes.

Sigrid ne releva pas la moquerie et s'en alla faire cuire un peu de riz, point trop cependant car il convenait déjà d'économiser les réserves. Elle s'immobilisa au-dessus de la marmite. Depuis qu'on avait hissé les voiles, le mouvement de l'île était beaucoup plus perceptible, et les gens souffraient du mal de mer. Pourquoi Noburu n'avait-il pas attendu que le gouvernail soit taillé pour lâcher toute la toile ? Pour briller aux yeux de ses administrés ? Quel imbécile !

« Une île n'est pas un bateau, se répétait Sigrid. Elle n'est pas aussi souple qu'un navire. Elle n'a pas été conçue pour affronter la houle. »

Elle ajouta de la graisse au riz, pour mieux résister au froid, car elle allait devoir recommencer à plonger d'ici quelques heures. Puis elle confectionna un litre de thé chaud et fort. L'eau aussi ne tarderait pas à devenir un problème, car la source alimentant Amoto s'était tarie au moment où le dragon avait broyé le socle rocheux entre ses mâchoires. À présent, il fallait se contenter de l'eau de pluie des citernes – ce qui, en saison sèche, condamnerait la population à mourir de soif. Par les dieux, beaucoup de choses allaient changer dans les mois à venir. Il faudrait être forts et se tenir les coudes. Tout le monde n'en serait pas capable.

Deux heures plus tard, alors qu'elle prenait le chemin des dunes, Sigrid fut assaillie par Anato, sa rivale, dont elle avait dû couper les doigts une semaine auparavant. L'infirme jaillit d'un buisson d'oyats et la saisit par les cheveux au moyen de sa seule main valide. Sigrid gémit. Ses yeux s'embuèrent sous la douleur.

— Alors, saleté ! rugit Anato en lui mettant sous le nez le pansement brunâtre enveloppant sa blessure. Ça ne te suffisait pas de m'estropier, maintenant il faut que tu ailles faire du charme à Noburu ! Tu veux te marier avec lui ?

— Arrête ! supplia Sigrid. Je ne t'ai pas estropiée, *je t'ai sauvé la vie...* Et je ne veux me marier avec personne. Surtout pas avec le chef de village. Je te le laisse de bon cœur !

— Alors pourquoi lui as-tu donné les voiles de ton « père » ? gronda Anato. Tu ne comprends pas que tu vas tous nous tuer ?

— Qu'est-ce que tu racontes ? gémit Sigrid sans parvenir à se libérer de l'étreinte de son ennemie.

— Viens voir, grommela Anato. Viens voir ce que vous avez fait, toi et ton amoureux.

Et, traînant Sigrid par les cheveux, elle lui fit dévaler la dune en direction de la plaine. Là, elle la força à s'agenouiller dans l'herbe et lui désigna une fine lézarde qui courait sur le sol.

— Regarde un peu ça ! commanda-t-elle. C'est le résultat de votre manœuvre... *Les voiles tirent sur les arbres dont les racines bougent dans le sol.* Un grand réseau de craquelures est en train de se dessiner autour de la forêt. Vous êtes en train de fissurer l'île avec vos idioties.

Ayant craché son fiel, elle s'enfuit entre les dunes, abandonnant Sigrid les yeux brouillés de larmes.

*

Dans les jours qui suivirent, Sigrid eut l'impression que le vent fraîchissait. Elle n'était pas la seule dans ce cas.

— À l'aube, radotait sa mère, la bourrasque charrie de fines particules de *yuki*... comment dis-tu déjà ? de... neige. *Samui desu.* Lorsque je vais dans le jardin, je les sens se coller sur mon visage et fondre doucement. C'est étrange, un peu comme des papillons glacés et fragiles, qui se désagrégeraient au contact de la peau humaine. C'est donc cela la neige ? Tu m'as encore raconté n'importe quoi. Il ne s'agit pas de farine, mais de papillons... une multitude de minuscules papillons blancs. Tu n'as vraiment aucun don pour la poésie. Ah ! comme ton père aurait été déçu de te voir si pataude !

Puis elle frissonnait et disait dans un souffle à peine audible :

— *Watashi wa samui desu...*

Inventait-elle ? Sigrid n'en savait rien. Elle grimpa sur les dunes et scruta la ligne d'horizon. Au bout d'un moment elle surprit des éclats de blancheur qui paraissaient provenir d'immenses miroirs interceptant la lumière du soleil. S'agissait-il des icebergs détachés de la banquise ? Elle tremblait de les voir se rapprocher. Que pèserait la petite île face à ces montagnes flottantes ?

Le claquement des voiles tendues sur les arbres de la forêt accentuait son angoisse, car, dès que le vent grossissait, l'atoll prenait de la vitesse. Les vaches, désorientées par le tangage de la prairie, n'arrêtaient plus de meugler, perdaient l'équilibre et roulaient sur le dos, les pattes en l'air. L'inquiétude leur faisait tourner le lait. Chaque fois qu'on encaissait une grosse vague, les objets tombaient des étagères. Le mal de mer rendait la population maussade.

*

Noburu, le chef de village, rassembla tous les jeunes gens et leur ordonna de gagner la pointe sud de l'île, là où l'on essayait de dresser le fameux gouvernail géant. Réquisitionnée par la milice, Sigrid dut se joindre à la colonne. Après deux heures de marche, les jeunes gens foulèrent le sable d'une plage encombrée de poutres et de madriers mal équarris qui sentaient encore la sève fraîche. Le gouvernail avait été immergé. La barre commandant son inclinaison mesurait treize mètres de long. Elle avait été taillée d'un seul tenant dans un tronc d'arbre écorcé monté sur un support. Des cordes nouées tout au long de la hampe permettaient, en théorie, de la manœuvrer de droite à gauche sur 180°. En théorie seulement, car dans la pratique les choses ne se déroulaient pas aussi aisément.

— Écoutez, commença Noburu en grimpant sur un rocher. Pour comprendre ce que nous essayons de faire, il faut vous imaginer l'île sous la forme d'un bateau. La forêt avec ses voiles joue le rôle des mâts. Nous nous trouvons ici à la poupe, et nous devons tenir le rôle du barreur. Si nous parvenons à incliner le gouvernail comme il faut, nous arracherons Amoto au courant qui l'emporte vers le Pôle.

— *Sumimasen.* Pourquoi n'est-ce pas déjà fait ? interrogea Sigrid que l'état de délabrement du chantier alarmait.

Le chef de village lui jeta un regard noir. Le temps des amabilités était aujourd'hui révolu.

— Parce que le courant est trop puissant, répliqua-t-il dans un grondement. Pour maintenir la barre dans la bonne direction, il faudrait la poigne d'un géant. Chaque fois que nous tentons de faire bouger le gouvernail, la puissance du flot nous l'arrache des mains. Mais tu verras bientôt cela par toi-même ; et peut-être feras-tu alors des remarques plus constructives ?

Sigrid baissa le nez et rougit. Elle eut conscience des regards irrités qui se posaient sur elle. Manifestement, les choses n'allaient pas très bien.

Elle comprit l'ampleur du problème lorsque Noburu

rassembla garçons et filles en deux groupes et leur ordonna de tirer sur les filins noués à la barre pour faire pivoter la poutre selon un angle nord-ouest. Sigrid sentit le cordage devenir aussi dur que l'acier entre ses paumes. Elle avait beau s'arc-bouter, planter ses talons dans le sable, la barre refusait de bouger, la puissance du courant s'opposait à tout mouvement qui eût contrarié son flux.

— Tirez ! Mais tirez donc, bande de mollusques ! hurla Noburu en sautillant au sommet de son rocher. Qu'avez-vous donc dans les bras ?

Très vite, Sigrid fut couverte de sueur. Ses paumes gluantes dérapaient sur le chanvre du cordage, et, dès qu'elle perdait prise, les insultes fusaient de toutes parts. Garçons et filles ahanaient, le front et les muscles sillonnés de veines dilatées. Au début, ils avaient vu dans la manœuvre un simple jeu analogue à ceux des fêtes de village ; à présent que leurs paumes saignaient, ils ne riaient plus. Au bout d'une heure, on parvint à incliner la barre de quelques degrés vers l'ouest. Noburu ordonna aussitôt qu'on fixe les cordes à des pieux fichés dans le sol. Les « barreurs » se laissèrent tomber à genoux dans le sable, les épaules rompues. Les paumes de Sigrid étaient constellées de grosses cloques. Autour d'elle, les jeunes gens haletaient et massaient leurs muscles douloureux. La barre gémissait sur son pivot, comme si ses fibres supportaient difficilement la torsion à laquelle elles étaient soumises. Sigrid remarqua que la poutre avait tendance à s'incurver telle la branche d'un arc. Elle surveillait les cordages, terrifiée à l'idée que leurs torons de chanvre pourraient céder brusquement.

La rivale de Sigrid, Anato, en raison de sa mutilation, avait été promue surveillante du chantier. Cette élévation l'avait réconciliée avec Noburu. Elle allait et venait entre les rangs des travailleurs, un fouet à la main, pour fustiger les paresseux. À la fin de la pause, quand on recommença le halage, elle s'intéressa tout particulièrement à Sigrid, dont elle cingla plusieurs fois les épaules pour »lui apprendre à se laisser porter par les autres ».

L'île tanguait de plus en plus. L'inclinaison du gouvernail l'obligeant à lutter contre le courant, elle se positionnait de biais par rapport au flux, si bien que les vagues, contrariées dans leur mouvement naturel, se brisaient sur la côte avec une violence qui s'accroissait de minute en minute.

— *Ganbatte !* (« Tenez bon ! ») hurla Noburu. Nous y sommes presque. Continuez comme ça et nous serons sortis du courant dans un quart d'heure !

Sigrid avait l'impression que sa tête allait éclater, tous ses muscles s'arracher de ses os. Ses paumes gluantes de sang dérapaient de plus en plus sur le chanvre rugueux. Les dorsaux du garçon qui la précédait saillaient comme sur une planche anatomique.

— Encore ! Encore ! cria Noburu.

Sigrid ferma les yeux. Elle avait l'illusion d'être en train de bander un arc géant, un arc destiné à tirer une flèche conçue pour percer le cœur d'un colosse, d'un dieu ou d'un dragon.

Et soudain le drame se produisit : le gouvernail fut violemment rabattu par le courant. Une force dont la puissance les dépassait tous ramena la barre à sa position originelle. La corde fila entre les doigts des jeunes gens à une telle vitesse qu'ils n'eurent ni le temps ni la présence d'esprit de la lâcher. D'un seul coup, les torons de chanvre se muèrent en une râpe, une scie, qui emporta peau et muscles. La chair des paumes fut usée jusqu'à l'os, et les filins devinrent rouges de sang. Sigrid, à bout de résistance, avait par bonheur déjà lâché le câble au moment de l'accident. Des hurlements de souffrance explosèrent. Un garçon, tombé à genoux dans le sable, contemplait d'un œil horrifié ses mains dont toute la chair avait été arrachée et qui avaient maintenant l'air d'appartenir à un squelette. Les cordes avaient sectionné les têtes des malchanceux qui s'étaient dressés sur leur trajet. Il avait suffi de quelques secondes pour que la plage se change en un champ de bataille couvert de corps mutilés. Sigrid serra les mâchoires pour ne pas se mettre à hurler. Elle comprit pourquoi le chantier lui avait fait si mauvaise impression lors de son arrivée. Noburu s'était bien gardé de leur expliquer que chaque tentative d'inclinaison du gouvernail se soldait par une boucherie.

Comme la jeune fille se redressait, Anato se précipita vers elle pour examiner ses mains.

— Évidemment ! ricana l'infirme. *Tu n'as rien.* Avec toi ce sont toujours les autres qui trinquent ! Tu faisais semblant de tirer, bien sûr ! Je le dirai à Noburu. Ne t'imagine pas que tu passeras toujours entre les mailles du filet.

Sigrid haussa les épaules et se porta au secours des blessés. Le chef de village laissa éclater sa colère, il s'oublia au point de frapper plusieurs malheureux à coups de pied.

— Nous y étions presque ! répéta-t-il, l'écume aux lèvres. Il aurait suffi d'une minute d'effort ! Vous êtes des bons à rien.

Les plaies étaient si laides qu'elles laissèrent Sigrid désemparée. Elle eut beaucoup de mal à se faire apporter de la charpie. Certains jeunes gens, en état de choc, claquaient des dents. Il aurait fallu prévenir un médecin. Elle le dit à Noburu qui la rabroua.

— Pas le temps ! lui cracha-t-il au visage. Que les maladroits se débrouillent, qu'ils rentrent chez eux et ne s'avisent pas de gêner la manœuvre. Nous ferons une nouvelle tentative dans deux heures, quand les renforts seront arrivés.

— Vous allez estropier toute la jeunesse de l'île ! lui lança Sigrid, les joues rouges de colère.

— Et alors ? riposta Noburu. Le moyen de faire autrement ? Tu préfères affronter les glaces du Pôle ? Comment comptes-tu réchauffer tes petites fesses quand la neige recouvrira Amoto ? Tu y as pensé ?

La jeune fille battit en retraite.

— Qu'on fasse des pansements aux blessés et qu'on les évacue, grogna le chef de village. Je ne veux pas que leur vue effraye les nouveaux arrivants. Et tenez votre langue ! Celui qui sera pris à démoraliser ses compagnons recevra cent coups de fouet.

Personne n'éleva la voix. Les rescapés se retirèrent à l'écart en se jetant des regards horrifiés. Sigrid dénombra une trentaine de garçons et de filles encore « intacts ». Tous avaient entrepris de déchirer leur kimono en fines bandelettes pour se protéger les mains. Sigrid les imita bien qu'elle doutât de l'efficacité réelle du procédé. Elle avait vu la corde de chanvre filer sous son nez avec la puissance d'une lame de scie. Il s'en était fallu de peu pour qu'elle ne soit, elle aussi, estropiée. Elle examina ses paumes. Elle eut la surprise de les découvrir hérissées de poils ! En les examinant de plus près, elle comprit qu'il s'agissait de fils de chanvre détachés de la corde, et qui s'étaient fichés dans son épiderme, transformant ses mains en pelotes d'épingles. Elle s'appliqua à ôter ces « piquants » un à un en essayant de ne pas grimacer. Elle se demanda comment elle aurait la force d'empoigner de nouveau le filin de halage dans deux heures.

Anato résolut ce problème en faisant passer dans les rangs une jarre emplie d'une pommade brunâtre.

— C'est un onguent à base d'opium, expliqua-t-elle. Massez-vous avec, vous ne sentirez plus rien. Je sais de quoi je parle, depuis qu'*on* m'a coupé les doigts j'endure le martyre.

Sigrid grimaça, sachant que cette perfidie lui était destinée. Elle n'était pas naïve, elle devinait qu'à long terme les gémissements d'Anato finiraient par semer le doute dans l'esprit des insulaires.

Elle décida de faire le vide en elle et de prendre des forces. Elle se creusa une niche dans le sable pour échapper à la morsure du vent qui lui donnait la chair de poule. Tout autour d'elle, garçons et filles se serraient les uns contre les autres pour éviter de grelotter. Son premier réflexe fut de repousser le bras inconnu qui cherchait à l'enlacer, puis elle se laissa faire. La chaleur du jeune homme se pressant contre son dos était agréable.

— Je m'appelle Takeda, lui murmura l'inconnu. Je suis du village d'Ogata, sur la côte est. Et toi ? Tu es l'étrangère tombée des étoiles, la fille aux cheveux bleus. Tous les garçons ont peur de toi à ce qu'il paraît. Ils disent que tu ressembles à un démon. Pas moi. Je te trouverais même plutôt jolie malgré tes drôles d'yeux ronds.

— Merci, répondit Sigrid en évitant de le regarder. C'est gentil, mais le moment est mal choisi pour flirter.

— Tout à l'heure, souffla le garçon, quand il faudra se remettre à tirer, mets-toi derrière moi, comme ça je pourrai te protéger en cas d'accident. *Kiken desu.* Il y a deux semaines que je travaille ici, je sais repérer les signes avant-coureurs de catastrophe. J'ai entendu ce que tu disais au chef. Tu as raison : pour dérouter l'île, les vieux n'hésiteront pas à nous sacrifier, nous les jeunes. Il faut rester vigilants.

Cette fois, Sigrid jeta un coup d'œil par-dessus son épaule pour le dévisager. Il n'était pas beau mais ses traits émaciés étaient empreints d'une grande énergie, et ses yeux perçants semblaient ceux d'un loup.

Dans l'heure qui suivit ils ne dirent plus rien, et Sigrid finit même par s'assoupir. Hélas ! les vociférations de Noburu la réveillèrent dès que la colonne des renforts émergea d'entre les dunes. Ils étaient quinze, recrutés dans un village de la côte. Quinze gamins hagards, ébahis par le spectacle du gouvernail géant dont le barre oscillait sur son pivot, au milieu d'un fouillis de cordes brunâtres.

— En place ! cria le chef de village. Cette fois il faut sortir du courant. Pendant que vous vous prélassez, les voiles augmentent notre vitesse et nous rapprochent du Pôle, songez-y ! Il faut faire pivoter ce foutu gouvernail et maintenir le cap le temps qu'Amoto reprenne sa liberté. *Wakarimasu ka ?* (« C'est compris ? »)

Takeda aida Sigrid à se remettre sur pied. La jeune fille ne put retenir un gémissement tant ses muscles étaient douloureux. Anato, son ennemie, avait déjà regagné son poste de surveillance, le fouet à la main, toisant la masse des esclaves.

— Aux filins ! ordonna-t-elle. Et coordonnez vos mouvements, je veux voir vos articulations sur le point de se rompre !

Takeda manœuvra de façon à ce que Sigrid se trouve derrière lui. Il avait le corps long et noueux, avec des bras trop grands qui lui conféraient une allure un peu simiesque. Son visage était celui d'un renard aux aguets et sa peau toute grêlée. Malgré cela, il émanait de lui un charme étrange. Peut-être à cause de la force contenue dans chacun de ses gestes. Sa présence rassura Sigrid.

On reprit les filins et l'on recommença à tirer, les talons plantés dans le sable. Parfois, lorsqu'on dérapait, toute la corne recouvrant le talon s'en allait, vous mettant l'os à vif. Le courant paraissait encore plus puissant que tout à l'heure. Véritable mur élastique, il s'opposait à toute tentative d'inclinaison du gouvernail. La barre gémissait sous la torsion infligée par les filins. Sigrid se cramponnait de toutes ses forces au cordage, la pommade d'opium avait insensibilisé ses paumes et elle ne souffrait plus. Elle voyait le sang traverser ses bandelettes sans rien éprouver qu'un vague picotement.

La barre s'incurvait, atteignant aux limites de la flexibilité. Brusquement Takeda se retourna, une grimace d'avertissement sur le visage. Sigrid ne comprit pas ce qu'il disait, mais la seconde d'après, le garçon s'était jeté sur elle pour la couvrir de son corps. Au même instant la barre se brisa par le milieu avec un craquement terrible. La poutre, en explosant, expédia en tous sens des centaines d'échardes et d'esquilles qui se fichèrent dans les corps comme autant de fléchettes. La poitrine criblée, les jeunes gens s'abattirent, fauchés par la salve. Sigrid, écrasée sous Takeda, sentit le corps du garçon se contracter, et elle en déduisit qu'il avait été touché à sa place. Dès que le calme fut revenu, elle se dégagea. Takeda avait le dos hérissé d'échardes longues comme le doigt. Il saignait beaucoup ; par chance, les esquilles n'avaient pas pénétré profondément.

« Il a encaissé à ma place, songea Sigrid. Sans lui, j'étais criblée de flèches.

— *Daijôbu desu ka ?* Je m'en doutais, dit Takeda en grimaçant. Ça s'est déjà produit la semaine dernière. Le bois qui pousse sur l'île n'est pas assez résistant pour supporter de telles torsions.

— Tais-toi, murmura Sigrid. Viens par ici, je vais te soigner. Tu m'as sauvée, j'aurais pu avoir les yeux crevés, être défigurée.

— C'est vrai, constata le jeune homme en lui jetant un coup d'œil acéré. *Maintenant tu es en dette avec moi.* Ne l'oublie pas. Nous en reparlerons.

Sigrid se mordit les lèvres. Elle n'aimait pas le ton employé par Takeda. Il lui semblait lourd de menace. Dans ce monde étrange, gouverné par des lois rigides et compliquées, tout était à craindre. Dans quel guêpier venait-elle de se fourrer ? Peut-être aurait-elle mieux fait de tenir sa langue...

Alors qu'elle soutenait le garçon en direction du camp, elle nota que Noburu et Anato étaient indemnes. Ils s'étaient jetés au sol au premier craquement de la poutre, évitant la salve d'échardes.

— Voilà ! vociféra le chef de village. C'est gagné ! Maintenant il ne vous reste plus qu'à fabriquer une nouvelle barre et à la mettre en place... Votre incompétence nous fait perdre un temps précieux et met toute la population en danger. Vous rirez moins quand vous vous réveillerez un beau matin sous la neige et que vous découvrirez, couchés à vos côtés, vos frères et vos sœurs morts de froid pendant la nuit !

Sigrid n'écoutait pas. Le pouce et l'index formant pince, elle retirait une à une les échardes fichées dans le dos de Takeda.

9

Le rebelle

Sigrid et Takeda s'enfuirent à l'occasion d'une corvée de bois. La jeune fille n'aurait jamais osé prendre cette décision de son propre chef car il lui déplaisait d'abandonner les autres adolescents à leur sort, mais Takeda ne cessait de lui répéter depuis plusieurs jours qu'ils ne survivraient pas à une nouvelle manœuvre du gouvernail géant, et elle avait fini par l'admettre.

— N'oublie pas que je t'ai déjà sauvé la vie une fois, lui souffla le garçon au visage de renard. D'après les lois d'Amoto, je pourrais faire de toi mon esclave, j'en aurais le droit... et je le ferais si j'étais mauvais. *Par exemple, je pourrais t'ordonner de devenir ma femme.* C'est ainsi, et tout le monde me donnerait raison. Mais je ne suis pas comme ça. Je n'abuserai pas de la situation. Seulement, il faudrait que tu arrêtes de me contredire. Tu n'es plus en état de savoir ce qu'il faut faire, et je sais ce qui est bon pour toi.

C'est vrai, Sigrid était véritablement à bout de forces. De plus, elle avait l'impression qu'Anato se débrouillait pour la placer au plus mauvais endroit ou lui attribuer les corvées les plus dangereuses dans l'espoir qu'elle serait estropiée au prochain accident.

Un matin qu'ils travaillaient à écorcer un tronc, Takeda profita d'un instant de distraction de la surveillante pour entraîner Sigrid dans les fourrés. Ils coururent avec toute l'énergie dont ils étaient encore capables. Ils avaient beaucoup maigri au cours des derniers jours car la nourriture était mauvaise et les portions ridiculement petites.

— Vous mangerez mieux quand vous travaillerez mieux ! ricanait Noburu.

Takeda soutenait Sigrid lorsque la jeune fille cédait à une défaillance. Au bout d'un quart d'heure de course aveugle, ils réalisèrent qu'on ne pouvait plus les apercevoir depuis le chantier, et ralentirent l'allure.

— Il faut rentrer chez nous, balbutia Sigrid. Expliquer aux gens que la stratégie de Noburu est *abunai,* suicidaire.

— Pas le temps, grogna le jeune homme au visage de renard. Et puis je ne suis pas doué comme toi pour la parole, je ne saurais pas convaincre les gens de chez moi. Mieux vaut agir sans attendre. Lacérer les voiles pour ralentir la course de l'île.

Sigrid écarquilla les yeux, un peu effrayée par la décision de son compagnon. Il avait une âme de rebelle, elle le sentait.

— Nous allons nous prendre du repos, dit Takeda, et cette nuit, quand nous serons moins fatigués, nous irons fendre les voiles avec ce couteau.

Il tira de dessous son kimono en loques un poignard artisanal au fer taché de rouille.

Il paraissait bien connaître la forêt, et guida la jeune fille vers une petite caverne dont l'entrée était dissimulée par des branchages. C'était un boyau étroit où ils eurent de la peine à s'insinuer, et à l'intérieur duquel ils ne purent tenir que serrés l'un contre l'autre. Sigrid était troublée, désorientée. Mais Takeda était un esprit libre, peu soucieux de la hiérarchie. En d'autres temps, en d'autres lieux, il aurait pu être guerrier ou chef de bande.

Avec un peu de honte elle réalisa qu'elle aimait le contact de son corps émacié, dur. Il n'était pas beau, mais il y avait en lui quelque chose d'impérieux. En face de Takeda, elle se sentait bizarrement émue, heureuse d'être protégée... et s'en effrayait.

« Il y a si longtemps que je me débrouille toute seule, songea-t-elle. C'est parfois réconfortant d'être prise en charge, de pouvoir s'appuyer sur quelqu'un de fort. »

Elle ferma les yeux. La caverne dégageait une prenante odeur d'humus, de racines, de feuilles pourries. Ainsi enterré, on avait l'illusion d'être isolé des atteintes du monde extérieur. Anato et Noburu cessaient d'exister. Sigrid se laissa aller. Sa joue chercha la poitrine osseuse du garçon. Il lui sembla que la caverne amplifiait l'écho de leurs deux cœurs battant presque à l'unisson. C'était comme s'ils scellaient, là, perdus dans les entrailles de la terre, une sorte de pacte obscur d'interdépendance. C'était noir, c'était puissant, cela faisait un peu peur mais c'était bon, chaud et rassurant.

« Par les dieux, songea Sigrid cédant au sommeil. Qu'a-t-il dit l'autre jour ? Que je lui appartenais désormais. Je n'arrive pas à déterminer si cette idée me révolte ou me rassure... et je suis trop fatiguée pour y réfléchir. »

Elle ne comprenait rien à ses propres sentiments. Brisée, meurtrie, elle finit par s'endormir.

Elle était devenue une rebelle, comme Takeda.

*

Ils quittèrent le boyau à la nuit tombée, sans échanger une parole. Takeda avait tiré son couteau et flairait le vent avec des mimiques d'animal aux aguets. Lentement, ils gravirent le flanc de la montagne pour gagner le sommet, là où Noburu avait transformé les arbres en mâts. Au fur et à mesure qu'ils progressaient, ils se tordaient les chevilles dans le réseau de crevasses sillonnant le sol.

« Anato avait raison, pensa Sigrid. La traction exercée par les voiles fait bouger les arbres, et ce mouvement provoque un fendillement de la terre. La montagne n'est déjà plus qu'une potiche fêlée. »

Au-dessus d'elle les vergues et les troncs gémissaient.

Les voiles gonflées par le vent mettaient les branches à rude épreuve.

— Il n'y a pas de sentinelles, constata Takeda. Nous n'avons qu'un couteau, tu vas m'attendre là. Si quelqu'un vient, siffle pour m'avertir.

Le poignard entre les dents, il escalada l'arbre le plus proche. Sigrid le regarda disparaître dans le fouillis des branches mal élaguées et dont les moignons laissaient échapper leur sève goutte à goutte. Elle s'étonna de trembler pour ce garçon dont elle ignorait encore l'existence 48 heures auparavant.

« Dieu ! pensa-t-elle, qu'est-ce qui m'arrive ? Vais-je enfin tomber amoureuse ? Est-ce le début de ma nouvelle vie ? »

Elle ne se reconnaissait plus. Takeda lui rappelait Koban, le prince des abîmes qu'elle avait rencontré sur Almoha[1], il avait le même caractère impérieux. Quand il lui donnait un ordre, elle avait envie de l'envoyer se faire voir, et, en même temps, elle éprouvait une sorte de joie étrange à lui obéir.

« Je deviens ramollie de la cervelle, se dit-elle. C'est la fatigue, sûrement. Je vais me ressaisir. »

Takeda sectionna le filin qui retenait le coin inférieur droit de la première voile, aussitôt celle-ci se mit à claquer bruyamment. Le jeune homme se déplaçait avec souplesse de branche en branche. Au passage, il lacérait la toile le plus possible, pour la rendre irrécupé-

---

1. Voir *Sigrid 1 : L'œil de la pieuvre*.

rable. Il trancha un second filin, et cette fois la voile s'éleva à l'horizontale, claquant tel un gigantesque drapeau. Sigrid se fit la réflexion qu'on devait l'entendre à plusieurs centaines de mètres à la ronde. Takeda travaillait vite, saccageant la voilure mise en place par Noburu. Il coupait, taillait. Une voile judicieusement entamée creva par le milieu sous la poussée du vent. La déchirure s'élargit avec un bruit d'explosion. Déjà Takeda repartait à l'attaque, sautant d'un arbre à l'autre.

La lumière vacillante d'une torche dansant au bout du chemin alerta Sigrid. Elle siffla longuement entre ses doigts. Takeda se laissa tomber au sol au milieu d'une cascade de brindilles.

— Des saboteurs ! hurla la voix de Noburu. Je m'en doutais. Attrapez-les ! Je veux qu'on les crucifie face au vent !

— Viens ! ordonna Takeda en saisissant la jeune fille par la main. Maintenant cours et ne regarde pas derrière toi.

Ils s'élancèrent tandis qu'une troupe d'adolescents armés de bâtons se coulaient dans leur sillage, aiguillonnés par les imprécations de Noburu.

Mais le travail de Takeda produisait son effet. L'île bougeait beaucoup moins. Elle avait cessé de fendre les flots à la manière d'un clipper gréé pour la course.

Sigrid essayait de ne pas trébucher, un point de côté lui sciait le flanc. Elle sentait venir le moment où elle n'aurait plus la force de courir.

— Tiens bon ! lui cria Takeda. Encore deux minutes, ils n'oseront pas nous suivre là où nous allons.

Elle ne comprit pas ce qu'il voulait dire. Les poursuivants se rapprochaient. Ils hurlaient des injures. Dans peu de temps Sigrid sentirait leurs mains se refermer sur elle...

Brusquement, de manière inexplicable, la poursuite s'interrompit. Les « soldats« de Noburu s'immobilisèrent, les bras ballants, comme si un mur invisible les empêchait d'aller plus loin. Sigrid tomba sur les genoux, à bout de souffle.

— Ça va, ricana Takeda. Tu peux te reposer. Ils ne viendront pas jusqu'ici.

Alors, dans un rayon de lune, Sigrid réalisa que la moitié de la plaine, tout autour d'elle, était constellée de crevasses profondes. C'était comme si, à l'aide de son couteau, un géant avait essayé de graver sur le sol les lignes d'un jeu de Go.

Le réseau de fissures dévalait le flanc de la montagne pour gagner le terrain plat.

— J'en avais entendu parler, expliqua Takeda. Ça s'est produit pendant que nous étions au chantier. La moitié de l'île est fissurée. Il y a désormais un *bon* et un *mauvais* côté de l'atoll. Tous les habitants de la partie crevassée sont en train d'abandonner les villages pour trouver refuge sur la zone intacte.

— Le risque de fracture est réel ? interrogea Sigrid.

— Oui, dit sombrement le jeune homme. N'oublie pas que l'île n'a que quatre mètres d'épaisseur.

Ils s'assirent au milieu de l'entrecroisement des

lézardes et se blottirent l'un contre l'autre pour échapper à la morsure du froid. Là-bas, les poursuivants leur adressaient des gestes menaçants sans oser se risquer sur le damier du territoire lézardé.

— Ne t'en fais pas, murmura Takeda. Ils ne viendront pas. C'est trop dangereux.

Sigrid se demanda s'il y avait réellement là de quoi se sentir rassurée.

Ils attendirent l'aube sans bouger, mi-sommeillant mi-grelottant. Au matin, ils virent que leurs poursuivants campaient à la lisière du champ de crevasses.

— Nous bénéficierons de l'impunité tant que nous resterons dans la zone dangereuse, dit Takeda. C'est commode. Nous pourrons en sortir pour tenter des raids, puis revenir aussitôt nous mettre à l'abri.

Sigrid songea que le mot *abri* n'était peut-être pas celui qui convenait le mieux pour désigner cet échiquier instable où les crevasses dessinaient des cases inégales.

Takeda semblait peu sensible à la menace, seule comptait pour lui la joie de pouvoir faire la nique à ses adversaires à l'intention desquels il esquissait force gestes provocateurs. Quand il fut fatigué de ces démonstrations de virilité, il entraîna la jeune fille au sommet d'une colline afin d'avoir une vue d'ensemble de la situation. Celle-ci se révéla compliquée. Les gens qui fuyaient la zone sinistrée venaient tous se masser sur la côte ouest d'Amoto, si bien que l'île, déséquilibrée par ce poids mal réparti, commençait à pencher sur bâbord telle une barque sur le point de chavirer. Noburu rappela ses hommes pour surveiller la circulation des réfugiés... et les repousser. Des barrages furent établis sur les principaux chemins pour enrayer l'exode. Il n'était pas question que les malchanceux viennent s'installer chez ceux dont la terre ne souffrait encore d'aucune fêlure.

— Arrêtez de remuer ! hurla Noburu du haut du rocher où il était grimpé. Vous déséquilibrez l'île. Vous serez bien avancés lorsque l'atoll se retournera !

On lui fit remarquer que la fragmentation de la plaine découlait directement de sa stratégie. S'il n'avait pas utilisé les arbres comme mâts, jamais les racines n'auraient bougé dans la terre, et jamais la plaine ne se serait disloquée. Il balaya ces arguments d'un geste de la main, et fit disperser la foule par sa garde.

Mais une heure plus tard il avait fait ferler[1] toutes les voiles, l'île n'avançait plus que portée par la seule force du courant.

— Nous allons moins vite, remarqua Sigrid, mais il fait tout de même beaucoup plus froid qu'hier. Et on ne voit presque plus le soleil.

Takeda plissa les yeux pour scruter la ligne d'horizon.

— C'est le Pôle, murmura-t-il. Il se rapproche.

Soudain il tressaillit, ses mâchoires se crispèrent, accentuant l'aspect naturellement émacié de son visage.

1. Rouler.

— Là-bas, dit-il en pointant l'index vers le nord-ouest. Il y a quelque chose.

— *Un iceberg*..., souffla Sigrid en identifiant la haute muraille scintillante portée par les eaux.

10

Complots

Mettant à profit la fuite de Sigrid, Anato et Noburu décidèrent de se venger. Ils se rendirent chez Haha, la mère adoptive de la jeune fille aux cheveux bleus, et se présentèrent à elle en faisant mille courbettes. La vieille femme se retrouva dans l'obligation de les inviter à dîner. Pendant qu'ils mâchonnaient un riz au poisson chichement servi, Noburu fit le point de la situation.

— *Sumimasen.* J'ai honte de devoir t'annoncer cela, fit-il avec un geste de contrition en se tournant vers Haha. Mais Sigrid a trahi notre clan. Elle s'est acoquinée avec un voyou de la pire espèce, un certain Takeda, dont elle est devenue le jouet. Avec lui, elle multiplie les actions de sabotage, comme si elle avait perdu l'esprit. En ce moment même, elle écume la zone craquelée avec son compagnon pour piller les maisons abandonnées. On l'a vue. C'est une grande honte pour notre village. Je tenais à te l'annoncer moi-même avant que tu ne l'apprennes de la bouche de quelqu'un d'autre.

— Je crois qu'elle est devenue *kichigai,* folle, siffla Anato en levant sa main bandée. Il y a quelques semaines, elle m'a mutilée sans raison au cours d'une plongée, alors que j'essayais justement de lui venir en aide.

— Un accident de décompression, peut-être ? risqua la vieille dame qui essayait de conserver un digne maintien. Cela arrive lorsqu'on reste trop longtemps sous l'eau. Les veines du cerveau éclatent et le plongeur devient fou.

— Je ne sais pas, fit Noburu les lèvres pincées. Sans doute était-elle jalouse des qualités de plongeuse d'Anato. En tout cas c'est une terrible perte de face pour nous tous. Et principalement pour ta maison.

Haha s'appliqua à demeurer impassible. Elle sentait le regard d'Anato scruter ses traits. Les yeux de l'ancienne plongeuse scintillaient d'une joie mauvaise. Haha ne savait que penser. L'humiliation paralysait ses facultés de réflexion. Ainsi, sa fille avait trahi le clan et souillé le nom de son père...

— La situation est dramatique, expliqua Noburu. La moitié de l'île est crevassée. Et la faute en revient une fois de plus à Sigrid. C'est elle qui m'a suggéré d'utiliser les voiles de son père pour transformer les arbres en mâts. Cette idée m'effrayait mais je ne suis pas marin, et j'ai fini par céder devant l'insistance de cette démone. Je suis fautif, je le reconnais. Plus tard, quand j'ai essayé de me rendre dans la forêt pour lacérer les voiles, Takeda a tenté de m'assassiner. Anato en est témoin.

— C'est l'exacte vérité, dit l'infirme. Cette pauvre fille est totalement sous l'emprise de Takeda. On ne peut plus la raisonner.

— Je ne suis pas un guerrier, plaida Noburu. J'ai peur pour ma vie, je me sens menacé nuit et jour par ces deux fous. C'est pour cela que je me fais protéger par un groupe de jeunes gens.

— Je crois que le mieux serait de tuer ces deux félons, siffla Anato. Par respect pour la noblesse de ta maison, nous te demandons l'autorisation de capturer Sigrid et de la contraindre à se faire *hara-kiri*. Si elle est trop lâche, nous l'attacherons, et je me chargerai de lui trancher la gorge selon le rituel.

La vieille femme baissa la tête. Ses lèvres tremblaient. Elle resta un moment silencieuse, perdue en ses pensées.

— Oui, oui, soupira-t-elle enfin. Il n'y a pas d'autre solution. Elle m'a fait perdre la face. Vous êtes trop bon, seigneur Noburu, de vous charger de cette corvée désagréable. Exécutez-la pour laver la honte qui souille ma maison.

Anato s'inclina pour dissimuler un sourire de triomphe.

— Je m'en occuperai moi-même, noble dame, dit-elle. Même si cela me déchire le cœur, car Sigrid était ma meilleure amie. Presque une sœur.

— Tu es gentille, fit Haha. As-tu encore tes parents ? Sinon je pourrais t'adopter. Qu'en penses-tu ? Je n'aime pas vivre seule.

— Ce serait beaucoup d'honneur, dit la plongeuse. Mais c'est vrai que je suis orpheline.

11

Les hors-la-loi

Sigrid et Takeda se terraient dans l'une des maisons abandonnées de la zone dangereuse. La nuit, ils entendaient les crevasses du sol s'agrandir centimètre par centimètre. C'est à peine s'ils osaient encore bouger.

— Il faut quitter Amoto avant que la terre ne s'émiette sous nos pieds, décida Sigrid. Nous ne pourrons pas rester éternellement retranchés ici.

— Et pourquoi pas ? riposta Takeda.

— Parce que les gens ne supporteront pas que nous nous promenions impunément sous leur nez. Noburu mettra nos têtes à prix.

— Personne n'aura le cran de venir nous chercher, ricana le garçon au visage de renard. Ce sont tous des lâches !

— Peut-être, mais un bon archer pourra facilement nous flécher depuis l'autre côté de la frontière, expliqua Sigrid. Je pourrais le faire, sans même poser le pied sur la terre crevassée de la plaine. Si j'y parviens, d'autres y arriveront également, réfléchis.

Takeda se renfrogna. Il n'avait manifestement pas envisagé cet aspect du problème.

— Et que proposes-tu ? *Dô shitara ii desu ka ?* grogna-t-il car il n'aimait pas se laisser dicter sa conduite par une fille, même si elle avait raison.

— Il y a trois mois de cela, juste avant de faire naufrage, commença Sigrid, j'ai fait escale avec l'équipage de *La Pieuvre bleue* dans une île très accueillante, Ikenawa. Là-bas, il s'est passé des choses étranges qui m'ont beaucoup donné à réfléchir.

Et elle raconta à son compagnon l'apparition du dragon, la catastrophe engendrée par le *samouraï* de feu sorti de la gueule de la bête. Takeda l'écouta avec une stupeur effrayée.

— Et tu veux y retourner ? aboya le jeune homme au visage de renard. Tu es folle !

— Non, insista Sigrid. Je crois que nous tenons là l'occasion d'en apprendre un peu plus sur la nature des dragons... Dans mes rêves je ne cesse de revoir la tête du monstre mort, avec sa gueule béante, telle qu'elle est restée sur la plage. Je revois cet homme en armure émergeant des mâchoires comme on sort d'une écoutille. J'entends le bruit de ses pas grimpant un interminable escalier. Et je me dis qu'on vous a menti. Depuis toujours...

Takeda laissa échapper un gémissement. Il avait beau être un rebelle, jamais il n'avait entendu proférer un tel blasphème.

— *Anata wa netsu ga arimasu ka ?* balbutia-t-il précipitamment, usant par instinct du vieux langage à demi oublié. Oui, tu as la fièvre, sinon tu n'oserais pas avancer de telles choses.

— Non, gronda Sigrid. Je sais ce que j'ai vu. Et je répète qu'il faut aller chercher les vraies réponses là où elles se cachent. *Dans le ventre de la bête.*

Takeda hocha la tête. Il resta un moment silencieux ; quand il reprit la parole, ses yeux brillaient d'un éclat calculateur.

— Si tu n'as pas perdu l'esprit, ton raisonnement tient debout, marmonna-t-il. Un homme décidé pourrait tirer grand profit d'une pareille expédition. Qui sait si le dragon mort ne recèle pas des richesses fabuleuses... ou des armes inconnues ? Cette histoire de cuirasse brûlante est étrange. Si nous pouvions nous emparer de l'une de ces armures, nous n'aurions plus rien à craindre des petits tyrans comme Noburu.

Il disait « nous » mais pensait « je ».

— Je sais que je suis une étrangère, dit Sigrid. Tu peux avoir l'impression que mes idées sont blasphématoires, mais je ne crois pas que les dragons soient vivants. Je pense qu'il s'agit d'autre chose.

— Et de quoi ? siffla Takeda, les yeux scintillants d'excitation.

— Je ne sais pas exactement, répondit la jeune fille. D'une espèce de... *véhicule*, par exemple. D'un véhicule qu'on a arrangé d'une certaine manière, pour vous faire peur. Je crois que... *quelqu'un* essaye depuis plus d'un siècle de vous mystifier. Dans quel but ? Je l'ignore, mais j'ai envie de le découvrir.

— Pas bête, observa Takeda.

— Je propose que nous dénichions une grosse barque de pêche, que nous y chargions tous les vivres que nous pourrons trouver et que nous fichions le camp, énonça Sigrid. Pourtant j'ai honte d'abandonner ma mère adoptive. Elle m'a beaucoup aidée.

— *Baka !*[1] Tu ne peux pas non plus aller la retrouver, coupa Takeda. Si tu sors de la zone inhabitable, la milice de Noburu te tombera dessus aussitôt. Pour l'instant nous sommes faibles, désarmés. Allons donc jeter un coup d'œil à ce dragon mort, nous y trouverons peut-être de quoi faire entendre raison à Noburu. Et dans ce cas, nous reviendrons ici en maîtres absolus.

Sigrid baissa la tête. Il y avait en Takeda un côté belliqueux qui lui déplaisait. En outre, il se révélait au fil des jours extrêmement autoritaire. Mais quoi d'étonnant à cela ? N'appartenait-il pas à ces mondes perdus où la femme était encore traitée en inférieure ? L'indépendance de l'étrangère aux cheveux bleus devait le hérisser.

« Si l'on se réfère aux lois archaïques de son clan, ma vie lui appartient puisqu'il l'a sauvée, songea la jeune fille avec une certaine inquiétude. Par conséquent je

1. « Idiote ! »

devrai lui obéir comme une esclave tant que je n'aurai pas payé ma dette. Je ne retrouverai ma liberté qu'en le sauvant à mon tour d'un péril grave. Et si cette occasion ne se présente pas, je devrai rester sa servante jusqu'à ce qu'il se lasse de moi et me répudie. »

Cette perspective ne l'enchantait guère. Takeda lui plaisait, mais elle n'avait aucune envie de le voir se comporter avec elle comme un maître. Aller sur l'île du dragon mort lui fournirait sans doute l'occasion d'inverser le rapport des forces. Si l'expédition se révélait dangereuse, Takeda courrait le risque de se retrouver en difficulté. Elle pourrait alors le sauver, s'affranchissant du même coup de sa dette.

— Puisque nous sommes d'accord, conclut Sigrid. Je propose que nous explorions les villages abandonnés pour mettre la main sur une pirogue. Il n'y aura qu'à visiter les maisons et à rafler toute la nourriture disponible.

— J'approuve ta suggestion, fit Takeda. Mais tu as beau avoir été harponneuse, ne t'imagine pas que tu commanderas cette expédition. Tu connais la position de l'île, c'est un fait, mais une fois là-bas, tu devras m'obéir. N'oublie pas que je t'ai sauvé la vie, sans moi tu serais morte au chantier.

— Comme tu veux, capitula Sigrid en rongeant son frein.

Elle ne désespérait pas d'amener le garçon à réviser son jugement sur les femmes, mais elle pressentait que la chose ne serait guère aisée.

*

Ils traversèrent la plaine craquelée pour prendre le chemin de la côte. Exception faite de quelques animaux errants, ils ne croisèrent pas âme qui vive. À cet endroit le terrain était particulièrement fragile. Chaque fois qu'elle enjambait une crevasse, la jeune fille s'attendait à entendre clapoter l'eau de mer au fond de la faille. Son opinion était arrêtée : il ne faisait pas de doute qu'au premier choc Amoto volerait en éclats. Il suffirait pour cela de l'effleurement d'un iceberg ou d'une grosse vague, un de ces rouleaux qui parcouraient les océans, chavirant les navires sur leur passage.

Ce qu'elle avait prévu se produisit alors que le soleil baissait à l'horizon. Elle remontait la rue principale d'un hameau désert avec Takeda quand une grêle de flèches leur barra le chemin. Les tireurs se tenaient à deux cents mètres de là, au sommet d'une colline située de l'autre côté de la zone dangereuse. Ils étaient armés de très grands arcs de guerre, à l'efficacité redoutable. De ces arcs en bois d'if que seul un athlète pouvait bander. Des carquois bien garnis étaient disposés autour d'eux.

Sigrid s'abrita derrière une charrette.

— Ça y est, souffla-t-elle. Noburu a mis nos têtes à prix. Nous allons devenir le gibier le plus prisé d'Amoto. Il lui faut bien détourner la colère de la populace sur quelqu'un pour faire oublier son incompétence.

— La vie va devenir intenable, cracha Takeda. Trouvons cette barque et fichons le camp. *Dekakemashô !*

La présence des archers rendait le moindre déplacement difficile. Ils durent se fabriquer des boucliers avec des tables, des portes arrachées de leurs gonds, et courir en se couvrant le corps au maximum. À chaque gifle sèche, ils savaient qu'une nouvelle flèche venait de se ficher dans leurs boucliers. Ils ne connurent de répit qu'avec la tombée de la nuit, quand l'obscurité les rendit enfin invisibles.

Sigrid portait sur son dos un grand sac en toile de jute dans lequel elle avait jeté pêle-mêle les denrées abandonnées par les fuyards. Malgré tout, cette collecte représentait peu de chose, à peine de quoi tenir quatre jours en mer en se rationnant. « Il faudra pêcher, se disait-elle. En priant pour que le dragon n'ait pas fait fuir tout le poisson. »

Elle avait mauvaise conscience à l'idée d'abandonner sa mère adoptive, mais elle n'était pas très sûre de la manière dont l'aurait accueillie la vieille femme si elle avait réintégré la maison.

« Elle serait bien capable de me dénoncer à Noburu ! se dit-elle avec un pincement au cœur. Comment prévoir ce qui peut lui passer par la tête ? »

Ne pouvant allumer de torche, ils durent se contenter de la lumière de la lune pour continuer leur exploration.

— L'idéal serait de partir avant le lever du jour, répéta Sigrid. De cette façon, ils ne pourront pas se lancer à notre poursuite.

Ils finirent par découvrir ce qu'ils cherchaient : une longue barque de pêche à flotteurs munie d'un mât démontable et d'une petite voile. Ils la mirent à flot sans attendre, y embarquèrent alors que la lune disparaissait justement derrière un nuage.

« Reviendrons-nous jamais ? » songea Sigrid en essayant de distinguer la masse sombre d'Amoto qui s'éloignait dans l'obscurité.

12

L'île des ombres

Lorsque le soleil se leva, Amoto n'était plus qu'un point à l'horizon. Un point qui poursuivait sa course vers le Pôle, vers les icebergs... Sigrid hissa la voile. Puis elle se joignit à Takeda pour souquer ferme afin de s'extraire du courant. Cela leur demanda près d'une heure, ils ne réussirent à s'évader que parce qu'une grosse lame les projeta hors du flux. La jeune fille ouvrit alors le coffre de la pirogue pour en tirer les instruments de mesure nécessaires à la poursuite du voyage. Ayant fait le point, elle s'installa au gouvernail et guida la barque d'une main sûre.

Elle n'eut guère le loisir de parler avec son compagnon car ils se virent bientôt dans l'obligation d'écoper de manière permanente. La mer était grosse, le canot se remplissait dès qu'une vague éclatait sur sa proue. Excellente nageuse, la jeune fille n'avait cependant jamais aimé voyager en haute mer, la solitude de l'océan l'oppressait. Elle se donnait beaucoup de mal pour éviter le regard de Takeda qui n'appréciait guère de la voir mener la barque d'une main sûre. Sans doute aurait-il préféré la voir pleurnicher et se blottir contre lui ? Elle soupira, les garçons étaient souvent extrêmement agaçants.

Ils mangèrent chacun une poignée de riz et quelques lanières de poisson séché. Par-dessus tout, il convenait d'économiser l'eau douce dont ils n'avaient pu embarquer qu'une outre à demi remplie.

*

La journée du lendemain fut éprouvante en raison du gros temps qui s'obstinait à faire danser la barque à la crête des vagues. Ils vécurent jusqu'à la nuit dans la crainte de chavirer. Puis les conditions météorologiques s'améliorèrent, et c'est presque sous un soleil radieux qu'ils arrivèrent en vue d'Ikenawa.

Quand elle vit la plage dévastée s'étendre devant elle, Sigrid fut submergée par l'affreux pressentiment qu'aucun d'eux ne reviendrait vivant de cette étrange expédition.

Là où aurait dû s'étendre un croissant de sable doré s'étirait un interminable morceau de verre. La fusion en avait grêlé la surface d'une multitude de bulles durcies et de minuscules cratères. Les mouettes, les albatros aux pattes mouillées dérapaient sur cette patinoire trop lisse pour eux. Ne comprenant rien au phénomène, ils cognaient du bec sur le verre, essayant de le casser pour atteindre les coquillages qu'on apercevait en dessous.

— C'est la chaleur dégagée par le *samouraï*, expliqua Sigrid d'une voix altérée. Elle était si forte qu'elle a vitrifié la plage.

Takeda ne dit rien. Les yeux écarquillés par la stupeur, il observait le paysage invraisemblable qui s'étendait devant lui.

— Il n'y a pas eu de survivants ? demanda-t-il enfin.

— Non, souffla Sigrid. C'était comme de descendre à l'intérieur d'un volcan. Si nous n'avions pas réussi à sortir le bateau de la cale sèche, nous y restions tous.

La proue du canot heurta la plage vitrifiée qui s'étoila, telle une vitre qu'on brise.

— Il faudra faire attention à ne pas se couper, murmura la jeune fille.

Elle prit conscience qu'il était malaisé de se déplacer sur le verre avec les pieds mouillés. Le silence régnait sur l'île, effrayant. L'incendie avait ravagé presque toute la jungle, seuls quelques bouquets de palmiers se balançaient encore dans le vent. Mais le plus horrible restait l'odeur, une odeur que la bourrasque soufflant de la mer n'était pas parvenue à effacer. Une odeur de chair devenue charbon. À l'emplacement du village on ne distinguait plus qu'une grande fleur de cendre grise aux luisances métalliques. Une cendre lourde, collante, que le vent semblait avoir bien de la peine à soulever.

— Où est le *samouraï* ? demanda Takeda.

— Sous l'eau, fit Sigrid en désignant les vagues droit devant elle. Tu n'as qu'à suivre ses traces de pas gravées dans le verre. Il doit se trouver immergé quelque part par là. La dernière fois que je l'ai vu, l'eau bouillonnait tout autour de lui, et les poissons remontaient à la surface, complètement cuits.

— Alors il faut plonger, décida Takeda.

— Je sais, fit la jeune fille en se dépouillant de ses vêtements.

Dans le coffre de la barque elle avait trouvé un nécessaire de plongée – palmes de cuir, pot de graisse, couteau et lunettes. Elle se dénuda et entreprit de se frictionner au moyen de la pâte huileuse pour se prémunir contre le froid. Son manège agaçait Takeda qui aurait voulu la voir sauter à l'eau sans attendre.

— Qu'espères-tu trouver ? s'enquit-il. Un cadavre ?

— Une armure, expliqua Sigrid. Une armure de *samouraï* sans doute déformée par la chaleur. Je ne pourrai pas la remonter toute seule. Donne-moi une corde, je l'attacherai autour de ma cheville. Quand j'aurai trouvé la cuirasse, je l'entourerai avec le filin et je donnerai trois coups. Alors ce sera à toi de la hisser. C'est compris ?

Takeda grogna. Il était irrité de ne pouvoir plonger lui-même. Sigrid sourit, le garçon ne possédait pas sa capacité pulmonaire : s'il avait tenté de se substituer à elle, il aurait suffoqué au bout de trois ou quatre minutes. La jeune fille noua le filin autour de sa cheville droite, marcha vers les vagues.

Elle s'immergea progressivement en essayant de ne pas déraper sur la plaque de verre qui tapissait le fond. Elle avait l'illusion bizarre de marcher sur un immense miroir. Quand l'eau atteignit sa poitrine, elle prit son souffle et plongea.

Les empreintes de pas du guerrier de feu étaient effectivement imprimées dans le verre, et par conséquent faciles à suivre. Sigrid nagea, le ventre frôlant le fond, ne pouvant se retenir de caresser du bout des doigts cette immensité cristalline que la vase n'avait pas encore recouverte. Son cœur battit plus vite quand elle distingua, à travers l'épaisseur trouble de l'eau salée, la masse humanoïde d'une silhouette recroquevillée. L'homme (mais s'agissait-il vraiment d'un être humain ?) était tombé à genoux, les bras le long du corps, comme foudroyé. Sous l'effet de l'intense chaleur, la cuirasse – le *dô* – avait en partie fondu. Ses lignes s'étaient amollies, le métal avait coulé, si bien que le guerrier avait à présent l'apparence d'une statue de glaise mal modelée... ou d'une très ancienne idole rongée par l'érosion.

Sigrid battit des palmes pour décrire des cercles autour de la chose. Elle ne pouvait se résoudre à la toucher. Une peur superstitieuse l'en empêchait.

Et si, au moment où elle posait les doigts sur lui, il se relevait soudain pour l'attraper, la saisir à bras-le-corps, l'étreindre jusqu'à lui faire craquer les côtes ?

Était-il vraiment mort ? Il était froid, elle le sentait. La visière de son casque – le *shikoro* – était pleine de ténèbres. Là où auraient dû se trouver ses yeux, Sigrid ne distinguait qu'une mince ligne d'obscurité trouant le *hôate* – le masque de combat. Elle se courba pour récupérer le filin noué à sa cheville, en entoura la créature. Puis elle donna trois coups secs, et fit demi-tour pour rejoindre la plage car elle craignait que les secousses du halage ne tirent le monstre de sa léthargie.

« Nous ne devrions pas faire ça », ne cessa-t-elle de se répéter tout le temps qu'elle mit pour regagner la surface. Sur la plage, Takeda peinait, s'arc-boutant du mieux possible pour ne pas déraper à la surface du sable vitrifié.

— Il est trop lourd ! grogna le garçon émacié, nous n'y arriverons jamais.

— C'est parce qu'il est collé au verre, lança Sigrid. Il faut l'en arracher.

Elle courut l'aider. Ils se mirent à tirer de plus belle, jusqu'à ce que la dépouille de la créature s'arrache du socle vitrifié, leur faisant perdre l'équilibre. Il fallut ensuite hisser l'armure hors de l'eau. Elle émergea enfin des vagues et crissa si horriblement sur la plaque de verre recouvrant la plage que Sigrid dut se boucher les oreilles. Le sable vitrifié se fêlait sous son poids, expédiant en tous sens de longues lézardes à bords tranchants. Les deux jeunes gens s'agenouillèrent prudemment pour l'examiner.

— Ce n'est pas un homme, cracha Takeda dépité, c'est juste une statue.

— Mais non, fit Sigrid. Tu as cette impression parce que le métal de l'armure a fondu et que toutes les jointures se sont soudées entre elles. Regarde la fente du masque de combat... on voit bien que c'est creux à l'intérieur.

— Et alors ? C'est une statue creuse, voilà tout !

Sigrid haussa les épaules. Elle comprenait la déception de Takeda, mais, pour sa part, la masse affaissée du guerrier de feu continuait à lui faire peur. Elle aurait voulu s'approcher tout près pour jeter un coup d'œil dans l'ouverture du casque, sonder du regard cette mince ligne creusée dans l'*hôate*... Elle réalisa que l'angoisse la paralysait.

— Tu es morte de peur, ricana Takeda avec insolence. Tout ça pour une statue creuse !

Et, se relevant, il renversa l'armure d'un coup de pied. L'enveloppe du *samouraï* bascula sur le flanc, et l'eau de mer se mit à couler par la fente rectiligne du masque.

— Tu vois ! triompha Takeda. Ce n'est plus qu'une jarre. Une jarre remplie d'eau salée.

— Il a été incinéré, dit Sigrid d'une voix sourde. L'homme qui se tenait à l'intérieur... Il a été incinéré par la chaleur de sa propre armure. C'est comme s'il s'était tout à coup trouvé prisonnier d'un four. Son corps s'est changé en cendre, la mer l'a délayé.

— Foutaises, grogna Takeda. Tu as imaginé tout

cela. La peur t'a déréglé le cerveau. Tu nous as fait venir ici pour rien.

— Non, répliqua sèchement Sigrid. Je suis sûre qu'il y avait quelqu'un dans cette cuirasse... Un homme ou un *kami*[1], je ne sais pas.

— Qui t'a demandé ton avis ? explosa Takeda. Dans mon village les femmes ne parlent que lorsqu'on les y autorise, il serait temps que tu apprennes à rester à ta place.

Sigrid tressaillit, elle fut sur le point d'expédier une gifle au jeune homme, puis se raisonna. Elle devait se montrer plus maligne que lui. En outre, elle n'avait pas de temps à perdre en querelles stupides. Son instinct lui soufflait qu'ils étaient tous les deux en danger, et cela depuis la seconde où ils avaient posé le pied sur la plage.

— De toute manière je te rappelle que nous ne sommes pas venus ici pour l'armure, fit-elle remarquer. Le dragon mort doit normalement se trouver échoué de l'autre côté de l'île. Reposons-nous un peu ; ensuite nous traverserons Ikenawa pour descendre dans le ventre de la bête.

Takeda hocha la tête d'un air maussade. Sigrid jeta sur son épaule le sac contenant leurs maigres provisions et marcha vers les ruines du village. Seul le temple de pierre avait échappé à l'embrasement, en partie parce qu'il avait été érigé en dehors de l'agglomération. Sigrid décida d'y dresser le bivouac. Le sol était partout

1. Dieu, esprit.

recouvert d'une cendre épaisse, lourde, que le vent avait le plus grand mal à faire s'envoler. La jeune fille foulait ce tapis mouvant avec une certaine répugnance. Au bout d'un moment il lui sembla que la cendre se révélait anormalement chaude.

« C'est le soleil, se dit-elle. Il la réchauffe comme il réchaufferait le sable de la plage... si toutefois il y avait encore du sable sur la plage. »

Elle se retourna pour jeter un coup d'œil à l'armure renversée. La mince ligne d'ombre ouverte sous la visière paraissait la regarder. Elle n'aima pas cela. Elle ne pouvait s'ôter de l'idée que les yeux morts du *samouraï* allaient soudain se mettre à briller dans l'obscurité du casque, flammes rougeoyantes dont la fixité finirait par lui brûler la peau à la manière d'un rayon de soleil amplifié par une loupe. Elle frissonna. La cendre collait à ses pieds, à ses chevilles. Sa peau avait pris cette teinte grise, terne, qu'ont les corps incinérés juste avant qu'on ne les passe au pilon. Elle en fut horrifiée.

Takeda la suivait, silencieux, mécontent de ne pouvoir jouer son rôle de chef. Le paysage dévasté n'invitait pas à la joie. Sigrid fut soulagée de trouver refuge dans l'enceinte préservée du petit temple consacré aux dieux endormis. Des statues de pierre en soutenaient la voûte, représentant l'habituel panthéon des divinités abîmées dans le sommeil. Au plafond, on avait sculpté Taïwa, la mouche tsé-tsé, l'insecte maudit échappé des Enfers. Les couronnes de fleurs déposées en offrandes avaient séché, comme les fruits et le riz entassés au pied des dieux aux yeux clos.

« Ici nous serons à l'abri, songea-t-elle. Les dieux veilleront sur nous. »

Mais cette profession de foi n'apaisa nullement son angoisse. Les dieux dormaient – c'était connu ! –, sourds aux prières des humains, et l'île tout entière respirait la mort, la malédiction. Pour s'occuper l'esprit elle partagea la nourriture, l'eau potable. Bien qu'elle n'eût presque rien avalé, son estomac resserré par la peur semblait décidé à jeûner. Ce maigre repas achevé, elle ramassa quelques poignées de terre et débarrassa ses pieds de la cendre qui les recouvrait. Une mauvaise surprise l'attendait. *Sous la cendre, sa peau avait perdu toute couleur...* Elle n'était plus rose, mais décolorée. Blanche comme la chair d'un poisson bouilli.

— Regarde ! dit-elle à son compagnon. Ce n'est pas normal.

Takeda l'imita aussitôt, se frottant l'épiderme à l'aide du sable sec disposé dans les vasques du temple.

— La cendre mange la couleur, constata Sigrid d'une voix altérée. Quelque chose s'est produit... une mutation. Un prodige.

— À propos de prodige, grinça Takeda, viens donc un peu voir ça.

Il se tenait dans l'encadrement d'une meurtrière et observait la plage, le visage tendu, les sourcils froncés. Sigrid s'approcha. Elle n'eut aucun mal à distinguer ce qui avait éveillé l'attention de son camarade. Un bouillonnement s'était formé au centre du village. *La cendre moutonnait sur le sol.* De loin, ce mouvement confus évoquait le grouillement d'une fourmilière. La cendre semblait obéir à une mystérieuse volonté qui la poussait à former des tas, des monticules dont la hauteur augmentait rapidement. Ces entassements avaient quelque chose de bizarrement contourné qui faisait penser à une sculpture, un modelage.

— Par les dieux, souffla Takeda. Regarde... On dirait des pieds, des jambes. La cendre est en train de modeler des personnages en commençant par le bas. Des personnages agenouillés.

Sigrid blêmit.

— Je sais ce que c'est, balbutia-t-elle. Ce ne sont pas des statues... *Ce sont les corps des villageois brûlés vifs.* La cendre est en train de reconstituer leurs cadavres dans la position qui était la leur lorsque la chaleur les a incinérés.

— Tu es sûre de ce que tu dis ? hoqueta Takeda.

— Oui, souffla Sigrid. Je me rappelle bien. Ils étaient tous là, prosternés, en rang. Et la chaleur qui émanait du *samouraï* les a déshydratés en une fraction de seconde. L'instant d'avant ils étaient vivants, l'instant d'après ils s'étaient changés en statues de cendre que le vent éparpillait déjà.

— Le phénomène est en train de se dérouler à l'envers, observa Takeda. À notre arrivée la cendre était éparpillée, à présent elle se réorganise. Les morts se reconstituent.

— *La cendre est vivante*, haleta Sigrid. Elle est imprégnée de la colère des villageois. Je crois que les morts d'Ikenawa ne supportent pas d'avoir été sacrifiés par leur chef en l'honneur d'un faux dieu.

— Pour une fois il se pourrait bien que tu aies raison, femme, grogna Takeda.

Sigrid ne bougeait plus. Là-bas, à l'endroit où s'était jadis tenue la place du village, la cendre continuait à bouillonner. Des silhouettes grises naissaient les unes après les autres de ce tumulte rampant. Des silhouettes de poussière compacte qui se complétaient au fil des minutes : d'abord les pieds, les jambes, puis les hanches... Ce travail à rebours, contraire à toutes les lois de la nature, avait quelque chose de fascinant.

— Il faut les détruire avant qu'elles soient complètes ! murmura Sigrid.

Elle ne savait pas pourquoi, mais son instinct lui soufflait qu'il ne fallait pas attendre davantage. Elle tremblait à l'idée de ce qui risquait d'arriver *ensuite*, lorsque les cadavres de cendre seraient entièrement reconstitués.

N'allaient-ils pas se relever ? Marcher en titubant vers ces intrus – ces vivants – dont la bonne santé insultait leur détresse ?

— Il faut les détruire, répéta-t-elle. Ou bien c'est eux qui nous détruirons.

Le garçon ne l'entendit pas. Il semblait en état d'hypnose. Sigrid se frictionna les pieds à la graisse, ramassa un bâton et sortit du temple sans plus s'occuper de son compagnon. Elle serra les mâchoires pour empêcher ses dents de claquer. Elle eut l'illusion que la cendre en mouvement était pleine de murmures. Elle glissait sur le sol avec un bruit soyeux charriant des mots incompréhensibles, des plaintes, des gémissements chargés de colère.

« Ce n'est que le vent ! » se dit-elle.

Son arrivée amplifia le tumulte, comme si la poussière grise devinait l'approche d'un danger et tentait de le prendre de vitesse. Sigrid tremblait de tous ses membres. Autour d'elle, les silhouettes de cendre étaient maintenant à demi achevées. Encore une paire d'épaules, un cou, une tête, deux bras, et c'en serait fini, les spectres pourraient se relever... Cette perspective raffermit la jeune fille qui se jeta sur le troupeau des villageois prosternés pour en disperser les formes à coups de bâton. Elle eut une surprise désagréable en découvrant que la cendre était beaucoup moins friable qu'elle ne l'avait cru. Au fur et à mesure qu'elles se complétaient, les créatures gagnaient en solidité. Il fallait donc les éparpiller avant qu'elles ne soient devenues trop fermes. Sigrid frappa, frappa, s'enveloppant d'un brouillard gris où elle entendait bruire des pensées confuses pleines de fureur. Sous ses coups, les corps se défaisaient, s'émiettaient, les statues retournaient à l'état de flaque pulvérulente. Takeda, émergeant enfin de sa terreur superstitieuse, se décida à lui prêter main-forte. Armés de gourdins, la fille et le garçon remontèrent les anciennes allées du village, désagrégeant sans pitié toute statue en cours de formation. La poussière grise se vengeait de leurs méfaits en se déposant sur leur peau, leurs cheveux, dont elle détruisait aussitôt la couleur. Quand les deux jeunes gens regagnèrent le temple en courant, ils étaient constellés de taches blanches, et leurs cheveux aussi gris que ceux d'un vieillard.

— Ce n'est que partie remise, haleta Sigrid en se laissant tomber sur les dalles. Elles vont se reformer d'ici trois heures. Il va falloir monter la garde, les détruire au fur et à mesure qu'elles se reconstituent. Si nous commettons l'erreur de les laisser se compléter, nous sommes perdus. Elles viendront nous encercler pour nous détruire.

— Je le crois aussi, balbutia Takeda. Notre présence les indispose. Je n'aurais jamais dû t'écouter. Il ne fallait pas venir ici. Nous avons profané le sanctuaire du *samouraï* de feu.

Ils se passèrent l'outre d'eau potable pour boire avec avidité, car la cendre et la peur leur avaient donné soif. Ils prirent soudain conscience qu'ils étaient épuisés et qu'ils ne pourraient pas traverser l'île dans cet état.

— Il y a un autre problème, souligna Takeda. Si nous partons ensemble, les statues de cendre se reformeront dans notre dos dès que nous ne serons plus là pour les surveiller. On court le risque de les voir se lancer à notre poursuite.

— C'est vrai, admit Sigrid. Et je ne suis pas certaine que nous puissions atteindre la plage du dragon avant que les fantômes de poussière aient commencé à bouger. Si pour une raison ou pour une autre nous devons alors rebrousser chemin, nous nous jetterons dans leurs pattes.

— Faisons le tour de l'île en bateau, proposa Takeda. Ce sera plus simple. Je pense que les statues de cendre n'oseront pas entrer dans l'eau. Elles doivent bien savoir que les vagues les délayeraient.

— Pourquoi pas ? dit Sigrid. L'ennui c'est que cela va nous prendre bien plus de temps. Traverser Ikenawa, c'était aller au plus court.

Ils tirèrent à la courte paille pour savoir qui monterait la garde pendant que l'autre dormirait. Le sort désigna la jeune fille. Le garçon s'allongea sur les dalles et sombra aussitôt dans le sommeil. Sigrid se fit la réflexion qu'il ressemblait étrangement aux dieux de pierre assoupis ornant les murailles. Elle s'installa dans la découpe d'une meurtrière pour surveiller les mouvements de la poussière grise. Pour l'heure, la cendre paraissait inerte, comme si le fait de modeler l'image des villageois morts avait épuisé toute son énergie. Cela durerait-il ?

Sigrid se sentait de plus en plus oppressée. Ses cheveux gris lui faisaient horreur. Son instinct lui criait que toute l'île conspirait pour les détruire. C'était une terrible erreur d'être revenue ici. Aucun mortel ne pouvait impunément se mêler des affaires des dieux.

Elle faillit s'assoupir. Quand elle releva le nez, les statues de cendre recommençaient à se former. Des pieds, des jambes émergeaient du tapis de poussière grouillante. Sigrid décida de les éparpiller sans attendre et sortit du temple en courant. Elle se déplaça rapidement en frappant les fantômes gris, disloquant les membres inachevés qui croulaient sous ses coups.

Elle décida d'inspecter les endroits où elle avait vu, jadis, se dérouler une scène particulièrement tragique : les trois jeunes filles offertes en holocauste, le chef de la tribu que le *samouraï* de feu avait serré dans ses bras... Elle courait, haletante. En chaque lieu, elle découvrait une silhouette cendreuse en formation, et se dépêchait de l'éparpiller. Le nuage de poussière levé par sa gesticulation bruissait maintenant d'un bourdonnement de haine continu. Elle songea avec terreur que la jungle devait être pleine de statues parfaitement reconstituées : celles des jeunes gens brûlés vifs alors qu'ils tentaient d'éteindre l'incendie, par exemple. Oui, ceux-là devaient être « complets » puisque personne n'avait rien fait pour retarder leur croissance. Combien étaient-ils ? Dix ? Quinze ? Elle s'immobilisa, le gourdin levé, scrutant les rares bosquets épargnés par la catastrophe. Une quinte de toux la plia en deux. Elle se demanda si le brouillard de cendre n'essayait pas de l'étouffer. Son courage s'effrita. Elle tourna les talons et courut vers le temple, le cœur battant à tout rompre.

Elle dut ressortir deux fois avant que le soleil ne baisse à l'horizon. La cendre semblait inépuisable. Elle stagnait, inerte, apparemment morte, puis – alors qu'on commençait à la croire désactivée – reprenait doucement ses constructions, modelant des pieds, des genoux, des corps prosternés.

— Je n'en peux plus, soupira Sigrid lorsque Takeda s'éveilla enfin. J'ai dû éparpiller les statues trois fois de suite. Ne te laisse pas surprendre, la cendre travaille de plus en plus vite. Prends ma place, il faut que je dorme.

Takeda s'approcha de la meurtrière et fit la grimace.

— Avec l'obscurité on ne verra rien, grogna-t-il. Il va falloir sortir faire des rondes.

— Le mieux serait peut-être de tout balayer, hasarda Sigrid. De tout rejeter à la mer. Avec un peu de chance l'eau diluerait la cendre.

— On peut essayer, fit Takeda. Il suffit de fabriquer des balais avec des feuilles de palmier.

— Pas maintenant, intervint Sigrid. N'entre pas dans la forêt en pleine nuit. Des statues de cendre peuvent s'y cacher. Beaucoup de jeunes gens y sont morts en combattant le feu.

— Oui, admit Takeda. Tu as raison. Nous irons demain matin. Nous ramasserons la poussière, nous en remplirons des calebasses pour la diluer dans l'océan.

— Hé ! fit brusquement Sigrid. Regarde ça ! On dirait que la cendre s'est mise à rougeoyer.

Les deux jeunes gens se ruèrent vers l'ouverture. Des milliers de braises scintillaient dans la nuit, comme autant d'yeux minuscules.

— Et si c'étaient des vers luisants ? hasarda Takeda.

— Non, chuchota Sigrid. *C'est le feu qui se ranime.* La cendre se réchauffe, elle se change en étincelles, en braises. Les fantômes nous ont entendus. Ils ne veulent pas être jetés à la mer. Ils vont essayer de nous détruire avant l'aube.

— Ne t'affole pas, grogna Takeda. Pour le moment

il ne s'agit que d'étincelles. Elles ne nous feront pas grand mal.

— Sauf si elles se regroupent en essaim, corrigea Sigrid. Je crois qu'il ne faut pas attendre. Essayons de trouver des calebasses dans les ruines et faisons la chaîne pour asperger la cendre. Après il sera trop tard. Tu ne comprends donc pas que le vent de braise va essayer de nous clouer ici pour laisser aux statues le temps de se reformer ? C'est une manœuvre.

— Tu as peut-être raison, admit Takeda. Sortons tout suite.

— Frottons-nous avec de la graisse, ordonna la jeune fille. Cela nous protégera des brûlures. Et gardons la tête baissée. La braise va sûrement essayer de nous aveugler.

Les deux jeunes gens se couvrirent les cheveux avec un morceau d'étoffe noué sur la nuque, à la manière des pirates.

Dès qu'ils sortirent du temple, Sigrid et Takeda furent saisis par l'intense beauté du paysage nocturne où brillaient des milliers d'yeux minuscules. Sans attendre, ils plongèrent dans les ruines calcinées du village, essayant de mettre la main sur tous les récipients que l'incendie n'avait pas détruits. Si les calebasses de bois avaient été réduites à néant, il subsistait quelques vasques de pierre polie, ainsi que des cruches d'argile. Les deux compagnons s'emparèrent de ces ustensiles et coururent vers la mer, pour les remplir à ras bord. Les lucioles de braises tournoyaient autour d'eux, puis s'écrasaient en grésillant sur la graisse qui couvrait leur épiderme. Il était manifeste que les *kami*, les esprits des morts, entendaient contrarier leurs efforts. Quand Sigrid commença à asperger le sol, le chuintement des brandons brusquement éteints siffla dans l'air tel un cri de haine. Takeda la relaya. Ils allaient, venaient, hors d'haleine, se bousculant, noyant le périmètre du village sous des dizaines de litres d'eau salée. Très vite, la cendre tourna à la boue. Mouillée, elle semblait perdre sa vélocité. On aspergea les statues en formation, et Sigrid éprouva un grand soulagement en les voyant s'écrouler tels des châteaux de sable détrempés. Finalement les choses se révélaient plus simples qu'elle ne l'avait espéré. Quand le village ne fut plus qu'une immense mare de boue, la jeune fille laissa tomber sa cruche et s'assit sur une pierre pour reprendre son souffle.

— Ça a marché ! exulta Takeda. Toute la braise est éteinte.

— Oui, soupira Sigrid, mais il faut la balayer et la rejeter à la mer avant le lever du jour, sinon le soleil aura beau jeu de la sécher en l'espace d'une matinée, et nous nous retrouverons à la case « départ ». Nous ne serons tranquilles qu'une fois que la marée aura dispersé les cendres des morts au large. Fabriquons des balais avec des feuilles de palmier.

Hélas ! les balais se révélèrent peu commodes à l'usage, les jeunes gens durent improviser des racloirs à partir de pièces de bois taillées à la hâte. Équipés de ces outils, ils poussèrent la boue vers la plage. Le sol vitrifié leur simplifiait le travail. Les vagues emportaient la bouillie de cendre, l'éparpillant dans ses rouleaux. Sigrid songea que, dans une heure, les morts d'Ikenawa seraient définitivement dispersés à la surface de l'océan et le danger écarté.

La jeune fille et le garçon peinèrent jusqu'à l'aube. Une fois la boue jetée à la mer, ils rincèrent la plaque de verre à grande eau. Désormais il ne restait plus assez de cendre dans tout le village pour qu'une statue puisse se reconstituer de manière efficace.

Épuisés, ils regagnèrent le temple, s'abattirent sur les dalles sans même échanger un mot.

« Il faudrait que quelqu'un monte la garde ! » pensa Sigrid alors qu'elle basculait dans le sommeil.

Takeda pensait exactement la même chose, mais il n'avait plus assez d'énergie pour s'embusquer à l'entrée du lieu sacré, le bâton à la main. Ils coulèrent donc tous deux dans l'oubli, maigres silhouettes unies par l'épuisement et leur terreur commune des choses venues de la nuit.

13

Les soldats de la nuit

Quand Sigrid se réveilla, le soleil était déjà haut dans le ciel. Elle fut saisie d'une peur rétrospective à l'idée de ce qui aurait pu leur arriver pendant qu'ils étaient plongés dans l'inconscience. Elle sortit du temple en titubant, les muscles encore douloureux des efforts de la veille. Il faisait très chaud, la plaque de verre tapissant le sol était si brûlante qu'il devenait vite pénible de s'y déplacer pieds nus. Comme le prévoyait Sigrid, le soleil avait séché la boue ; à présent la cendre résiduelle reprenait ses arrangements. Cependant, comme elle n'était plus en quantité suffisante, elle se contentait d'ébaucher des pieds. Des pieds de cendre qu'aucun corps ne viendrait compléter. La jeune fille eut un regard pour l'océan ; il était peu probable que les morts éparpillés puissent revenir avec la marée haute. L'énergie qui les animait ne devait pas être assez puissante pour lutter contre la force de dispersion des rouleaux. De ce côté, au moins, le problème était réglé. Maintenant il suffisait de remettre la barque à flot, de contourner l'île pour éviter d'avoir à traverser la forêt calcinée.

Sigrid se dirigea vers l'embarcation. Elle avait presque atteint la proue quand elle remarqua les taches sur le sol. De grandes taches noires, semblables à des dépôts de goudron.

« Elles sont incrustées dans le sable vitrifié », constata-t-elle.

Elle crut tout d'abord qu'il s'agissait de flaques de vase prises sous la pellicule de verre. Des flaques de vase qui clapotaient et s'étiraient sous son poids lorsque ses pieds s'en approchaient. Mue par une secrète répugnance, elle s'en écarta. Ce fut ce recul qui lui permit de réaliser que les « taches » de vase avaient la forme d'un corps humain. Ce n'étaient pas de simples macules noirâtres résultant d'un dépôt limoneux... *c'étaient des ombres*. Des ombres humaines privées de corps, et que la puissance de l'incendie avait emprisonnées dans le verre lors de la vitrification du sol.

Sigrid tressaillit. Regardant par-dessus son épaule, elle vit Takeda sortant du temple, et lui fit signe d'approcher. Le jeune homme obéit, alerté par l'expression inquiète de sa compagne.

— Ce sont bien les ombres des morts, n'est-ce pas ?

demanda-t-il anxieusement en se penchant au-dessus des silhouettes tatouées sur le sable durci.

— Oui. Tout ce qu'il reste d'eux maintenant que nous avons jeté leurs cendres à la mer, confirma Sigrid. Ça s'est produit lors de la catastrophe, au moment de l'embrasement des corps. Les chairs se consumaient en une fraction de seconde, et la chaleur du sol était telle que les ombres des victimes s'y trouvaient « cuites » avant d'avoir eu le temps de s'effacer. Les corps sont tombés en poussière, mais les ombres, elles, sont restées fixées, « photographiées » sur le verre.

— C'est un phénomène curieux mais inoffensif, tu ne dois pas t'en inquiéter, fit Takeda d'un air supérieur.

Sigrid secoua la tête.

— Tu te trompes, lâcha-t-elle d'une voix sourde. Les ombres ne sont pas « fixées ». Regarde bien : *elles bougent...*

Takeda fronça les sourcils.

— C'est une illusion d'optique, objecta-t-il, c'est le verre qui bouge sous notre poids, pas les ombres.

— Et moi je te dis que ce sont les ombres, s'entêta la jeune fille. Elles ne sont pas prises *dans* le verre, elles sont simplement *posées* à sa surface.

— Quelle importance ? soupira Takeda que cette discussion agaçait.

— Quelle importance ? s'étonna Sigrid. Lève la tête et regarde autour de toi. Que vois-tu ?

Le garçon leva le nez, grimaça. Les ombres s'étaient curieusement regroupées autour de l'embarcation tirée au sec. Plus précisément : *elles l'encerclaient*, comme si...

Comme si elles avaient décidé d'en interdire l'accès.

Takeda fit un pas en avant, piqua son bâton au centre de l'une des flaques obscures tatouées sur le sol. Le contact s'en révéla gluant, poisseux. À peine la badine avait-elle effleuré la poche de nuit, que l'ombre commença à s'enrouler autour d'elle, grimpant le long du gourdin à la façon d'un serpent. Takeda laissa échapper un cri de surprise et s'empressa de lâcher le morceau de bois.

— Elles sont vivantes ! balbutia-t-il.

— Je m'en doutais, souffla la jeune fille. L'âme des morts a trouvé refuge dans les ombres. Quand nous nous sommes débarrassés de la cendre, l'esprit des défunts a aussitôt cherché un autre support.

Ils reculèrent d'un même mouvement, fixant avec une expression horrifiée les silhouettes privées de corps qui paraissaient peintes sur le sable vitrifié.

— Tu crois vraiment qu'elles peuvent se déplacer ? bégaya Takeda.

— Elles n'étaient pas là hier, constata la jeune fille. Elles devaient se trouver quelque part à l'intérieur du village, là où leurs propriétaires ont été incinérés. Elles ont bougé dans la nuit, après que nous avons jeté la cendre dans l'océan. Elles ont rampé sur le verre pour venir se regrouper autour de la barque.

— Elles veulent nous couper la retraite, fit Takeda. Mais qu'est-ce qui peut arriver si par mégarde on pose le pied sur l'une de ces saloperies ?

— Je n'en ai aucune idée et je ne tiens pas à le savoir, murmura Sigrid. Ça doit être beaucoup plus dangereux que de marcher sur une simple méduse.

En dépit de l'intense chaleur réverbérée par la plaque de verre, ils avaient tous deux la chair de poule.

— Ça veut dire qu'il n'y a plus qu'à traverser l'île à pied, soupira la jeune fille. Allons de l'avant au lieu de rester ici. Nous verrons bien si elles nous suivent.

Ils se détournèrent pour prendre la direction du temple. Ils s'étaient à peine mis en marche qu'un chuintement retentit dans leur dos. Sigrid sentit ses cheveux se hérisser sur sa nuque. Le bruit évoquait pour elle le son caractéristique produit par les ventouses d'une pieuvre.

— Elles nous suivent ? demanda Takeda.

Sigrid jeta un bref coup d'œil par-dessus son épaule. *Oui, les ombres les suivaient.* Elles glissaient avec vélocité sur la plaque de verre, comme si ce support, parfaitement lisse, facilitait leurs déplacements.

— Elles nous ont pris en filature, confirma-t-elle. Je crois qu'il vaudrait mieux accélérer.

D'un même mouvement les deux jeunes gens s'élancèrent vers le temple. Ils ne se sentirent en sécurité qu'une fois en haut des marches granitiques de l'escalier d'honneur.

— Qu'est-ce qu'on pourrait inventer pour les arrêter ? grogna Takeda. Si on leur jetait des pierres ? Si on les recouvrait de cailloux ? Ça les alourdirait peut-être ? Lestées, elles ne pourraient plus se déplacer.

— Je ne sais pas, dit la jeune fille. Je crois qu'il faut

éviter de les approcher. Tu as vu comment celle que tu as touchée s'est entortillée autour de ton bâton ?

— *Dô shimasu ka ?* On ne va pas rester là à se lamenter comme des vieilles femmes ! s'emporta Takeda. Ramassons des cailloux et essayons d'enterrer ces saloperies. Quand elles auront dix kilos de pierre sur le ventre, elles bougeront peut-être moins vite !

— Essayons, soupira Sigrid. Le pire serait sans doute de se laisser encercler ici. Si elles pénètrent dans cette salle par l'une des ouvertures, nous sommes fichus.

Elle se mordit la lèvre. Quelque chose lui soufflait que ce n'était pas vraiment une bonne idée, mais elle savait également que le garçon n'en ferait qu'à sa tête. Elle le regarda ramasser des pierres aux quatre coins du temple sans avoir le courage de lui crier qu'il prenait trop de risques.

Les ombres ondulaient, se déplaçant par à-coups. Elles restaient immobiles une ou deux minutes, puis filaient d'une détente élastique, parcourant trois mètres d'un seul jet, à la manière des serpents qui prennent appui sur leur queue pour se jeter à la gorge des imprudents.

« Elles s'immobilisent le temps de récupérer assez d'énergie pour bouger, songea Sigrid. Si l'on admet qu'elles éprouvent de la fatigue, on peut envisager de courir plus vite qu'elles... »

La solution ne consistait-elle pas en une longue course sans halte qui prendrait les ombres de vitesse ? « Une course qui nous permettrait de traverser l'île d'une seule traite ? se dit-elle. Une course qui nous amènerait directement sur la plage du dragon ? »

Oui, mais ensuite ? Que se passerait-il si le dragon n'était pas mort ? S'il fallait battre en retraite ?

Là-bas, Takeda avait commencé à harceler les ombres. Il s'en approchait le plus possible, et les recouvrait de cailloux, de manière à former des monticules sous lesquels elles restaient prisonnières. Au début, cette stratégie parut fonctionner car les silhouettes noires ondulant sur le sol ne semblaient pas comprendre ce qui leur arrivait. Elles bougeaient trop paresseusement et ne parvenaient pas à éviter la pluie de pierres qui leur tombait dessus. Takeda poussa un cri de victoire que la jeune fille jugea prématuré.

— Elles sont clouées à terre ! lui lança le jeune homme. Regarde ! Elles ne sont pas assez fortes pour secouer les cailloux qui les recouvrent !

Il disait vrai, mais Sigrid ne parvenait pas à se réjouir pour autant. Cela paraissait trop facile. En un rien de temps, Takeda avait érigé une demi-douzaine de cairns[1] sur la plage. Chacune de ces tombes improvisées retenait une ombre prisonnière.

— Elles fichent le camp ! exulta Takeda. Elles ont compris que nous étions les plus forts !

Effectivement, les silhouettes encore libres refluaient vers la plage pour se regrouper autour de la barque. Elles ondulaient avec une fluidité de serpents nageant

1. Tas de cailloux coniques qui, dans les religions antiques, signalaient souvent l'emplacement d'une tombe.

dans une mare. Takeda mima une danse victorieuse. Sigrid eut envie de lui crier de ne pas se réjouir trop vite, mais, alors qu'elle ouvrait la bouche, elle vit les ombres sourdre d'entre les pierres des tumulus comme une liqueur noire. Oui, les ombres *coulaient* sur le sol, filet d'encre de Chine qui faisait flaque et reprenait bientôt forme humaine. Le garçon leur tournait le dos. L'une des silhouettes profita de ce moment d'inattention pour ramper vers l'imprudent. On avait véritablement l'impression qu'elle ruisselait sur le sol pour aller plus vite.

— Attention ! hurla Sigrid. Derrière toi !

Mais il était déjà trop tard. L'ombre s'était déjà collée aux talons du jeunes homme, y adhérant avec la puissance d'une ventouse. Takeda poussa un gémissement étranglé, tenta de se débattre. Sigrid s'empara d'un gourdin, puis, dans un réflexe désespéré, dévala l'escalier du temple. Hélas ! les autres ombres la repérèrent et convergèrent aussitôt dans sa direction, la contraignant à rebrousser chemin. Figée en haut des marches, elle assista alors à un étrange phénomène d'inversion. Au fur et à mesure que la noirceur des ombres s'insinuait dans le corps de Takeda, l'image du garçon, elle, refluait, coulant sur le sol pour former une flaque. C'était comme une transfusion au terme de laquelle le corps du jeune homme se serait rempli d'encre de Chine alors que son ombre, elle, aurait pris l'apparence d'une image plate, d'une peinture le représentant tel qu'on avait l'habitude de le voir. Sigrid poussa une plainte de terreur.

À présent la créature ténébreuse se tenait debout sur la plage. Elle avait le volume, la solidité d'un corps humain ; les muscles de sa victime roulaient sous sa peau noire. Takeda, lui, se tenait couché sur le sol, à peine plus épais qu'un morceau de tissu, *désespérément plat*... Accroché aux talons du *kami* qui s'était emparé de son corps, il devait maintenant bouger avec lui à l'unisson. Reproduire les gestes de cet usurpateur nocturne qui jouissait désormais du redoutable pouvoir de se tenir debout et de marcher comme n'importe quel être humain. Sigrid hurla son nom, folle de désespoir. Mais Takeda ne pouvait plus lui répondre. Il était comme peint sur la terre, sans force ni voix. Muet, marionnette jaune condamnée à singer les attitudes de l'ombre verticale désormais installée dans sa chair. Une inversion... Une horrible inversion. *L'ombre devenue homme, l'homme devenu ombre*... C'était à devenir folle, et Sigrid se crut sur le point de perdre la raison. Mais il y avait bel et bien une logique à ce prodige : les morts privés de chair avaient obtenu ce qu'ils désiraient par-dessus tout : se réincarner dans un corps d'emprunt.

Sigrid essaya de maîtriser les tremblements qui agitaient ses membres. Ses pires craintes venaient de se réaliser. Elle savait que la créature noire comme la nuit qui s'était emparée de Takeda allait venir la chercher pour la livrer en pâture aux ombres non incarnées qui stagnaient encore sur le sol. Et il en irait de même à l'avenir pour tous les voyageurs infortunés qui auraient la mauvaise idée de poser le pied sur Ikenawa. Les ombres les captureraient, s'infiltrant dans leur chair par transfusion. Ils deviendraient alors des êtres de ténèbres traînant dans leur sillage un double curieusement jaune. L'inversion les aurait dépouillés de leur statut de maîtres, les expulsant de leur propre corps.

Sigrid se rua à l'intérieur du temple pour saisir son harpon. Munie de cette arme, elle retourna au sommet de l'escalier pour montrer à la sombre créature qu'elle était décidée à en découdre. Cela ne parut pas effrayer l'être de nuit qui avait déjà atteint les premières marches.

— Je suis idiote, songea la jeune fille. Je ne peux pas harponner ce corps puisque c'est celui de Takeda. Si je le détruisais, Takeda ne pourrait plus le récupérer.

Elle était dans une impasse. Le javelot devenait une arme inutile entre ses mains. La créature ténébreuse gravissait l'escalier. Elle ressemblait à une statue de cuir noir, la sueur qui ruisselait sur son épiderme la faisait briller d'une manière étrange. Par bonheur, son équilibre était précaire, et elle avançait avec une grande lenteur. Cette maladresse résultait des efforts déployés par Takeda, qui, bien que réduit à l'état de simple pellicule élastique traînant sur le sol, s'accrochait systématiquement aux aspérités du terrain pour ralentir l'intrus qui l'avait chassé de son corps. Oui, le garçon, mettant à profit la texture caoutchouteuse de sa nouvelle apparence, s'employait à freiner la marche du monstre noir en enroulant ses bras, ses mains aux pierres sortant du sol, aux racines. Ayant assujetti ses prises, il s'y cramponnait le plus longtemps possible, résistant aux tractions qu'exerçait l'être nocturne pour se libérer de ces entraves.

Aux grimaces muettes déformant le visage sans épaisseur de Takeda, Sigrid devina que ces étirements étaient douloureux, et elle se demanda s'il ne courait pas le risque de se déchirer. Après tout, il ne paraissait guère plus solide qu'une affiche déroulée par terre.

La créature noire tituba, perdit l'équilibre, et s'affala sur les marches de granit. La jeune fille en profita pour dévaler les degrés et sauter sur la plage. Elle avait à peine touché le sol, que les autres ombres, celles qui stagnaient encore à l'horizontale, rampèrent dans sa direction. Elles luttaient de vitesse, rivalisant pour être en tête du peloton. *Il n'y avait qu'un corps disponible et elles le voulaient toutes !*

Sigrid brandit encore une fois le harpon sans oser le piquer au centre d'une flaque de nuit. Elle se rappelait trop ce qui s'était passé quand Takeda avait agacé l'une des taches maléfiques avec un bâton. Il ne fallait pas leur tendre la perche, non. En aucun cas.

Elle se mit à courir sans trop savoir ce qu'il convenait réellement de faire. La barque était toujours encerclée, hors d'atteinte. Grimper en haut d'un arbre n'aurait pas servi à grand-chose, de plus il restait peu de troncs encore en état de supporter son poids. Alors, plonger dans la mer ? Nager en espérant que les ombres n'oseraient s'aventurer dans l'élément liquide ? Rien n'était moins sûr. Leur substance goudronneuse devait leur permettre de flotter comme une flaque d'huile ; elles risquaient même de se déplacer plus vite à la surface de l'eau que sur la terre.

— Tu es fichue ! lui souffla la voix de la défaite. Tu ne pourras pas courir toute la journée. Il faudra bien que tu t'arrêtes... et c'est là qu'elles viendront te prendre, quand tu n'auras plus la force de mettre un pied devant l'autre...

La créature qui logeait maintenant dans le corps de Takeda s'était elle aussi lancée à sa poursuite. Elle avançait beaucoup plus rapidement que tout à l'heure, sûrement parce que Takeda n'avait plus la force de la ralentir.

Sigrid, à bout de souffle, regarda avec angoisse s'approcher la silhouette dont même les globes oculaires avaient été teints en noir. Elle haletait, un terrible point de côté lui sciait le flanc. Elle se demanda encore une fois si elle aurait le courage de harponner son ennemi en pleine poitrine.

Elle gémit, secoua la tête. Non, elle ne pouvait pas agir ainsi, c'était contraire aux règles de l'honneur. Takeda lui avait sauvé la vie, elle lui appartiendrait tant qu'elle n'aurait pu lui rendre la pareille.

Comme elle prenait son élan pour se mettre hors de portée de la créature, ses pieds humides dérapèrent sur la plaque vitrifiée et elle s'étala de tout son long. Avant qu'elle ait pu se relever, le monstre nocturne l'avait saisie par le bras. Sigrid hurla, persuadée que la noirceur de l'ombre allait s'insinuer dans sa peau par capillarité, mais rien de semblable ne se produisit. La graisse dont elle avait enduit son épiderme la protégeait de la contagion. « Je ne suis vulnérable que par la plante des pieds ! comprit-elle soudain. À force de courir, le sable a enlevé toute la graisse qui isolait ma peau à cet endroit... C'est de cette manière que Takeda s'est fait avoir ! »

Le harpon lui échappa. Les doigts de l'être nocturne lui broyaient les biceps mais ils avaient du mal à assurer leur prise. Elle s'interrogea d'abord sur ses intentions car il ne faisait rien qu'essayer de la maintenir debout, puis elle comprit ce qui l'attendait en voyant ramper vers ses chevilles les ombres gourmandes. *On l'offrait en pâture !* On attendait simplement qu'une tache sombre, plus rapide que les autres, se détache du troupeau horizontal pour venir adhérer à la plante de ses pieds. Alors la transfusion commencerait. La nuit l'emplirait tout entière tandis que la couleur de sa peau s'écoulerait sur le sol pour aller stagner en flaque et donner naissance à une « ombre » étrangement rose. Transfusion, inversion... Elle vivait ses dernières secondes d'être libre. L'une des flaques goudronneuses s'approchait, s'approchait...

Ce fut le moment que choisit Takeda pour s'étirer une fois de plus, saisir une racine vitrifiée, et tirer de toutes ses forces. Cette traction brutale déséquilibra l'être nocturne. À la manière d'un homme qui bascule en arrière parce qu'on a tiré un tapis sous ses pieds, la créature tomba en avant, lâchant prise. C'était suffisant pour permettre à Sigrid de se dégager. Son corps frotté d'huile échappa aux doigts de son agresseur qui, malgré tous ses efforts, ne parvint pas à la rattraper. La jeune fille bondit hors de portée des ombres rampantes et s'élança vers le temple. *La graisse !* Il fallait qu'elle récupère le pot de graisse et s'en enduise copieusement. C'était le seul moyen de demeurer « impénétrable ». La crème huileuse du coprah l'immuniserait contre le contact du goudron nocturne. Quand elle arriva au sommet de l'escalier, elle haletait, les poumons sifflants. Elle se jeta sur le pot d'onguent et se massa sans attendre, recouvrant son corps d'un film gras. Elle n'oublia aucun endroit et s'attarda plus particulièrement sur la plante des pieds. Il faudrait renouveler les applications, bien sûr. Elle n'échapperait aux ombres qu'à condition de rester visqueuse de la racine des cheveux au bout des orteils. Elle jaugea ce qui restait au fond du pot, fit la grimace. L'onguent n'était pas inépuisable, surtout si elle devait traverser l'île pour rejoindre la plage du dragon. La longue marche imposerait des frictions plantaires répétées, car il ne faisait aucun doute que la cohorte des ombres la prendrait en filature dès qu'elle quitterait le temple.

Elle rassembla ses affaires, jeta le sac sur son épaule et se prépara à sortir. Elle s'immobilisa au seuil du temple. Les ombres l'attendaient au bas des marches, encerclant la construction. Elles grouillaient, mécontentes, impatientes, avides de s'emparer de son corps. Malgré tout son courage Sigrid eut un mouvement de recul. Elle imagina les flaques ténébreuses montant à l'assaut de ses jambes, de son ventre, la recouvrant, l'étouffant sous leur film goudronneux. Et si, pour se venger de son manque de coopération, elles décidaient de l'étouffer ? D'entrer dans sa bouche, dans sa gorge, d'y former un bâillon de gomme noire qu'elle ne parviendrait pas à recracher ?

« Elles préféreront me tuer que me laisser partir, décida-t-elle. Ma résistance les a exaspérées. »

Elle laissa tomber son sac et se mit à faire le tour de la grande salle sans parvenir à arrêter une décision. En cet instant les marches du grand escalier devaient déjà se couvrir d'ombres rampantes, dans quelques minutes elles franchiraient le seuil du temple, et les dieux endormis, sourds à toute prière, ne feraient rien pour les en empêcher.

Alors qu'elle revenait sur ses pas, Sigrid trébucha sur une dalle disjointe. Elle s'arrêta, le cœur battant, déjà persuadée d'avoir découvert un passage secret. Elle se jeta aussitôt à genoux et s'ébrécha les ongles sur les contours du panneau. Son excitation fut de courte durée, il ne s'agissait pas d'un souterrain débouchant dans la jungle mais tout bonnement d'une remise où les prêtres avaient rangé au sec la poudre noire et les fusées des feux d'artifice rituels qu'on tirait une fois par an avec l'espoir que ce vacarme réveillerait les dieux endormis.

Des fusées, des pétards, de la poudre noire... Sur la plupart des charges on avait calligraphié les idéogrammes des prières les plus classiques. Sigrid resta accroupie au bord du trou, se demandant quel parti elle pourrait tirer de sa trouvaille. Les ombres seraient-elles effrayées par l'explosion des pétards ?

Pourquoi ne pas essayer ?

Elle récupéra le briquet à amadou qu'elle avait jeté au fond de son sac, saisit une poignée de gros pétards gris et courut vers le grand escalier. Les ombres avaient gravi la moitié des degrés, elles coulaient, frémissantes, épousant les angles des marches.

Sigrid alluma la mèche du premier pétard, le lança vers l'armée des envahisseurs. L'explosion n'eut rien d'extraordinaire, mais elle parut effrayer les ombres qui refluèrent en désordre.

« D'accord, se dit la jeune fille. Ça marche... Mais tu ne disposes que d'une vingtaine de charges, ça ne représente qu'un court répit, pas une victoire définitive. »

Elle alla vider la remise à feux d'artifice et disposa ses munitions au sommet de l'escalier d'honneur. Elle prit conscience de l'aspect dérisoire de sa puissance de feu. Les gerbes d'étincelles n'effrayeraient les ombres qu'un moment, au bout d'une heure elles comprendraient que le danger encouru était relativement sans importance et elles repartiraient à l'assaut, sans se laisser intimider cette fois.

Non, il fallait trouver quelque chose de définitif. *La poudre... La poudre noire...* Ne pourrait-elle pas l'utiliser pour embraser les ombres ou encore... ?

Elle se figea, saisie par une idée un peu folle. Elle devait tenter sa chance, oui, tant que les ombres n'avaient pas encore dominé leur peur des explosions, après il serait trop tard.

Décidée à jouer son va-tout, elle entassa les sacs de poudre noire, le rouleau de mèche et les pétards dans sa musette, puis, le briquet à la main, descendit lentement l'escalier. Les ombres se regroupèrent à son approche. Sans s'arrêter, elle commença à puiser les pétards un à un dans sa besace, à les allumer et à les lancer en direction des silhouettes horizontales. C'était terriblement dangereux, elle ne l'ignorait pas. Les étincelles du briquet pouvaient enflammer la poudre. Elle portait une véritable bombe en bandoulière, une bombe qui la réduirait en miettes s'il lui prenait la fantaisie d'exploser. Elle marchait vite, expédiant de nouveaux projectiles dès que les ombres faisaient mine de progresser dans sa direction. Elle traversa la plage, s'ouvrant une travée entre deux rangées de silhouettes frémissantes de rage. La barque était toujours encerclée, mais personne ne s'occupait de la dépouille du samouraï, sans doute parce que les morts avaient encore trop peur de ce démon qui avait causé la destruction d'Ikenawa. Sigrid s'agenouilla tout près de l'armure et, saisissant les sacs de poudre noire, en déversa le contenu à l'intérieur de la cuirasse par la fente rectiligne creusée dans le masque de combat à demi fondu. Elle essayait de contrôler le tremblement de ses mains pour répandre le moins possible de poudre hors de l'armure. Le vent ne l'aidait pas, bien au contraire. Quand elle eut vidé les trois sacs, la jeune fille fit glisser l'une des extrémités de la mèche dans l'ouverture de l'*hôate*[1] et s'éloigna, en déroulant le cordon derrière elle. Elle n'avait aucune assurance quant

1. Masque de guerre protégeant le visage du guerrier.

au résultat de son entreprise mais essayait de n'y point trop réfléchir. De toute manière elle ne pouvait plus reculer. Les ombres couchées lui barraient la route du temple. Elles s'étaient toutes massées au bord de la plage en une ligne d'un noir d'encre.

Sigrid avait fini de dérouler le cordon. Elle posa le pied dessus et regarda le briquet. L'explosion risquait d'être terrible. Elle fragmenterait probablement la plaque de verre tapissant la plage, expédiant d'énormes tessons dans tous les sens.

« Tu vas être taillée en pièces, ma pauvre fille... », songea-t-elle en soufflant sur l'amadou.

Sa seule chance de s'en sortir c'était de plonger dans la mer, le plus profond possible, et de nager aussi loin qu'elle le pourrait. L'eau amortirait l'impact des éclats de verre. Du moins l'espérait-elle.

Elle ne pouvait attendre plus longtemps. Elle embrasa la mèche, compta trois secondes pour s'assurer que le feu prenait bien, puis courut vers les vagues. Les poumons gonflés d'air, elle descendit jusqu'à ce que son ventre frôle la vase du plateau littoral.

Elle n'entendit pas la déflagration, mais perçut l'onde de choc comprimant la masse liquide. Tout de suite après, des morceaux de verre commencèrent à pleuvoir autour d'elle. Comme ils coulaient au ralenti, elle put les éviter sans trop de difficulté.

Lorsqu'elle fut proche de l'asphyxie, elle se propulsa vers la surface d'une détente des jambes.

La pellicule de verre recouvrant la plage avait été fracassée. Un entonnoir bleuâtre s'ouvrait à l'emplacement de l'armure dont il ne restait plus rien. Une odeur de poudre brûlée planait sur l'île, en dépit du vent, et Sigrid suffoqua dès qu'elle essaya de reprendre son souffle. Elle se hissa sur le rivage en prenant garde à ne pas s'entailler les pieds sur les éclats de verre. Comme elle l'espérait, les ombres avaient disparu. La destruction de l'armure démoniaque avait entraîné la dissolution du maléfice. Les âmes des morts avaient enfin pu prendre leur envol.

Sigrid essora ses cheveux, elle remarqua à cette occasion qu'ils avaient repris leur habituelle couleur bleue.

Même les taches blanches de décoloration qui marquaient jusque-là son épiderme avaient disparu. Elle traversa prudemment la plage. Il ne restait plus grand-chose de la barque. À peine un morceau de la proue, un tronçon de rame.

« Maintenant nous sommes cloués ici, songea la jeune fille. Plus question de faire marche arrière. »

Son regard explorait le sable, à la recherche de Takeda. Elle le trouva, gisant sur le dos. Il avait repris son aspect habituel mais semblait comateux. Elle lui fit avaler un peu d'eau, puis le gifla. Il ne sentit même pas les coups. Elle espéra que la déflagration ne lui avait pas crevé les tympans.

*

Takeda mit près de deux heures pour émerger de l'hébétude. Quand il fut de nouveau en état de communiquer, Sigrid réalisa qu'il ne se souvenait plus de son passage à l'état « d'ombre ». Il se plaignit simplement de douleurs des muscles et des articulations, comme si (selon ses propres termes) on avait essayé de les écarteler. Il ne cessait de répéter :

— *Dô shimashita ka ?*

Sigrid le laissa reprendre ses esprits et fit un bilan des réserves. Le résultat n'incitait guère à l'optimiste.

— Nous n'avons presque plus rien à manger, annonça-t-elle. L'outre d'eau douce est presque vide. Le puits du village a été asséché par l'incendie et je doute qu'il se remplisse dans un proche avenir. Toutes les cultures ont été incinérées, les arbres fruitiers carbonisés. Je n'ai pas vu un seul animal depuis notre arrivée. Nous n'avons plus de barque. Notre seul espoir de survivre c'est d'aller de l'avant, de retrouver le dragon mort et... d'y descendre.

Takeda hocha la tête pour signifier qu'il approuvait cette description de la situation.

— Il est trop tard pour traverser l'île, fit la jeune fille, le soleil va bientôt se coucher. Je te propose de reprendre des forces et de nous mettre en marche demain matin, dès l'aurore. Mais si le dragon n'est pas au rendez-vous, nous sommes perdus.

14

Dans le ventre de la bête

À l'aube, Sigrid se leva la première et alla s'agenouiller sur la terrasse du temple pour brûler un peu d'encens face au soleil rouge émergeant lentement de l'océan. Elle pria les dieux endormis pour obtenir leur protection.

Quand Takeda reprit conscience, elle lui offrit un peu de thé chaud et attendit qu'il ait vidé son bol pour lui dire :

— *Sumimasen.* Je voudrais que nous mettions les choses au point. Je t'ai sauvé la vie, hier, quand les ombres se sont emparées de toi. Si je n'avais pas désintégré l'armure du *samouraï*, tu serais toujours prisonnier du maléfice. Je considère donc que ma dette envers toi est annulée. Je souhaiterais que tu me rendes ma liberté.

L'homme au visage de renard fronça les sourcils.

— Je n'ai aucun souvenir d'avoir été capturé par les ombres, grogna-t-il. Ce que tu me dis n'a aucun sens pour moi. *Zannen desu.* Je crois que tu essayes d'échapper à tes obligations.

— Ce soupçon m'offense, balbutia la jeune fille en utilisant la formule rituelle de l'affront. Je n'invente rien, je t'ai sauvé la vie.

Takeda rota grossièrement.

— Je considère que nous sommes toujours en compte, répliqua-t-il. Tu pourras inventer tout ce que tu voudras, je ne changerai pas d'avis. Tu m'appartiendras tant que je ne t'aurai pas rendu ta parole. Et maintenant cesse de me casser les oreilles ! Quand nous serons devenus riches et puissants, je t'épouserai, que tu le veuilles ou non. La loi est de mon côté et tu devras obéir, sinon je te ferai jeter en prison. Sur ta planète les femmes ont peut-être le droit d'être insolentes, mais ce n'est pas le cas ici.

Sigrid s'inclina en ravalant sa colère.

Takeda ne mentait pas, elle le sentait. Le maléfice, en s'effaçant, avait gommé sa mémoire.

— *Isogimashô !* Il serait temps de se mettre en route, lança Takeda. Nous sommes venus pour descendre dans le ventre d'un dragon, pas pour bavasser.

Tournant le dos au village, les deux jeunes gens entreprirent de remonter la route de verre qui ouvrait une travée scintillante et lisse au milieu de la forêt carbonisée. Nul oiseau ne chantait, et même les mouettes semblaient hésiter à se poser sur la plage. Sigrid allait en tête, le harpon à la main. À la pensée de ce qui l'attendait au bout de la route, elle sentait la peur l'envahir.

La déambulation désordonnée du samouraï avait creusé un couloir vitrifié qui traversait l'île en diagonale, et ce chemin empestait la cendre, le charbon, la chair brûlée. Toutes senteurs qui vous frappaient au visage comme autant d'invitations à renoncer.

Enfin, au terme d'une marche rendue difficile par la pellicule de rosée répandue à la surface de la plaque de verre, la tête du dragon apparut, échouée sur la plage. La gueule grande ouverte. Les mâchoires béant sur un abîme de ténèbres. Takeda se figea, frappé par le caractère fantastique de cette vision. Sigrid continua à marcher seule, à la rencontre du mufle d'épouvante. C'était bien le dragon, le *ryu* des légendes, avec au front cette étoile dorée que les harponneurs s'évertuaient vainement à prendre pour cible.

« Nous y sommes, songea la fille aux cheveux bleus. Maintenant il ne nous reste plus qu'à descendre dans le ventre de la bête. »

Elle inspira une grande bouffée d'air pour tenter de dissoudre la boule d'angoisse qui lui bloquait le sternum. Takeda, lui-même, avait cessé de faire le fanfaron. La jeune fille traversa la plage, sourde à la voix du bon sens qui, dans sa tête, lui criait de prendre la fuite.

Elle s'était préparée à affronter l'haleine pestilentielle du monstre, mais la gueule de l'animal était ouverte depuis si longtemps que le vent avait eu le temps d'aérer la caverne formée par ses mâchoires.

— *Il n'est pas mort*, chuchota-t-elle à l'intention de son compagnon.

— Quoi ? grogna le garçon.

— Il n'est pas mort, répéta-t-elle. C'est évident, sinon il puerait comme l'enfer. Tu imagines un peu l'odeur que répandrait une charogne de cette taille ?

— Tu crois qu'il dort ?

— Peut-être. Il est sans doute en hibernation ou quelque chose d'approchant. En fait, nous ne savons rien de la vie des dragons.

Elle parlait pour se rassurer, tout en pensant qu'elle aurait mieux fait de se taire. Sa voix résonnait dans la gueule de la bête, se dédoublant en échos lointains qui semblaient descendre dans le ventre du monstre.

« Quelle idiote je fais, se dit-elle. C'est comme si je jetais des pièces de monnaie dans un puits sans fond. »

Les crocs du Grand Serpent semblaient des rochers granitiques. Chacun d'eux mesurait plus de trois mètres. Les jeunes gens durent escalader cet obstacle terrifiant pour s'introduire dans la gueule de la bête. De l'autre côté, ils retombèrent sur la langue.

« C'est mou, constata Sigrid. On dirait un tapis de cuir. »

Tout était sec. Il n'y avait ni bave ni salive.

« Décidément, songea la jeune fille en se remémorant ses aventures à l'intérieur de la gargouille[1], je suis vouée à l'exploration des monstres ! »

Tout au fond de la bouche s'ouvrait le tunnel béant de l'œsophage. Un escalier interminable commençait là ; *un escalier aux marches d'os.*

Sigrid s'agenouilla.

— C'est une construction de nature organique, murmura-t-elle. Ces marches n'ont pas été taillées par la main de l'homme. On dirait qu'elles ont poussé naturellement, comme si elles faisaient partie du squelette de l'animal.

— Regarde, souffla Takeda, il y en a des milliers... elles descendent dans le tube digestif du dragon. C'est bizarre, il ne fait pas noir. Quelque chose éclaire le tunnel.

Sigrid était en train de se faire la même réflexion. Une douce lueur baignait la gorge du monstre qui avait la taille d'un tunnel ferroviaire.

— Il s'agit d'un phénomène chimique, expliqua la harponneuse. Les poissons des grandes profondeurs sont capables de sécréter des substances lumineuses pour s'éclairer dans la nuit des abysses[2].

Les jeunes gens hésitaient. L'interminable escalier leur faisait peur. Un vent tiède le parcourait, chargé d'une odeur bizarre qui évoquait celle d'une boucherie. Finalement, Sigrid se redressa et posa le pied sur

1. Voir *La fiancée du crapaud.*
2. Exact.

la première marche. Au même instant, comme si elle avait actionné un ressort caché, les mâchoires du dragon se refermèrent en claquant.

La secousse faillit déséquilibrer la jeune fille. Si Takeda ne l'avait pas retenue par la main, elle aurait roulé au bas des marches, après s'être rompu les os.

— Nous n'avons plus le choix, fit-elle dans un murmure, il faut aller de l'avant.

Ils entamèrent donc la lente descente. Au début, ils comptèrent les degrés[1] à voix haute, mais il y en avait tant qu'ils finirent par renoncer.

Ils durent s'asseoir deux fois, les jambes sciées par la fatigue. Ils se tenaient par la main car ils avaient peur de tomber.

Sigrid se demandait ce qui les attendait en bas. Allaient-ils découvrir un chaos d'organes démesurés, avec des poumons comme des montagnes, un cœur de la taille d'un immeuble de dix étages ? Elle ne savait à quoi se préparer. Au fur et à mesure qu'ils se rapprochaient du terme de la descente la luminosité augmentait.

L'escalier débouchait sur une caverne d'une taille colossale. Une grotte de chair rose et lumineuse, dont les parois diffusaient une lumière d'aurore boréale. Sigrid écarquilla les yeux sous l'effet de la surprise.

Le ventre de la bête n'abritait aucun organe.

---

1. Les marches.

Immobiles à l'orée de la cage thoracique, les deux jeunes gens scrutèrent le paysage champêtre de landes et de vallons, qui s'étendait entre deux montagnes couronnées de neige. Nulle part on ne devinait la trace d'un estomac, ou les méandres d'un intestin.

— C'est donc ainsi que les dieux sont faits..., murmura Takeda. Pas étonnant qu'on ne puisse les tuer.

Sigrid ne savait que dire. Comment cet animal pouvait-il vivre puisqu'il était dépourvu de cœur, de veines, de... ?

— Je n'y comprends rien, avoua-t-elle.

Elle leva les yeux vers la voûte de chair rose qui constituait le « ciel » de cet étrange pays. Était-elle victime d'une hallucination ?

Il fallait se décider à bouger. Mal remis de leur stupeur, les deux compagnons s'engagèrent sur la plaine qui s'étendait devant eux.

15

Les nageurs des souterrains

Très vite, Sigrid trouva la terre bizarre, molle. La campagne qui l'entourait lui donnait la sensation d'être en train de marcher sur un ventre géant. Elle scrutait le sol, étonnée de n'y point découvrir la découpe d'un nombril !

Chaque fois quelle posait le pied sur la route, elle s'attendait à voir ses traces s'imprimer sous forme d'hématomes. Elle aurait voulu rebrousser chemin, regagner l'abri d'un territoire sec et dur, où ses talons auraient sonné avec un bruit de fer. Mais il était trop tard désormais, la gueule du Grand Serpent s'était refermée derrière eux et il fallait avancer coûte que coûte.

— Inutile de se raconter des histoires, déclara

Takeda. Il faut regarder les choses en face : *nous nous promenons sur un morceau de chair.* Regarde ces buissons... À ton avis, ce sont des herbes ou des poils : difficile à dire, hein ?

— Tout est vivant, murmura la jeune fille. Normal, puisque nous nous trouvons à l'intérieur d'un être vivant. Ces cailloux, tiens... Ce sont des morceaux d'os, bien évidemment. J'ai l'impression que nous sommes entourés d'organes déguisés en arbres, en collines.

— Tu crois ? bredouilla le garçon.

— Oui, confirma Sigrid. Tu vois ces deux montagnes couvertes de neige qui nous barrent l'horizon ? Depuis un moment je me demande s'il ne s'agirait pas d'une paire de poumons.

Elle ne put préciser sa pensée car un curieux corbeau rose se mit à voleter au-dessus de leur tête.

— Bon sang ! hoqueta Takeda. Jette un coup d'œil à cette bestiole ! Elle n'a pas de plumes ! Elle est toute nue !

— Oui, grommela Sigrid à qui ce prodige ne disait rien qui vaille. Et pourtant elle vole.

— Je meurs de faim, déclara le garçon. Je vais l'abattre avec une pierre et nous la mangerons.

— Non ! cria la jeune fille.

Mais il était trop tard. Takeda, s'emparant d'un « caillou » osseux, l'avait utilisé comme projectile pour fracasser la tête de l'oiseau. Le volatile s'écrasa à ses pieds avec un bruit flasque.

Le garçon s'accroupit pour l'examiner.

— Il n'a pas une seule plume sur le corps, observa-t-il. C'est comme si on nous le livrait prêt à cuire. Tu crois qu'on peut allumer un feu pour le faire rôtir.

— Non, répliqua Sigrid. Il ne vaut mieux pas. À ta place je ne toucherai pas à cette chose.

— J'ai trop faim, grogna le jeune homme. Je vais la manger crue.

Sans attendre, il arracha l'une des ailes du corbeau rose et se mit à la dévorer.

— C'est bon, annonça-t-il entre deux bouchées. On dirait du poulet. Tu es sûre de ne pas en vouloir ?

— Attends ! siffla Sigrid. Regarde un peu ce que tu es en train de ronger... *Ce ne sont pas des os.* Ce sont des brindilles nouées entre elles avec de la ficelle !

— Quoi ?

— Regarde, te dis-je ! Ce corbeau n'a pas de vrai squelette. Il est constitué d'une armature bricolée avec des morceaux de bois, et sur laquelle on a entassé de la viande. C'est un pantin modelé avec de la chair vivante ! Ce n'est pas un véritable animal.

Takeda s'empressa de dépecer ce qui restait du volatile. Sigrid ne s'était pas trompée. L'oiseau n'en était pas un. Une armature constituée de brindilles astucieusement assemblées lui tenait lieu de squelette.

— Qui a bien pu fabriquer cette marionnette ? s'étonna la jeune fille.

— Aucune idée, s'esclaffa Takeda, et je m'en fiche, tout ce qui m'importe c'est qu'elle a bon goût !

— Nous ne sommes pas au bout de nos surprises,

soupira Sigrid en se redressant. Cet endroit semble gouverné par des lois qui défient les connaissances humaines.

*

Sigrid fut la première à voir bouger la plaine. Interloquée, elle n'osa donner l'alerte et suivit des yeux le frémissement qui agitait l'argile vivante constituant le sol. C'était comme le sillage d'un requin ridant l'océan, ou comme ces traces en relief laissées par les taupes lorsqu'elles se déplacent sous une pelouse.

— Il... *il y a quelque chose qui rampe sous la plaine*, murmura-t-elle enfin en se rapprochant de Takeda.

Pendant qu'elle prononçait ces mots, elle vit le sol onduler en un long frisson. La plaine frémissait tel le dos d'un chat s'apprêtant à bondir sur une souris. Les ondulations plissaient le terrain, serpentaient sur les talus.

— Quelque chose rampe sous la peau de la plaine, répéta Sigrid, de plus en plus nerveuse.

Takeda s'assit sur ses talons, aux aguets. Sigrid, elle, pensait à de gros animaux souterrains. Elle savait que certains déserts abritaient des serpents de sable. Les frissons remontaient maintenant la route pour venir à leur rencontre, trahissant l'avance de ce qui se mouvait dans le sous-sol. La jeune fille se tenait sur le qui-vive, alarmée par cette menace incertaine dont elle ne parvenait pas à concevoir la forme.

— Des taupes géantes, dit doucement Takeda. Le martèlement de nos pas a dû les affoler.

Mais on voyait bien qu'il ne croyait pas à cette hypothèse. Les bourrelets se rapprochaient. Et soudain un doigt creva la surface du sol ! Un doigt tendu, un index raidi qui paraissait désigner Sigrid d'un geste accusateur. Elle eut un sursaut.

— Tu as vu ? cria-t-elle.

— Quoi ? interrogea Takeda.

La harponneuse n'osa lui faire part de sa vision, elle avait pu se tromper, prendre un petit serpent pour un doigt humain... Comment savoir avec toute cette boue ? L'index avait disparu. Le trou par lequel il avait jailli se comblait déjà.

« Je deviens folle », songea-t-elle.

Les jeunes gens reprirent leur marche. Pendant une vingtaine de minutes il ne se passa rien, puis un nouvel index creva la boue pour se pointer sur Sigrid. Cette fois Takeda fut témoin du phénomène.

— Je n'aime pas ça, marmonna-t-il. S'il y a un doigt, il y a une main, et s'il y a une main, il y a un corps tout entier ! On dirait qu'on s'amuse à creuser un tunnel sous nos pas.

— Un tunnel ou une sape[1], observa Sigrid : on espère peut-être nous faire tomber dans une fosse ?

C'était une hypothèse plausible, cependant les deux compagnons avaient du mal à croire qu'on puisse creu-

1. Galerie creusée en secret et qui sert à s'introduire chez l'ennemi.

ser une sape dans un sol aussi mou sans périr aussitôt étouffé sous les éboulements.

— Non, murmura Takeda, c'est autre chose...

Hélas ! il ne savait quoi.

Ils hésitaient sur la conduite à tenir. Enfin, Takeda perçut un bruit étrange sous ses pieds.

— Il y a une bête qui gratte ! murmura-t-il.

Et il colla son oreille au sol pour tenter de déterminer ce dont il s'agissait. La seconde d'après, il hurla de douleur. Quand il se redressa, il se tenait la tempe.

— Quelque chose est sorti de la glaise, expliqua-t-il, on a essayé de m'arracher l'oreille !

Cette fois, aucun doute n'était plus permis. Refoulant la panique qui s'emparait d'elle, Sigrid aida son camarade à se hisser sur l'un des rochers bordant la route.

— Ce n'est peut-être qu'une grosse taupe, hasarda-t-elle, je vais lui expédier un coup de harpon, ça va la clouer au fond de son tunnel et le tour sera joué.

Se penchant au bord du rocher, Sigrid enfonça son javelot dans l'argile vivante du chemin sans rencontrer la moindre résistance.

— C'est comme si on harponnait un morceau de beurre, maugréa-t-elle.

La lance s'enfonçait avec un bruit de succion. Au moment où la jeune fille allait renoncer, le harpon lui fut arraché des mains et disparut dans le sol, elle poussa un cri de surprise.

— Ne te penche pas, gémit Takeda, la paume plaquée sur son oreille sanglante. Ou ils vont t'attraper, toi aussi.

Sigrid scruta le sol, guettant une nouvelle manifestation de la créature inconnue qui s'amusait à les terrifier. Lentement quelque chose émergea de la glaise, une forme arrondie, brillante comme un melon.

— Un fruit ! dit Takeda.

— Un œuf ! souffla Sigrid.

La boule se haussa de quelques centimètres et l'on put distinguer deux oreilles plaquées de part et d'autre du globe ovoïde. Des oreilles humaines.

— C'est une tête, haleta Sigrid. C'est la tête d'une espèce de singe sans poil. Il... il est rose...

Le crâne du « singe » creva le sol. Il reposait à présent au milieu de la route comme une tête coupée, à cette différence près que son propriétaire décochait d'affreuses grimaces aux jeunes gens.

Le singe souriait toujours. Sa main droite sortit du sol, elle brandissait le harpon volé un instant plus tôt à Sigrid. Ses épaules suivirent. Soudain, il se coucha sur le côté... *et se mit à nager.* Sigrid et Takeda crièrent de saisissement. Le singe rose nageait dans la boue du sol avec autant de facilité que s'il s'était trouvé dans une piscine. Parfois il plongeait, disparaissait pour refaire surface un peu plus loin, en multipliant ses grimaces.

— C'est de la folie, grogna Takeda, personne ne peut nager dans la terre.

— Personne..., observa Sigrid, sauf qu'ici le sol n'est pas constitué de terre. En fait, c'est de la chair, et elle est capable de cicatriser instantanément si l'on y creuse un trou !

Le singe rose disparut. À certains frémissements du sol on pouvait suivre sa trajectoire en profondeur.

— Il faut ficher le camp d'ici ! gronda Takeda. Cette saleté va revenir.

Le chimpanzé ne donnait plus signe de vie et la route était redevenue lisse ; Sigrid demeurait toutefois aux aguets.

— Je n'aime pas ces tours de passe-passe, grogna Takeda. Je n'ai jamais eu peur d'affronter des hommes plus forts que moi, mais les démons me terrifient. On ne sait jamais comment en venir à bout.

Sigrid quitta son perchoir et se laissa glisser à terre ; ses yeux fouillaient le paysage.

— C'est une contrée gouvernée par la magie des *kwaïdan*[1], marmonna Takeda. J'aurais préféré de beaucoup affronter à mains nues une armée de *samouraïs* !

Sigrid ne répondit pas, elle scrutait le sol, prête à bondir de côté au premier signe suspect en provenance du sous-sol.

Ils marchèrent ainsi un quart d'heure dans une atmosphère de tension extrême.

Tout à coup, Takeda perdit l'équilibre, entraînant sa compagne dans sa chute.

— On m'a fait tomber ! hurla-t-il. Une main est sortie de terre pour m'attraper la cheville !

Le garçon se releva, fit une dizaine de mètres puis

1. Fantômes.

tomba de nouveau. Cette fois, Sigrid avait eu le temps de voir plusieurs mains jaillir de la route pour se refermer sur les chevilles de son camarade.

— Par les dieux ! souffla-t-elle, il n'y a pas qu'un singe rose. Ils sont toute une horde... Pour l'instant ils s'amusent, mais j'ai peur qu'ils n'en restent pas là.

Sigrid se tut. Çà et là, des doigts émergeaient de la glaise vivante, tels d'affreux champignons. On distinguait aussi des têtes simiesques, dont les yeux malicieux battaient des paupières au ras du sol.

Enfin, une main apparut, brandissant le harpon volé. Sigrid se jeta de côté. Le javelot lui frôla l'épaule.

« Un peu plus, songea-t-elle, et je le recevais en pleine poitrine ! »

Elle s'empressa de ramasser l'arme. Déçus, les chimpanzés rosâtres s'enfoncèrent dans le sol. Une demiheure après, ils n'avaient toujours pas reparu.

— Qu'est-ce que c'était ? interrogea Takeda.

— Aucune idée, avoua Sigrid. Une chose est sûre : ces créatures sont de vraies passe-murailles !

16

Le château de la terreur

Au bout d'une heure d'une marche prudente, les deux compagnons arrivèrent en vue d'un château entouré de douves. Des oriflammes claquaient au sommet des remparts. Dans la plaine, sur le glacis, on avait dressé des tentes multicolores ainsi qu'une arène réservée aux joutes amicales entre seigneurs. Ce paysage chamarré restait toutefois étrangement désert, et l'on avait beau tendre l'oreille on ne détectait aucune musique.

— Un château, balbutia Takeda. Une demeure de *shôgun*[1] dans l'estomac d'un dragon... On aura tout vu !

Sigrid était moins surprise que son compagnon. En posant le pied dans la gueule du Grand Serpent elle

1. Gouverneur.

avait compris qu'il fallait désormais s'attendre aux pires fantasmagories. Pour elle, ce manoir féodal n'était guère plus surprenant qu'un galion échoué dans le ventre d'une baleine.

— Sans doute l'a-t-il absorbé en avalant une île flottante, supposa-t-elle. Je pense que son estomac est rempli d'épaves.

— Ce n'est pas une épave, objecta Takeda. Cette bâtisse est habitée ; du moins elle l'était encore récemment. Regarde ces décorations ! On s'y préparait pour je ne sais quelles réjouissances.

— Il n'y a personne, observa Sigrid. Selon toi, qu'y fêtait-on ?

— Aucune idée, grogna le garçon. L'anniversaire du *shôgun*, peut-être. Les festivités semblaient bien parties, mais de toute évidence elles ont été gâchées par un événement imprévu.

Sigrid huma l'air tel un animal qui cherche à détecter le danger. Le silence était oppressant, et ces préparatifs de fête dressés dans le désert de la plaine exhalaient une atmosphère de menace.

— Allons-y, souffla la jeune fille. Pas à pas et en ouvrant l'œil.

Takeda s'avança entre les tentes. Au-dessus de chacune d'elles on avait fixé les écus des chevaliers inscrits au tournoi. Les hautes lances de joute calées sur les râteliers dressaient leur pointe vers la voûte rose qui constituait le « ciel » de la caverne vivante. Le vent tiède faisait claquer les oriflammes.

Sigrid se raidit, prête à tout. Les gradins de bois

étaient vides. On y distinguait, çà et là, l'attache d'une sandale perdue dans la débandade ou un lambeau d'étoffe arraché à un kimono. Il y avait également beaucoup d'éventails éparpillés, la plupart en lambeaux.

— Une sacrée bousculade, marmonna la fille aux cheveux bleus entre ses dents, ils se sont battus pour quitter les tribunes. Je sens que nos beaux seigneurs n'ont pas eu grand scrupule à piétiner leurs jolies dames !

— Ils ont eu peur, constata Takeda, mais de quoi ?

Sigrid s'engagea dans l'arène sablonneuse du tournoi. Tout de suite, elle se figea. Six chevaliers gisaient dans la poussière, encore vêtus de leurs armures. Leurs doigts gantés de fer avaient labouré le sol aux alentours, et il était facile de deviner qu'ils avaient péri dans de terribles souffrances.

— Hum, grogna Takeda, on dirait que le tournoi a viré au tragique... Ils sont morts, et pourtant il n'y a pas d'armes autour d'eux.

— Ils portent tous des armures de grand prix, observa Sigrid. Des cuirasses qui ressemblent étrangement à celle du samouraï de feu qui a ravagé Ikenawa.

— Tu crois que le bonhomme sortait de ce château ? s'enquit le garçon.

— Oui, fit la harponneuse. Quelque chose a mal tourné, il a essayé de s'échapper. Manque de chance pour les gens d'Ikenawa, il est mort à l'extérieur du dragon au lieu de succomber ici même, avec ses amis.

— Il faudrait examiner les corps, suggéra Takeda.

Il s'approcha du premier cadavre. Tout autour, le

sable était décoloré, comme si une irradiation nocive en avait altéré la structure. Sigrid tendit prudemment la main pour relever la visière du casque. Le métal crissa sur ses charnières faussées.

— Il a la tête fracassée, fit Takeda avec une grimace de dégoût, regarde... La taille de ce casque est anormalement petite. Un tel gaillard ne peut pas avoir eu un crâne aussi minuscule. C'est comme si...

— *Comme si le casque avait rétréci*, compléta la jeune fille. Oui, c'est ça. Le heaume a rétréci sur sa tête, la faisant éclater comme une noix prise dans un étau !

Elle se pencha. Takeda avait raison : la petitesse du casque était insolite ; de plus l'acier présentait d'étranges boursouflures, comme s'il s'était dégonflé tel un ballon crevé.

Sigrid rabaissa la visière, et se dirigea vers le second corps. Une fois de plus, l'examen révéla que l'armure avait rétréci sur le malheureux, le réduisant en bouillie.

— La cuirasse s'est refermée sur sa poitrine, diagnostiqua Takeda. En se rétractant, elle lui a fracturé les côtes. La cage thoracique n'est plus qu'un sac d'os en miettes.

Sigrid essuya la sueur qui perlait sur son front, ce n'était pas le moment de s'évanouir !

Des corbeaux roses tournoyaient dans le ciel. Essayant de les ignorer, Sigrid se pencha rapidement sur les autres dépouilles. L'une des armures était devenue si lourde qu'elle s'était enfoncée dans le sol tel un cercueil de fer, condamnant celui qui l'avait revêtue à l'étouffement. La troisième cuirasse portait des traces bleutées d'échauffement, et ses attaches de cuir étaient carbonisées. Sous la visière, se cachait un visage charbonneux, réduit aux dimensions d'une balle de tennis.

— Un fourneau ! gronda Takeda, celle-ci s'est changée en cheminée. Elle a cuit le bonhomme sur pied en l'espace de trois secondes. C'est comme s'il avait été frappé par la foudre.

Sigrid était blême, du coin de l'œil elle surveillait le manège des corbeaux roses.

— Que s'est-il passé ? s'enquit Takeda. Il est évident qu'ils ne se sont pas entretués. Ils ont été victimes des cuirasses qu'ils avaient revêtues. On n'a jamais vu ça. On dirait qu'un maléfice s'est abattu sur eux.

— Je n'en sais pas plus que toi, soupira Sigrid. De toute évidence, les chevaliers ne s'y attendaient pas non plus.

Un corbeau venait de se poser sur le heaume de l'une des victimes, son bec, en frappant le métal, faisait naître des étincelles jaunes à l'odeur de soufre.

— Je n'aime pas ces oiseaux, murmura Takeda. J'ai l'impression qu'ils nous suivent.

— Moi aussi, souffla Sigrid. On dirait qu'ils nous espionnent. Si on les émiettait, on verrait que leur squelette se réduit à quelques brindilles ficelées à la hâte.

— Si ce sont des espions, nasilla Takeda, l'œil en coin, pour qui travaillent-ils ?

Pendant une minute, les jeunes gens restèrent immobiles, surveillant les volatiles dont les becs frappaient le métal en cadence, provoquant à chaque impact un nouveau jaillissement d'étincelles.

Sigrid était perplexe.

« Quelles lois gouvernent cet univers ? se demanda-t-elle. Si nous voulons survivre, il nous faudra les découvrir très vite. »

— Partons d'ici, haleta Takeda, les corbeaux préparent quelque chose, j'en suis sûr.

— Il faut explorer le château, rétorqua Sigrid, fuir ne nous aidera pas à comprendre. L'explication que nous cherchons se cache peut-être entre ces mûrs.

Elle brandit son harpon, en signe de défi, mais ce contact ne la rassura qu'à demi.

Takeda hésita, puis s'avança sur le glacis.

Le château présentait le même aspect désolé que les tribunes du tournoi. Les remparts étaient déserts, et aucune sentinelle ne montait la garde à l'entrée de la poterne. Tout le monde semblait avoir pris la fuite lorsque les armures ensorcelées avaient massacré leurs propriétaires. Sigrid restait en état d'alerte. Les images d'épouvante entrevues au fond des casques hantaient son esprit.

« Je me représente assez bien la manière dont les choses se sont déroulées, se dit-elle. La fête commence. Un samouraï entre dans l'arène. Il marche en saluant la foule qui l'acclame... et soudain une chaleur inexplicable le gagne, le métal de la cuirasse se couvre d'irisations, les attaches de cuir roussissent, la cotte de mailles n'est plus qu'une coquille de fer portée au rouge.

L'armure flamboie, fume. Le beau costume de guerre se change en marmite. Le chevalier hurle à s'en arracher les cordes vocales mais personne ne peut lui venir en aide. Il tombe à genoux. Il ne comprend pas ce qui lui arrive, il s'écroule et meurt... Brûlé vif, tel un sorcier sur son bûcher... Oui, c'est ainsi que ça s'est passé. Mais pourquoi ? »

Les semelles de Takeda résonnaient sur le pont-levis. De l'autre côté des murailles, la cour d'honneur était vide. Sigrid aperçut des corps effondrés en travers de l'escalier d'honneur. Il s'agissait de riches notables piétinés lors de la bousculade. Un sanglot lui fit dresser l'oreille.

— Ça vient de là, indiqua Takeda en désignant un lion de pierre fiché au bas de la rampe.

Sigrid contourna la sculpture pour découvrir la silhouette menue d'un page vêtu d'un kimono déchiré. L'enfant grelottait de peur, recroquevillé sur lui-même, le visage souillé de morve et de larmes. Ses yeux déjà agrandis par l'angoisse se dilatèrent encore plus lorsqu'il vit les cheveux bleus de la jeune fille. Persuadé d'avoir affaire à une diablesse, il esquissa un mouvement de fuite ; Takeda le saisit par le poignet.

— Pas de panique, le mioche, grogna-t-il. Qu'est-ce qui s'est passé ici ? Où est le maître des lieux ?

— Il est devenu fou, hoqueta le page. Il est à l'intérieur du château, il a tué tout le monde... même les chats de Dame Iroko, son épouse. Il gigote comme un diable, une épée à la main. Si vous y allez, il vous tuera comme les autres.

— Mais où sont les serviteurs, les invités ?

— Il les a tués, j' vous dis..., balbutia le gosse. Les autres ont pris la fuite en vidant les écuries. N'entrez pas dans le château, vous ne pourrez rien faire ; il est plus fort qu'une armée.

Takeda reposa l'enfant sur le sol. Sigrid assura le harpon dans sa paume.

— Il va falloir y aller si nous voulons réellement savoir ce qui se passe ici, déclara-t-elle d'une voix rauque.

— Qu'est-ce que tu comptes faire avec ton curedent ? ricana Takeda. Tu crois que tu vas embrocher le démon comme un vulgaire thon ?

Sigrid cracha sur le sol, mais sa bouche était sèche, et elle constata qu'elle n'avait plus de salive.

— On y va, répéta-t-elle.

Takeda soupira et se lança à l'assaut du grand escalier tandis que le page s'enfuyait de toute la force de ses maigres jambes.

Dès qu'ils eurent franchi le seuil de la première salle, les jeunes gens comprirent que l'enfant n'avait pas exagéré. Des corps jonchaient les dalles, comme abattus par les coups d'épée d'un géant. Nombre d'entre eux étaient fendus de haut en bas ou littéralement coupés en deux. Le sang avait giclé partout, inondant tapis, nappes et tentures.

— Quel carnage, balbutia Takeda ; et c'est un homme seul qui a fait ça ?

— Un homme vêtu d'une armure ensorcelée, corrigea Sigrid. Il va falloir être rapide...

— Et frapper fort, murmura Takeda. Prends plutôt ce couloir, j'entends du bruit sur la gauche.

Sigrid s'exécuta. Ses pieds avaient tendance à déraper dans les flaques de sang, et elle se demanda avec inquiétude comment elle se débrouillerait s'il lui fallait subitement se mettre à courir.

Les corridors étaient remplis de cadavres découpés en rondelles. Comment le *shôgun* avait-il pu massacrer tant de monde ? L'armure l'avait-elle investi d'une force démentielle hors du commun ?

Sigrid transpirait. Le harpon lui semblait soudain minuscule ; à peine plus menaçant qu'une aiguille à repriser les chaussettes.

Des bruits d'acier provenaient du fond du couloir, un vacarme de bataille comme auraient pu en produire vingt chevaliers s'affrontant à coups de hache. Et soudain, le *shôgun* surgit de derrière une colonne. Il brandissait une épée rouge de sang qu'il agitait de droite et de gauche, entaillant la pierre des murailles avec une incroyable facilité. Il était sanglé dans une armure blanche d'où jaillissaient des éclairs. Sa visière relevée laissait voir un visage torturé par la douleur, et ruisselant de larmes.

— Écartez-vous, hurla-t-il, je ne peux pas la commander, *elle bouge toute seule !* La cuirasse est vivante !

Elle a tué tout le monde... Par les dieux endormis, délivrez-moi !

Ce disant, il abattit son épée, sectionnant une colonne de marbre à mi-hauteur. Le fer trancha la pierre sans s'ébrécher comme s'il s'agissait d'une motte de beurre. Takeda fit un bond en arrière. Le glaive ensorcelé semblait se moquer de la densité des éléments et mordre indifféremment la chair ou l'acier, avec la même facilité. C'était un étrange spectacle que celui de cet homme en larmes, gémissant tel un enfant au milieu du carnage dont il était l'auteur. Un frisson de terreur hérissa l'échine de Sigrid.

— Partez ! sanglota le *shôgun*, elle va vous tuer... Il lui faut de la chair, il lui faut des victimes. Elle est invincible... Mes meilleurs amis ont essayé de me tuer sans succès, c'est moi qui les ai massacrés.

L'armure s'ébranla, faisant virevolter son épée pour arracher à la muraille d'épais copeaux de granit. La pierre pelait sous son tranchant comme un bois tendre sous le rabot d'un menuisier. Takeda et Sigrid reculèrent.

Rebroussant chemin, ils battirent en retraite en direction de la grande salle, là où ils pourraient utiliser la table du banquet à la manière d'un bouclier.

Ce n'était pas un bon calcul car, sitôt dans la salle, le *shôgun* abattit son épée, tranchant la table par le milieu comme s'il s'agissait d'une biscotte.

Takeda, dans un réflexe de défense, empoignait les

objets posés sur les dessertes pour les jeter en direction du chevalier.

Sigrid l'imita, bombardant l'armure ensorcelée avec des aiguières de vermeil, des gobelets, des brocs d'étain. Mais la vaisselle métallique rebondissait sur la cuirasse du *bushi* sans lui causer le moindre mal. Pire ! Elle crépitait, virait au noir, et s'écrasait sur le sol avec un bruit de fruit blet. Baissant les yeux, Sigrid réalisa que les objets avaient en partie fondu au contact de l'armure, comme si – en effleurant le *shôgun* – ils avaient traversé une fournaise.

Takeda s'empara d'une hallebarde abandonnée par un garde, et tenta de l'utiliser pour repousser le *bushi*, mais dès que la pointe métallique entra en contact avec la cuirasse, elle s'amollit, bouillonna avant de se mettre à goutter, à la manière du plomb fondu. Le guerrier, lui, hurlait de souffrance sans cesser pour autant sa pantomime meurtrière.

À un moment, son épée, ratant de peu Takeda, s'enfonça jusqu'à la garde dans les pierres de la muraille.

Dégageant sa lame sans effort, il revint à la charge, mais cette fois Sigrid intercepta le coup à l'aide du harpon. Un crépitement vrilla l'air, et la jeune fille sentit ses cheveux se dresser. Une énorme étincelle fusa au centre de la salle, et les trois combattants furent repoussés par une tornade d'énergie qui les plaqua contre le mur. Le javelot devint bouillant entre les paumes de Sigrid, des cloques lui couvrirent les doigts.

« C'est comme si j'avais essayé d'attraper la foudre

à mains nues ! » se dit-elle, étonnée d'être encore en vie.

Mais déjà, le *shôgun* revenait à la charge. Il plongea son sabre dans la cheminée, au cœur des flammes. Le feu escalada la lame tel un serpent rouge... Sigrid écarquilla les yeux, stupéfaite. Oui, le feu venait de déserter le foyer, abandonnant bûches et fagots pour grimper sur le bras, puis sur l'épaule du *bushi*, et ceci jusqu'au sommet de son casque, lui composant un panache de fumée chargé d'étincelles. La chaleur devenait intense, et le visage torturé du guerrier était de seconde en seconde plus rouge. À n'en pas douter, le métal bouillant du heaume lui infligeait d'horribles souffrances.

Le panache de flammes oscillait sur sa tête, lui caressant les épaules. Chacun de ces effleurements lui arrachait un nouveau cri.

« Il est en train de cuire debout ! pensa Sigrid... et rien ne pourra le sauver. »

À présent, la tête du *shôgun* ballottait de droite à gauche, comme si ses vertèbres cervicales venaient de se rompre.

« Il est évanoui, constata Takeda, ou enfin mort ! »

Bien que le samouraï fût sans connaissance, l'armure dansait toujours sa danse de mort, mue par une énergie démoniaque. Le feu coulant de son casque s'était entortillé autour de la lame de l'épée. Tout ce que le glaive effleurait s'enflammait. Nappes, tentures se changèrent bientôt en torches crépitantes.

L'armure, se moquant du cadavre emprisonné entre

ses flancs, poursuivait son œuvre destructrice. Ses pieds de métal incendiaient à présent les tapis.

Le feu ronflait, courait au long des couloirs. Dans dix minutes, le château tout entier ne serait plus qu'un bûcher dressé sur la plaine.

Takeda et Sigrid reculèrent vers la sortie. L'ampleur de la catastrophe dépassait leurs compétences, et il n'était pas question pour eux de s'obstiner plus longtemps. Sigrid agitait son harpon inutile. L'air bourdonnait, épaissi, témoignant de la présence invisible d'une force nocive. Le château était en train de se remplir d'une gelée ectoplasmique[1] qui suintait des murs en longs filaments gluants.

Cette colle d'outre-tombe s'évaporait en bouillonnant au contact des flammes, elle produisait une vapeur dont les volutes présentaient des formes humanoïdes. Sigrid comprit qu'un esprit tout puissant régnait sur le manoir, leur coupant la retraite. Les pierres de la muraille, les poutres, les planches des meubles et des parquets gémissaient en se contractant, et la fille aux cheveux bleus eut soudain l'impression que la taille des objets se réduisait à vue d'œil.

— Takeda ! cria-t-elle en cherchant la main du garçon, Takeda ! *Le château est en train de rétrécir !* Comme les armures dans l'enceinte du tournoi !

— Oui, haleta le garçon, il va rétrécir et s'enfoncer dans le sol, il faut filer d'ici !

---

1. Matière constituant les fantômes.

Les jeunes gens entreprirent de ramper vers la porte, mais l'atmosphère viciée les asphyxiait.

Sigrid énuméra mentalement les symptômes observés sur le lieu du tournoi. *La chaleur, le rétrécissement... et l'alourdissement.* L'esprit hantant le manoir appliquait à la bâtisse un traitement identique à celui qu'il avait infligé aux chevaliers. Dans peu de temps, le castel se rétracterait pour prendre les proportions d'un jouet.

— Si nous sommes toujours à l'intérieur, nous serons écrasés ! constata Sigrid.

Déjà, le plafond paraissait plus bas... les tables moins hautes ; quant aux chaises, elles avaient l'air d'avoir été conçues pour des nains !

Sigrid rampa vers Takeda et l'aida à se redresser. Le garçon peinait, englué dans la gelée ectoplasmique. Au-dessus de sa tête, les lustres descendaient au fur et à mesure que la voûte de la grande salle rapetissait.

Le *shôgun* lui-même avait maintenant la taille d'un gnome. Il gesticulait, farfadet argenté coiffé de flammes, tandis que son épée achevait de découper le mobilier.

— La porte ! gémit Takeda. Regarde la porte d'entrée, *elle est toute petite !*

C'était exact ! La majestueuse porte à double battant qui béait un instant plus tôt en haut de l'escalier avait maintenant la dimension d'une lucarne... Dans deux minutes, le château aurait la taille d'une niche, et ses murailles se refermeraient sur les deux compagnons, les réduisant en chair à pâtée.

Ahanant, Takeda se rua en avant. Ses épaules crevèrent la pellicule ectoplasmique qui bouchait la sortie, et il roula cul par-dessus tête sur les marches du grand escalier d'honneur, entraînant Sigrid à sa suite.

Un mugissement de dépit salua leur départ, et ce fut comme si mille chiens d'enfer aboyaient en même temps.

Derrière les jeunes gens, le château rapetissait à vue d'œil.

Sigrid se releva, le corps marbré de contusions. La terreur lui hérissait les cheveux. Elle ne pouvait détacher son regard du manoir dont le donjon n'excédait pas la taille d'un homme à cheval ! Le château avait à présent l'allure d'une maquette...

Et soudain, la terre trembla. Devenu effroyablement lourd, le manoir s'enfonçait dans le sol, à la façon d'un navire qui sombre en haute mer. Une brume de poussière et de cailloux gifla les fuyards, tandis que le bâtiment disparaissait au fond d'une crevasse.

« Il va descendre jusqu'au centre du monde, pensa Sigrid cédant à la superstition. Il part en enfer, emportant avec lui son équipage de damnés ! »

Takeda l'empoigna par la main et se mit à courir vers la poterne. Sigrid se laissa faire, elle ne souhaitait plus qu'une chose : être à mille kilomètres de ce lieu hanté.

Elle franchit le pont-levis en deux bonds et dévala le

glacis. Les corbeaux roses hurlaient derrière elle. Elle courut vers la lande.

« Nous avons échappé au pire, ne cessait-elle de se répéter, et il s'en est fallu d'un cheveu ! »

Lorsqu'elle atteignit la lisière de la plaine, elle s'effondra. Takeda roula sur le flanc, à ses côtés. Il était noir de suie et de sang séché.

Du monticule où ils se trouvaient, les deux compagnons distinguaient l'ancien emplacement du château. Là où s'étaient jadis dressés tours et remparts ne subsistait plus qu'un cratère en forme de nombril.

Sigrid arracha une poignée d'herbe (de poils ?) pour se nettoyer le visage.

Elle soupira. En dépit de ce qu'elle venait de vivre, il lui était impossible de revenir en arrière.

— On continue ? fit derrière elle la voix de Takeda.

— On continue, confirma la jeune fille.

17

Les naufragés des abîmes

Pendant qu'ils marchaient, Sigrid s'avoua que la présence de Takeda la réconfortait. Ce garçon avait beau se révéler insupportablement prétentieux, il n'en constituait pas moins un solide compagnon d'aventures sur lequel on pouvait compter dans les moments difficiles. Elle ne désespérait pas de l'apprivoiser, même si cette tâche promettait d'être encore plus complexe que de comprendre comment fonctionnait l'univers secret du Grand Serpent !

— Hé ! cria tout à coup Takeda. Regarde ! Des maisons !

Sigrid tourna la tête dans la direction indiquée par le jeune homme. Il s'agissait de bâtisses avalées par le monstre. Elles avaient roulé le long de son gosier pour atterrir ici, dans la plaine, où elles s'étaient plantées de guingois. Plus loin, se dressait l'épave d'un bateau en piteux état.

— Par les dieux ! souffla la jeune fille. C'est *La Pieuvre bleue !* Le navire sur lequel je naviguais quand j'ai fait naufrage !

— Le dragon l'a gobé, commenta Takeda. Possible qu'une partie de l'équipage ait suivi le même chemin.

Sigrid s'élança en direction de l'épave. Il lui semblait que des silhouettes humaines s'y tenaient recroquevillées.

— Hé ! s'exclama-t-elle, mais c'est... Hata !

Soudain, le jeune mousse fut devant elle. Le capitaine Hokukaï le suivait de près, et le cuisinier borgne, et...

— Vous êtes tous là ? s'étonna la jeune fille. Je vous croyais morts.

Hata se jeta dans les bras de Sigrid, dont il avait toujours été secrètement amoureux en dépit de ses 13 ans. La jeune fille lui ébouriffa les cheveux ; elle était contente de le revoir.

— Moi aussi je te croyais noyée, fit l'adolescent, je t'ai beaucoup pleurée.

— Arrêtez de larmoyer ! gronda Hokukaï, le capitaine. On doit vous entendre à l'autre bout de la plaine. Venez plutôt vous cacher à l'intérieur de l'épave.

— Vous êtes là depuis un moment, observa Sigrid ; avez-vous réussi à apprendre quelque chose sur ce drôle de monde ?

Le capitaine lui fit signe de s'asseoir. La cale du navire démantelé avait été aménagée de manière à constituer un refuge habitable.

— C'est un univers de fous, murmura sombrement Hokukaï. *Tout est vivant*, vous avez dû vous en rendre compte. Le Grand Serpent a choisi de donner à son organisme la forme d'un paysage terrestre. Ne me demandez pas pourquoi, je n'en ai aucune idée. Tout est composé de chair et d'os. Les arbres ont des muscles, l'herbe est constituée de cheveux. Les feuilles des poireaux sont en réalité des tentacules. D'étranges créatures vivent dans l'épaisseur des parois...

— Les singes roses ? fit Sigrid. Les passe-murailles ?

— Oui, ils sont mauvais. On ne peut pas les attraper. Mais ils ne constituent pas le seul danger de ce royaume. Il y a aussi les samouraïs.

— Les samouraïs ? répéta Takeda, inquiet.

— Oui, martela le capitaine. Ils chevauchent sur la lande, habillés d'armures de guerre. Ils capturent les naufragés et les emmènent dans leurs châteaux. Ils font beaucoup de prisonniers. J'ai la conviction qu'ils sont au service du Grand Serpent. Je n'en sais pas davantage.

— Nous passons notre temps à nous cacher, se plaignit Hata, le mousse. À fuir les singes roses et les guerriers. Ce n'est pas drôle.

— Que mangez-vous ? s'enquit Takeda.

— Nous prélevons des biftecks sur la chair qui compose le sol, expliqua le cuisinier borgne. Il suffit d'un bon couteau et le tour est joué. La lande cicatrise aussitôt. Nous mangeons cette viande crue. Elle est bonne. Jusqu'à présent, personne n'a été empoisonné. Pour nous désaltérer, nous puisons l'eau des « mares » et des « lacs ». Sans doute s'agit-il d'une substance analogue aux larmes, ou un truc de ce genre.

— Le goût en est sucré, renchérit Hata, mais elle désaltère assez bien.

— Voilà où nous en sommes, conclut Hokukaï en hochant la tête. Comme tu peux t'en rendre compte, ce n'est pas brillant.

Sigrid se releva pour observer la plaine par l'un des hublots de l'épave.

« Ainsi les montagnes sont bel et bien des poumons déguisés, songea-t-elle. Je m'en doutais. *Mais où se cache le cœur ?* Quelle forme a-t-il adoptée ? Et pourquoi les *shôguns* traquent-ils les naufragés au lieu de leur porter secours ? »

— Vous dites que les cavaliers sont revêtus d'armures ? demanda-t-elle en se retournant vers le capitaine.

— Oui, fit celui-ci. Ils ne les quittent jamais, même pour dormir !

— C'est vrai, fit Hata. L'un d'eux a bivouaqué non loin d'ici, il y a deux semaines. J'ai rampé dans les hautes herbes pour observer son campement. J'ai vu le samouraï gagner sa tente et se coucher tout enveloppé de fer ! Il n'a pas enlevé son casque !

— Il y a de la sorcellerie là-dessous, grogna le cuisinier borgne. Aucun chevalier nc se comporterait ainsi. C'est une torture de dormir empaqueté dans une cuirasse. Si ces gens-là gardent en permanence leurs vêtements de guerre, c'est qu'ils sont affreux à regarder, et s'appliquent à dissimuler aux honnêtes gens leur nature démoniaque.

— Le mieux, proposa Hokukaï, c'est que vous restiez avec nous. Cheminer sur la plaine comme vous l'avez fait jusqu'à présent est dangereux. C'est un miracle que les seigneurs de la guerre ne vous aient pas capturés.

— D'accord, fit Sigrid. Nous acceptons votre hospitalité.

18

Les seigneurs de la guerre

Au cours des jours qui suivirent, Sigrid prit conscience que la communauté des naufragés menait une vie de troglodytes qu'elle avait, pour sa part, du mal à supporter. Après avoir passé vingt-quatre heures enfermée dans la cale de l'épave, elle devint folle d'ennui. Le capitaine, le cuisinier, Takeda, et les quelques membres d'équipage ayant survécu au naufrage passaient leur temps à jouer au *mah-jong* avec des dominos en os de baleine. Sigrid, elle, choisit de se risquer sur la lande en compagnie du mousse.

— Tu vas voir, annonça Hata, je vais te montrer un truc très rigolo !

Ces mots à peine prononcés, il se mit à ramasser des brindilles éparses sur le sol rose. À cette occasion,

Sigrid s'aperçut que les arbres qui l'entouraient étaient de vrais arbres. Elle en fit la remarque à son compagnon.

— Exact, fit l'adolescent. Je pense que le dragon les a avalés en même temps que les maisons. En arrivant ici, ils ont planté leurs racines dans la « terre » et ont recommencé à pousser comme si de rien n'était. L'important, c'est qu'ils fournissent du vrai bois.

Il s'assit en tailleur et, tirant une pelote de ficelle de sa poche, commença à bricoler une armature dont la forme générale évoquait celle d'un squelette. Ensuite, piochant dans la boue rose du sol, il en recouvrit le pantin de bois, et lui donna l'aspect d'un oiseau. Il travaillait comme un sculpteur maniant de la pâte à modeler. Quand la statuette fut terminée, Hata la lança dans les airs en criant :

— Vole !

Contre toute attente, l'oiseau sans yeux ni plumes se mit à battre des ailes. Sigrid reconnut en lui le frère du corbeau rose que Takeda avait dévoré lors de leur arrivée sur la plaine.

— C'est drôle, non ? dit le mousse.

— Ainsi c'est toi qui fabriques ces volatiles, fit la jeune fille.

— Ça passe le temps, répondit Hata. On peut aussi faire des lutins, tu sais ? Ce qu'il faut, c'est donner à la pâte une armature, sinon elle ne tient pas debout. Ils sont obéissants mais ils ne vivent pas au-delà de quelques heures. Quand elle a usé toute son énergie, la viande se détache de la structure et tombe par terre.

Heureux d'avoir capté l'attention de la jeune fille, l'adolescent assembla un nouveau squelette de brindilles et de ficelle. Sigrid le regardait faire, fascinée. La prodigieuse vitalité de la chair du dragon avait quelque chose de magique. Elle semblait douée d'une vie propre.

Ils s'amusèrent ainsi un moment, puis le mousse repéra un mouvement à l'horizon, une sorte de galop confus, et il estima plus prudent de regagner l'épave. Au moment où elle se glissait dans la carcasse du navire, Sigrid entendit Takeda qui déclarait à ses compagnons de jeu :

— Je lui ai sauvé la vie, alors elle m'appartient : c'est la loi, n'est-ce pas ? Quand je ressortirai du dragon, riche comme un prince, j'en ferai ma femme. Alors, elle sera bien forcée de m'obéir.

« Compte là-dessus ! » songea la jeune fille en crispant les doigts sur la hampe de son harpon.

— Les seigneurs de la guerre ! haleta le mousse. Ils arrivent, cachez-vous !

Ce fut la panique. Abandonnant les dominos, les matelots s'aplatirent dans les recoins les plus sombres. Sigrid s'accroupit à proximité de la déchirure trouant la coque pour surveiller ce qui se passait à l'extérieur.

Trois samouraïs enveloppés de fer galopaient en brandissant des sabres étincelants. Leurs armures de guerre scintillaient d'une manière étrange, comme si, par moments, des étincelles crépitaient à la surface de l'acier.

« Les chevaux ne sont pas normaux, constata la jeune fille. Ils sont roses et n'ont pas d'yeux ! Oh ! *mais bien sûr...* ce sont des animaux modelés avec la chair du dragon. Des sculptures comme les oiseaux bricolés par Hata. »

Sigrid retenait son souffle. Les cavaliers encadraient une masse d'esclaves en haillons parmi lesquels la jeune fille reconnut Noburu, le chef de village, Anato, son ennemie jurée, Haha, sa mère adoptive, et d'autres villageois d'Amoto.

« Ainsi l'île a fini par sombrer, songea-t-elle. Et le Grand Serpent a avalé les survivants. »

Soudain, elle se rejeta dans l'ombre car l'un des samouraïs regardait en direction de l'épave. Son cheval rose, sans queue ni crinière, avait quelque chose d'épouvantable et de grotesque.

« Où emmènent-ils les prisonniers ? se demanda la jeune fille. Et que comptent-ils en faire ? »

Elle attendit deux minutes, puis jeta un nouveau coup d'œil par l'ouverture. La cohorte s'éloignait. Les gémissements des naufragés se mêlant aux aboiements des guerriers.

— Un jour ils se décideront à venir ici, soupira le capitaine Hokukaï derrière elle. Et notre compte sera réglé.

*

Le matin suivant, l'inévitable se produisit. Alors

qu'elle dormait à l'intérieur de l'épave, Sigrid fut réveillée par un coup de botte dans les côtes.

— Debout charognes ! vociféra une voix métallique. Par ordre du *daimyo* Takamura Heyassu, maître des chevaliers du Grand Serpent, vous êtes dès cette minute en état d'arrestation.

Sigrid roula sur le flanc pour saisir son harpon, mais la lame d'un sabre se posa en travers de sa gorge, l'en dissuadant.

Trois *bushis* en cuirasse de guerre avaient investi la carcasse du bateau. Des soldats armés de piques et de haches les accompagnaient. Quelques matelots essayèrent de résister, ils furent frappés à coups de fouet.

— Dehors ! hurla celui qui commandait le groupe. Le premier qui essaye de s'échapper aura la tête tranchée.

Les naufragés s'extirpèrent de l'épave, tremblants. À l'extérieur, des archers montés sur des chevaux roses les accueillirent en les mettant en joue.

Sigrid comprit que Takeda allait tenter de s'enfuir, elle le saisit par le poignet.

— Ne fais pas l'idiot, souffla-t-elle. Mieux vaut attendre une meilleure occasion.

— En route ! En route ! ordonna le chef des guerriers. Si vous vous montrez obéissants, on vous laissera la chance de mener une vie d'honnêtes travailleurs, sinon...

Il agita la lame de son sabre – ce qui le dispensa d'un plus long discours.

*

La colonne des prisonniers s'engagea sur un sentier d'un rose éclatant. De part et d'autre s'étendait une lande déserte où, de temps à autre, passait en galopant un lapin sans poil, les oreilles couchées sur le dos.

Après avoir marché deux heures, on arriva en vue d'un château curieusement bâti, et dont les tours coniques ressemblaient à des pyramides.

Les murailles de l'enceinte étaient composées d'os et de cartilage fournis par l'organisme du dragon. Dans la cour, les prisonniers avaient été isolés du reste des habitants par un filet de poils tressés. Sigrid eut la surprise d'y retrouver les gens d'Amoto. Noburu, l'ancien chef de village, ne parut pas heureux de ces retrouvailles ; quant à Haha, la mère adoptive de Sigrid, elle chassa cette dernière avec des cris perçants. Elle avait beau être couverte de haillons, elle n'avait rien perdu de ses manières de grande dame.

— Va-t'en, mauvaise fille ! hurla-t-elle en identifiant Sigrid, je ne te connais plus... Après ta fuite j'ai adopté Anato, qui me respecte davantage que tu ne l'as fait.

Elle vitupérait, d'une voix criarde. Les mèches échappées de son chignon défait lui donnaient l'air d'une folle. Noburu s'interposa. Saisissant Sigrid par l'épaule, il la tira en arrière.

— Laisse-la, ordonna-t-il, ses jérémiades énervent les gardes, cela risque de nous valoir une nouvelle volée de coups de bâton. Viens plutôt travailler. Si tu restes à te tourner les pouces, nos geôliers te puniront.

— Que faut-il faire ? interrogea la jeune fille.

— Fabriquer des chevaux pour les samouraïs, expliqua Noburu. D'abord il faut lier ces bambous entre eux pour constituer une armature, ensuite on recouvre ce squelette de chair et l'on essaye de modeler le tout pour donner à la statue l'allure d'un destrier à peu près convenable.

— Je connais, dit Sigrid, se rappelant la démonstration du mousse.

— La durée de vie de ces montures est assez courte, ajouta Noburu, c'est pour ça qu'il faut sans cesse en modeler de nouvelles. C'est notre travail.

— Depuis combien de temps êtes-vous là ? s'enquit la jeune fille.

— Quelques jours, répondit le chef de village. Le dragon a attaqué Amoto en pleine nuit. Il a coupé l'île en deux d'un seul coup de mâchoires. La plupart sont morts noyés, quelques-uns ont été avalés par la bête.

« Cela signifie donc que le Serpent est retourné à Ikenawa après avoir fait son mauvais coup, songea Sigrid. Pourquoi donc ? Il aurait pu aller n'importe où ailleurs... Pourquoi est-il revenu exactement là où je l'ai vu la première fois ? On dirait qu'il a essayé de me faire croire qu'il n'avait pas bougé. Qu'il tenait à se faire passer pour mort... Pensait-il que je n'oserais pas descendre dans son ventre si je le savais vivant ? »

Sans parvenir à comprendre la raison d'une telle stratégie, la jeune fille se sentit gagnée par l'impression irrationnelle que la bête s'était attachée à ses pas depuis leur première rencontre.

« Elle m'a aperçue à Ikenawa, se dit-elle. Le jour où le samouraï de feu a ravagé le village des pêcheurs. Dès que le capitaine Hokukaï a hissé les voiles, elle a pris le bateau en filature pour le couler, dans l'espoir de me récupérer. Ayant échoué, elle s'est ensuite attaquée à Amoto, avec l'intention de me capturer. Quand elle a détruit l'île, j'en étais déjà partie avec Takeda ; alors elle est revenue à Ikenawa pour reprendre sa place sur la plage, là où je l'avais laissée, la gueule ouverte, jouant au dragon mort. Quel est le sens de tout cela ? »

Troublée, elle feignit de s'absorber avec ses compagnons dans l'élaboration des squelettes de bois destinés aux chevaux. Elle travaillait avec Hata, qui se montrait très habile dans la confection des articulations.

Le soir venu, alors que les prisonniers se rassemblèrent autour du feu pour faire cuire des lambeaux de chair rose prélevés sur la masse de viande destinée à modeler les chevaux, Sigrid tenta d'obtenir des renseignements sur ce qui se tramait dans l'enceinte du manoir.

— Je n'en sais rien, grommela Noburu. Les *bushis* règnent en maîtres, ça c'est sûr ! Et ils ne sont pas commodes. Si l'on n'obéit pas assez vite, il vous font sauter la tête d'un coup de sabre. Ils ne quittent jamais leur armure. Ils n'enlèvent même pas leur casque ! C'est à se demander s'il y a réellement quelqu'un à l'intérieur de ces cuirasses ! Je me dis parfois qu'elles sont vides et qu'un sortilège les anime.

Il fallait dormir. Sigrid s'allongea près du bivouac qui s'éteignait. Il ne faisait jamais nuit dans le ventre du dragon mais la fatigue permettait de sentir l'alternance diurne/nocturne et de prendre des points de repère. Sigrid s'assoupissait quand un coup de botte la réveilla.

— Toi, la fille aux cheveux bleus, aboya l'un des gardes, lève-toi ! Notre maître à tous, Takamura Heyassu, veut te voir.

Sigrid se redressa au milieu des murmures étonnés. Anato, sa vieille ennemie aux doigts coupés, parut fort jalouse de ne point avoir été choisie pour cette entrevue.

— Sûrement veut-il lui trancher la tête ? ricana-t-elle à l'intention de Haha, sa mère adoptive. C'est ce qui arrive quand on se fait remarquer. Je ne verserai pas une larme sur elle. Elle l'a bien cherché !

Se demandant ce qui allait lui arriver, Sigrid suivit le guerrier et escalada les marches du palais d'os.

[illegible]

[illegible] ... d'autres ... [illegible]
axe [illegible] du [illegible] c'est [illegible] de [illegible]
des [illegible] de son inter[illegible] Elle n[illegible] [illegible] une
ligne [illegible] ombre [illegible] une [illegible] à [illegible] de ce
[illegible] Elle n'en était pas certaine !

19

Le secret du Serpent

On la conduisit dans une salle richement décorée où attendait un homme de haute taille vêtu d'une armure de guerre dont la forme générale évoquait celle d'une carapace d'insecte. L'ensemble avait quelque chose d'affreusement menaçant. Sigrid ne put s'empêcher de fixer la visière du heaume, essayant de distinguer l'éclat des yeux de son interlocuteur. Elle ne vit rien, qu'une ligne d'ombre. *Y avait-il une tête à l'intérieur de ce casque ?* Elle n'en était pas certaine !

Le guerrier s'approcha. De sa main gantée, il toucha les cheveux bleus de la jeune fille.

— Tu n'es pas d'ici, déclara-t-il d'une voix que le masque de guerre rendait sonore. Tu viens d'une autre planète, n'est-ce pas ?

— Oui, confirma Sigrid. Je ne crois ni à la magie ni aux fantômes.

— Je sais, fit le chevalier avec un rire sourd. C'est pour cette raison que je t'ai choisie. J'ai compris que je devais te capturer la première fois que les yeux du dragon ont enregistré ton image.

— C'était sur l'île d'Ikenawa, n'est-ce pas ? fit Sigrid. Ainsi je ne me trompais pas. Vous m'avez suivie depuis ce jour.

— C'est vrai, j'ai essayé de t'attraper à plusieurs reprises, en vain. Quand nous avons attaqué Amoto, tu étais déjà partie. J'ai aussitôt ramené le Grand Serpent ici. Au cas où tu déciderais de l'explorer. J'ai tout arrangé pour que tu sois persuadée qu'il s'agissait d'une carcasse sans vie.

— En fait, je me suis tout bonnement jetée dans la gueule du loup !

— Oui. J'ai besoin de toi. J'ai de grands projets en ce qui te concerne. J'en ai assez d'être entouré d'imbéciles superstitieux. Toi, tu connais la science... tu sais manœuvrer des machines qui voyagent à travers l'espace. Mon peuple a oublié tout cela. Pire : il a refusé de s'en souvenir, il a préféré se réfugier dans le passé ! Il a choisi l'obscurantisme... Il croit aux démons, aux loups-garous ! *Aux dragons !*

Sigrid plissa les paupières. L'excitation faisait vibrer ses nerfs. Elle venait de comprendre qu'elle allait enfin savoir la vérité.

— Dites-moi ce qui se passe réellement ici, dit-elle d'un ton ferme.

— Les Grands Serpents sont des créatures millénaires qui viennent des confins du cosmos, répondit le *bushi*. Une forme de vie extraterrestre sans équivalent. Ils « volent » de planète en planète, à la recherche des éléments nutritifs nécessaires à leur survie. Nous sommes leurs serviteurs, ils ont besoin de nous. La bête qui nous abrite en ce moment est âgée de deux millions d'années.

— Elle vous a avalés, vous et vos guerriers ?

— Oui, et je ne m'en plains pas. J'étais venu la combattre avec mes hommes. J'ai échoué, elle m'a gobé... Je me suis cru mort, mais en roulant au bas du grand escalier j'ai découvert un autre monde.

Sigrid s'agita.

— Parlons-en ! lança-t-elle. À quoi rime ce qui nous entoure ? Nous sommes dans le ventre d'un animal, mais je ne vois aucun organe... J'ai l'impression d'être en vacances à la campagne !

Le *bushi* hocha la tête.

— La puissance du Grand Serpent est telle qu'il a réorganisé son organisme de manière qu'il prenne la forme d'un paysage terrestre, expliqua-t-il complaisamment. C'est plus agréable pour nous que de circuler dans un tunnel de boyaux, tu en conviendras.

— Volontiers, fit Sigrid (qui en savait certainement plus sur le sujet que son interlocuteur[1] !).

S'approchant de la fenêtre, le seigneur de la guerre fit un geste en direction de la plaine.

1. Voir *La fiancée du crapaud*.

— Les deux montagnes que tu vois là-bas sont ses poumons, poursuivit-il. Les routes qui sillonnent le pays représentent ses veines et ses artères. L'estomac est un volcan dont la lave désagrège tout ce qui vient à y tomber. Les intestins sont représentés par des galeries de mines et des cavernes, là-bas, tout au sud.

— Mais le sang ? s'enquit Sigrid. Quelle forme a-t-il ? Aucune créature ne peut se passer de circulation sanguine.

— Exact, confirma le *shôgun*. Le sang a pris l'aspect d'un immense troupeau de vaches à la peau rouge vif. Elles parcourent le pays du nord au sud, d'est en ouest, afin que la terre soit bien irriguée. C'est en foulant la chair du sol qu'elles la rechargent en éléments nutritifs, oxygène, etc.

— *Des vaches...*, répéta Sigrid éberluée.

— Oui, le Grand Serpent a choisi de leur donner cette forme car elle nous est familière, et parce que nous avons l'habitude de convoyer des troupeaux à travers les plaines. C'est un symbole, vois-tu. Il essaye de se mettre à notre portée, d'utiliser des images et des formes qui nous soient compréhensibles. Il est très désireux de communiquer avec nous.

— Et ces vaches passent leur temps sur les routes ?

— Oui, mais à force, elles se fatiguent et deviennent bleues. C'est le signe qu'elles sont en train de s'asphyxier. Il faut alors les conduire dans la montagne pour qu'elles respirent l'air des cimes. Alors, seulement, elles reprennent leur belle couleur rouge, et l'on peut les ramener dans la plaine. C'est ainsi que vont les choses à l'intérieur du Grand Serpent. Les vaches doivent boucler le circuit coûte que coûte. Devenir bleues, puis de nouveau rouges, puis de nouveau bleues, et ainsi de suite, pour l'éternité. Si elles s'arrêtaient, si elles mouraient, le dragon mourrait également. Voilà pourquoi il est vital que rien n'entrave la marche des troupeaux.

— Les vaches c'est le sang de la Bête..., fit rêveusement Sigrid.

— Le Grand Serpent a choisi cette analogie parce qu'il a pensé qu'elle ne nous effrayerait point.

— Mais le cœur ? demanda brusquement la jeune fille. Quelle forme a-t-il, lui ?

— Je n'ai pas le droit de te le dire, gronda le samouraï, c'est trop important. Peu de gens connaissent son apparence et son emplacement, c'est un terrible secret.

— Pourquoi me racontez-vous tout ça ?

— Parce que tu viens d'ailleurs ; je devine que tu n'as peur de rien. Tu peux comprendre ce que je t'explique sans devenir aussitôt folle de terreur, comme ce serait le cas avec une paysanne de nos rizières. J'ai besoin de m'entourer de lieutenants efficaces qui comprennent la logique du Serpent. Des gens capables de surveiller le troupeau et de le mener sans perdre une seule bête. C'est une mission capitale.

Sigrid hocha la tête.

— Vous ne me dites pas toute la vérité, fit-elle. Il y a autre chose, n'est-ce pas ? Sinon vous ne seriez pas toujours vêtu d'acier, le sabre à la main. Il y a un ennemi, quelque part, qui harcèle le dragon, j'en suis certaine.

— C'est vrai, admit le *shôgun. Les singes roses...* ils harcèlent les troupeaux. Ils tuent les vaches et les dévorent. Ils multiplient les embuscades, si bien que le nombre des bêtes diminue. Or, s'il y a moins de bête, il y a moins de sang. S'il y a moins de sang, le Grand Serpent s'affaiblira peu à peu et finira par mourir. Et s'il meurt, nous mourrons tous avec lui.

— Je connais les singes roses, dit doucement Sigrid. Ce sont des passe-murailles. Mais leur aspect fantaisiste cache quelque chose de plus sérieux, j'en suis sûre. Qui sont-ils réellement ? Que représentent-ils ?

— *Les maladies*, murmura le samouraï en posant la main sur la garde de son sabre. Les singes roses sont en fait des virus qui infectent l'organisme du dragon. En s'attaquant aux vaches, ils s'attaquent au sang. Leur stratégie consiste à anémier le Serpent.

— Ils veulent tuer toutes les vaches ?

— C'est leur but, oui. Nous sommes là pour les en empêcher. Hélas ! ils sont insaisissables. De vrais passe-murailles, comme tu dis si bien. Il faut les décapiter avant qu'ils ne s'enfoncent dans la terre, hors d'atteinte. C'est notre mission, à nous les guerriers.

Sigrid sentait la tête lui tourner. Elle connaissait enfin le secret du Grand Serpent. Il lui restait pourtant encore un point à éclaircir...

— Qu'est-ce que cela vous rapporte ? lança-t-elle avec insolence. Pourquoi vous montrez-vous si dévoués envers le monstre qui vous retient prisonniers ?

— Le dragon sait récompenser ses serviteurs, fit le samouraï d'une voix sourde. *Il a fait de nous des immortels.*

— Quoi ?

— Ces armures que nous portons en permanence sont fabriquées avec certains de ses os. Des os plus solides que l'acier ! Quand on s'en enveloppe, on cesse de vieillir, on reste éternellement fixé à l'âge qu'on avait lorsqu'on les a revêtues pour la première fois. Les ossements de la bête irradient une énergie fabuleuse qui nous affranchit de l'écoulement du temps. Voilà pourquoi nous n'ôtons jamais nos cuirasses. Si je me déshabillais, je commencerais aussitôt à vieillir. Les années que j'ai volées me seraient restituées dans l'instant.

— Et quel âge avez-vous ?

— 250 ans. Il y a deux siècles que je vis dans le ventre du Grand Serpent. Voilà pourquoi je suis Takamura Heyassu, le *daimyo*, le *shôgun* des *shôguns*.

Sigrid demeura bouche bée, abasourdie.

Quand elle eut recouvré ses esprits, elle dit :

— Pourtant, j'ai vu brûler l'un des vôtres sur l'île d'Ikenawa... et, lors de mon arrivée dans ce monde, j'ai visité un château rempli de cadavres de *bushis*, broyés par leurs armures. Comment expliquez-vous cela ?

— C'étaient des traîtres ! gronda Takamura. Ils complotaient contre le Serpent. Ils projetaient de s'enfuir, de retourner dans le monde normal. Le dragon l'a su et les a punis. Quand on porte l'armure sacrée, on ne peut le trahir, car il sait tout, il est au courant de la moindre de vos pensées. Ces chiens s'imaginaient pouvoir le duper ! Ils organisaient de fausses réjouissances pour comploter à leur aise... Ils ignoraient que les armures font partie du dragon ; elles sont ses yeux, ses oreilles. Elles peuvent rendre immortel, mais elles peuvent également tuer de la pire façon.

— Qu'attendez-vous de moi ? s'enquit Sigrid.

— Je veux que tu escortes un troupeau, énonça le guerrier. Tu dirigeras l'expédition, tu pourras choisir tes subordonnés. Je te donnerai le plan des routes à suivre. Si tu réussis cette mission, j'envisagerai de faire de toi une des nôtres. Le Grand Serpent fabriquera une armure à ta taille... et tu deviendras immortelle.

Sigrid fit semblant de réfléchir. En s'élevant dans la hiérarchie des seigneurs de la guerre elle serait plus à l'aise pour échafauder un plan d'évasion. Elle aurait accès à certains secrets, elle pourrait combattre le dragon en feignant de le servir.

— J'accepte, dit-elle, à condition de pouvoir choisir les gens d'Amoto comme garçons vachers. Quand j'étais sur leur île, ils ne se sont pas privés de m'humilier : ce sera ma revanche !

— Accordé ! dit Takamura. Sois sans pitié. La vie de ces paysans n'a pas la moindre importance. Seule compte la santé du Grand Serpent.

20

Le troupeau écarlate

La nomination de Sigrid au grade de chef de convoi fut mal accueillie par Takeda, Anato et Noburu. On l'accusa d'avoir pactisé avec l'ennemi. La jeune fille ne s'ouvrit à personne de ses intentions secrètes car elle se méfiait des jalousies.

« Anato ou Noburu pourraient facilement me trahir pour avoir ma place, se disait-elle. Le mieux est que je fasse semblant de collaborer jusqu'à ce que mon plan d'évasion soit au point. »

Takamura ordonna aux convoyeurs de se fabriquer des chevaux et remit à Sigrid un plan détaillé de l'anatomie du Grand Serpent. Tous les organes s'y présentaient sous l'apparence d'un élément du paysage.

— Tu vois, expliqua la jeune fille à Takeda, ce marécage, c'est en réalité le foie. D'étranges macérations s'y élaborent. Ces souterrains labyrinthiques jouent le rôle des intestins ; mieux vaut n'y jamais mettre les pieds.

— Mais le cœur ? s'impatienta le jeune homme. Où est le cœur ? Il n'est nulle part mentionné sur la carte.

— Je ne sais pas, avoua Sigrid. C'est un secret que les *shôguns* gardent jalousement.

— Alors tu n'es pas vraiment notre chef, ricana le garçon. En réalité, tu n'es qu'une servante à qui l'on fait miroiter une promotion qui ne viendra sans doute jamais !

Sigrid haussa les épaules.

*

Le jour même, les convoyeurs prirent la route, montés sur des chevaux roses qu'ils avaient modelés de leurs mains en plaquant de la chair sur un squelette de bois articulé.

Ces curieux destriers, sans yeux ni bouche, avançaient d'un pas boiteux. Ils n'avaient jamais ni soif ni faim, mais leur allure se dégradait au fur et à mesure que l'énergie les animant faiblissait, consumée par les efforts de la marche.

« Ils fonctionnent comme des piles électriques », se dit Sigrid.

Quand la chair commençait à pendre sur les armatures de bois, on savait que « l'animal » allait bientôt s'affaisser pour ne plus se relever. Il convenait alors d'en fabriquer un autre si l'on ne voulait pas continuer à pied.

Tout en caracolant le long de la route, Sigrid admirait la manière dont le Grand Serpent avait su donner à ses différents organes l'apparence d'une campagne riante, parsemée de boqueteaux, de collines et de vallons où il faisait bon vivre. On finissait par s'habituer à la couleur rosâtre de la végétation, et même on la trouvait reposante à l'œil.

On arriva enfin à l'endroit où les vaches rouges se trouvaient parquées. Elles piaffaient d'impatience, n'attendant que le moment de s'élancer sur la route. Les serviteurs du *daimyo* s'empressèrent d'ouvrir l'enclos pour les libérer.

— Combien y en a-t-il ? demanda Sigrid.

— Mille, lui répondit le vacher. Elles sont toutes neuves, pleines d'oxygène et de vitamines, mais elles deviendront bleues au fur et à mesure qu'elles transmettront ces vertus aux organes du dragon et qu'elles se chargeront, en retour, de gaz carbonique.

— Je sais, fit la jeune fille.

— Fais attention, petite, soupira l'homme. Les singes roses ne te laisseront aucun répit. Ils mènent une guerre sans pitié aux convoyeurs. Le dernier troupeau a disparu deux jours après être sorti de cet enclos. On ne l'a jamais retrouvé. Ni lui ni ceux qui l'accompagnaient.

— J'ouvrirai l'œil, promit Sigrid.

Le vacher lui adressa un signe de la main et se détourna.

— Drôles de vaches ! grogna Takeda. Elles n'ont pas de cornes, pas d'yeux, pas de bouche.

— Il s'agit d'une représentation symbolique, expliqua Sigrid. Ces bêtes sont en réalité le sang du dragon, et cette route une artère. Nous évoluons dans un paysage transposé.

— Trop compliqué pour moi ! cracha le jeune homme en éperonnant son cheval.

*

Dès lors, Sigrid fut sur le qui-vive. Le piétinement de l'immense troupeau produisait tant de bruit qu'il était devenu impossible de se parler. Les vaches semblaient savoir où elles allaient.

« J'ai compris, songea la jeune fille, chaque fois qu'elles font un détour pour visiter une colline, un vallon, elles irriguent un organe dissimulé, comme le ferait le flux sanguin dans un corps normal. Chaque route est une artère, chaque chemin une veine, chaque sentier un vaisseau... »

Soudain, alors que tout était calme, deux mains rosâtres jaillirent du sol, au beau milieu de la route pour saisir par les pattes de devant la vache qui allait en tête du troupeau. Aussitôt, la pauvre bête fut aspirée dans la « terre » sans avoir eu le temps de se défendre. En l'espace de trois secondes, elle était déjà engloutie dans la boue jusqu'à mi-corps.

— Les singes ! hurla Sigrid. Surveillez le sol !

Saisissant son harpon, elle galopa jusqu'au lieu de l'agression et se mit à larder la route de coups de lance. Pendant ce temps, Hata et le cuisinier borgne volaient au secours de l'animal. Hélas ! malgré tous leurs efforts, la vache continua à s'enfoncer.

— Par les dieux endormis ! gronda Takeda, ces chimpanzés ont une force de gorille.

Déjà, d'autres mains surgissaient, çà et là, s'en prenant au reste des animaux.

Ce fut le branle-bas de combat. Sigrid ordonna aux convoyeurs d'empoigner leurs épieux et de frapper sans relâche le sol caoutchouteux pour dissuader l'ennemi de refaire surface.

« Ils se déplacent sous nos pieds comme des nageurs sous-marins, songea la jeune fille. Il leur suffit de plonger pour se mettre hors de portée de nos coups. »

Elle frappait, frappait, sans jamais pouvoir déterminer si son arme touchait sa cible. Le combat était inégal.

— Je crois qu'ils sont en train de dévorer nos pauvres vaches ! haleta Takeda qui se démenait lui aussi comme un beau diable. Probable que ça va les rendre encore plus forts !

Sigrid parvint enfin à blesser l'un des singes à l'épaule. La créature grimaça et replongea au sein des profondeurs sans même laisser une tache de sang derrière elle.

— Saleté de chimpanzés ! balbutia Noburu, à bout de souffle.

Peu à peu, les mains rosâtres disparurent. Les attaquants refluaient.

— On a perdu dix vaches, annonça Takeda. Elles ont coulé à pic. Impossible de les retenir.

— Ça commence mal, soupira Sigrid. À ce train-là, la moitié du troupeau aura disparu avant que nous arrivions au pied des montagnes.

— Il faudra monter la garde quand nous nous arrêterons pour dormir, observa Noburu qui ne perdait pas une occasion de jouer au petit chef.

*

Sigrid et ses compagnons restèrent en alerte jusqu'à la halte de midi. À chaque fois que le sol se mettait à frémir, la jeune fille s'emparait de son harpon.

— Ils sont là, grogna Takeda. Ils nous suivent en nageant sous la terre.

— C'est normal, commenta Sigrid. Si, comme l'affirme le *daimyo*, ce sont des virus, ils peuvent sans difficulté traverser à leur guise la chair du Grand Serpent. C'est ce qui se passe dans notre corps, quand nous tombons malades. En mangeant les vaches rouges ils se fortifient. Plus leur puissance grandit, plus le dragon s'affaiblit.

— Il ne faudrait pas qu'il crève avant que nous en soyons sortis ! s'inquiéta le jeune homme. J'espère bien faire fortune au cours de cette aventure.

Sigrid l'écoutait distraitement.

« Il faut trouver le moyen de neutraliser le dragon, se disait-elle. Quand nous saurons comment le tuer, nous exigerons de recouvrer notre liberté. *Mais pour cela, je dois découvrir où se cache son cœur...* Il l'a déguisé, probablement. À sa place, je l'aurais caché en un lieu insoupçonnable. Surtout pas dans ma poitrine, près des poumons, mais quelque part dans un endroit saugrenu : mon pied gauche, par exemple ! »

*

Alors qu'on s'installait pour bivouaquer, les singes roses lancèrent une nouvelle attaque. L'un d'eux émergea du sol en montrant les dents. Il était deux fois plus grand que ceux que Sigrid avait eu l'occasion d'observer.

« C'est l'effet de la nourriture, pensa-t-elle. Plus ils mangeront de vaches, plus ils deviendront forts. »

Le combat fut terrible. Suivie de tous les convoyeurs, la jeune fille monta à l'assaut, le harpon brandi, harcelant la créature simiesque en un corps à corps inégal. Sigrid frappait à coups redoublés, évitant de justesse les mains griffues du singe.

Elle n'avait pas le choix. Si elle perdait trop de bêtes, si le troupeau n'arrivait pas à bon port en quantité suffisante, Takamura Heyassu, le *daimyo* du château d'os, la décapiterait sans l'ombre d'une hésitation. Le gorille rosâtre encaissait blessure sur blessure sans jamais saigner, mais il était visible qu'il s'affaiblissait.

— Tue ! Tue ! hurlait Takeda que ce combat excitait au plus haut point.

Il fallait d'ailleurs lui accorder cette justice qu'il ne manquait pas de courage et n'hésitait pas à prendre des risques insensés pour porter ses attaques. À trois reprises il échappa de justesse au poing du gorille qui faillit l'écraser.

Tout le monde se comporta fort vaillamment, même Hata, le mousse.

À la fin, le singe géant recula pour se mettre hors de portée. Il avait du mal à bouger et semblait touché à mort. Il se mit à ramper sur la plaine comme s'il n'avait plus la force de plonger. Sigrid rappela ses soldats et leur ordonna de surveiller les vaches ; après quoi, tout en restant à bonne distance, elle entreprit de suivre le gorille agonisant.

Au fur et à mesure qu'elle s'affaiblissait, la créature perdait sa forme simiesque.

Après avoir zigzagué sur la lande, le monstre échoua au pied d'un arbre. Désormais, sa tête évoquait moins celle d'un gorille qu'une grosse pastèque ramollie.

Sigrid s'approcha prudemment.

— Tu m'entends ? demanda-t-elle. Es-tu en mesure de parler ?

— Oui, fit la chose.

— Qui es-tu ? s'enquit Sigrid. On m'a dit que toi et les tiens étiez des virus : est-ce vrai ?

— Je suis le capitaine Zaavarzouglum, murmura la créature. Nous sommes des agents d'infection travaillant pour le centre de surveillance militaire des galaxies du royaume de Naarpaal. Les Grands Serpents viennent de chez nous. Ce sont des nuisibles qu'on nous a donné l'ordre d'éliminer avant qu'ils ne se répandent à travers le cosmos.

— *Tu es un soldat ?* s'étonna la jeune fille.

— Oui, confirma le singe mou. Je me suis infiltré dans le dragon à la tête d'un commando suicide pour tenter de le détruire de l'intérieur, mais nous n'avons jamais réussi à lui causer de préjudices importants... Pour cela, il faudrait savoir où se cache son cœur.

— Et tu ne l'as pas trouvé ?

— Non. Pourtant, mes hommes ont fouillé la campagne, les collines, les vallons... Le cœur du Serpent est bien dissimulé. Seuls quelques *shôguns* connaissent sa cachette.

— C'est pour ça que je veux faire partie des leurs, expliqua Sigrid. J'espère qu'ils me révéleront l'endroit où le cœur a été enterré.

— N'y compte pas, soupira le capitaine. Cela te prendra trop longtemps. Les *shôguns* sont immortels... Un an, un siècle... ils ne font plus la différence. De plus, ce sont des menteurs... Takamura multipliera les belles promesses mais ne les tiendra jamais.

— Si tu disais à tes soldats de cesser d'attaquer le troupeau, cela me permettrait de gagner la confiance de Takamura.

— Pas question... mes hommes feront leur devoir jusqu'au bout. Contrarier la circulation du sang dans les veines du dragon est jusqu'à présent le seul moyen efficace que nous avons trouvé pour l'affaiblir.

— C'est idiot, nous pourrions unir nos forces au lieu de nous combattre...

— Pas question, nous sommes les agents d'infection du commando suicide 445, nous combattrons jusqu'à la mort.

« En plus il est borné ! » se lamenta Sigrid.

Dans les minutes qui suivirent elle tenta d'obtenir d'autres renseignements ; hélas ! le capitaine s'était changé en une flaque caoutchouteuse incapable de s'exprimer autrement qu'en faisant des bulles, langage que la jeune fille maîtrisait mal.

Elle dut se résoudre à rejoindre le troupeau.

21

Kamikaze Yama[1], la montagne du souffle divin

Avant de parvenir au pied de la montagne de réoxygénation, Sigrid et ses compagnons essuyèrent trois autres attaques. Ces escarmouches leur coûtèrent une trentaine de bêtes.

Peu à peu, les vaches perdirent leur belle couleur rouge pour devenir bleuâtres.

— Tout l'oxygène stocké en elles est passé dans le corps du dragon, observa la jeune fille. À présent, elles sont pleines de gaz carbonique. Plus elles seront foncées, plus elles seront menacées d'asphyxie.

Takeda grommela. Il était de mauvaise humeur. Au cours des récentes batailles, Sigrid lui avait deux fois sauvé la vie, et cela devant témoins. La dette de la

1. *Kami* : « esprit » ; *kaze* : « souffle, vent » ; *yama* : « montagne ».

jeune fille s'en trouvait donc annulée. C'était lui, désormais, qui lui devait obéissance ; il encaissait mal cette nouvelle répartition des rôles. Depuis, chaque fois que les singes roses passaient à l'attaque, il se précipitait sur les talons de Sigrid, dans l'espoir de la sauver d'un mauvais coup et de reprendre l'avantage sur elle.

La jeune fille le trouvait attendrissant mais aussi un peu pénible, avec ses idées d'un autre âge. N'empêche, Takeda restait le plus courageux des convoyeurs, et il était toujours le premier à courir à la bataille, la pique levée.

*

Lorsque le troupeau arriva au pied des montagnes enneigées, la température chuta brutalement. Le sol devint dur. Sous l'effet du froid, la chair du Serpent se resserra.

— Tu as remarqué ? fit Takeda. Les chimpanzés ont cessé de nous attaquer.

— Oui, répondit Sigrid. Je crois que la « terre » durcie s'oppose à leur progression. Ils ne sont plus en mesure de s'y déplacer avec autant de facilité que sur la plaine. Tant mieux ! Cela nous accordera un répit.

Bientôt, le vent (en réalité la respiration du dragon) se chargea de flocons de neige. Les vaches bleues semblèrent apprécier ce changement de climat. Les hommes, eux, commencèrent à grelotter.

À la fin d'une épuisante journée de marche, alors qu'ils escaladaient le versant le moins abrupt, Sigrid distingua la flamme d'un feu de camp sur un surplomb couvert de neige. Une roulotte de baladins se tenait là, abritant une douzaine de jongleurs, acrobates et lutteurs. Les pauvres saltimbanques se serraient frileusement autour du bivouac. Une vieil homme à la barbe nattée semblait les commander.

— Bonjour, dit-il en se levant péniblement à l'approche de Sigrid. Je suis Arakuchi, le montreur d'ombres chinoises. Je vous souhaite la bienvenue à Kamikaze Yama, la montagne du souffle divin. Venez donc partager avec nous un humble bol de thé vert.

Les convoyeurs mirent pied à terre. Tout le monde claquait des dents ; seules les vaches paraissaient heureuses de folâtrer dans la neige. Au fur et à mesure qu'elles se rechargeaient en oxygène, elles perdaient leur vilaine couleur bleuâtre.

— Ici, les gorilles vous laisseront en paix, annonça le vieillard. Le problème c'est que vos « chevaux » se transformeront peu à peu en statues car la viande qui recouvre leur armature va geler. Ça se passe toujours ainsi avec les marionnettes de chair. Voilà pourquoi nous nous sommes retrouvés bloqués sur ce surplomb.

Derrière lui, une jeune danseuse de corde agitait un

tambourin en exécutant des figures compliquées dans le but manifeste de se réchauffer.

On fit circuler des gobelets de thé brûlant pendant que le vieux évoquait ses voyages à l'intérieur du Grand Serpent.

— La bête nous a avalés en dévorant l'île de Tanuchi, expliqua-t-il. Depuis nous faisons dans son ventre ce que nous faisions là-haut, sur la terre des hommes : nous parcourons les campagnes pour distraire les pauvres gens. Parfois, un *shôgun* nous accueille dans son château le temps d'une représentation, mais c'est rare.

— Alors, vous connaissez bien les lieux, s'empressa de glisser Sigrid. Avez-vous pu vous forger une opinion sur l'endroit où est caché le cœur du Serpent ?

Arakuchi, le montreur d'ombres, ricana dans sa barbe.

— Vaste problème, souffla-t-il. Je me suis souvent posé la question. Le monstre est malin. Il sait que l'heureux mortel qui mettra la main sur son cœur aura tout pouvoir sur lui, alors il fait comme ces avares qui ne cessent d'enterrer et de déterrer le coffre contenant leur or.

— Vous voulez dire que le cœur change constamment de place ?

— C'est ce que je ferais à sa place, gloussa Arakuchi. Je le cacherais dans le lit d'une rivière et je laisserais les eaux le charrier d'un bout à l'autre du royaume souterrain.

— Au fond d'une rivière..., fit Sigrid, rêveusement. *Alors pourquoi pas lui donner la forme d'un poisson ?*

— Hé ! Hé ! s'esclaffa le montreur d'ombres. Tu n'es pas bête, gamine ! Un poisson, oui... Un gros poisson qui nagerait toujours au ras de la vase pour n'être point aperçu par les pêcheurs debout sur la rive. Oui, oui, c'est une excellente idée.

La jeune fille ne l'écoutait plus. Elle s'en voulait de n'avoir pas songé plus tôt à ce moyen. Elle avait noté la présence de nombreux « cours d'eau » sur la carte confiée par le *daimyo*. Ces rivières, probablement remplies de sérum physiologique, pouvaient servir de refuge à une faune aquatique fabriquée de toutes pièces par le Grand Serpent.

« Il faudrait, se dit-elle, longer les fleuves en scrutant le fond. Si le cœur-poisson s'y cache, je finirai forcément par l'identifier. »

— Je sais à quoi tu penses, ricana le vieil homme. Mais ce sera une quête difficile, car les rivières abondent... Et puis, il existe tant de déguisements possibles ! Pourquoi pas une taupe ? Une taupe qui trottinerait sous nos pieds, à l'abri des regards. Ou encore...

Sigrid hocha la tête, gagnée par le découragement. Elle fut bousculée par les acrobates qui, au son du tambourin, multipliaient les performances gymniques pour se réchauffer.

— Si vous étiez le Grand Serpent, murmura-t-elle, quel déguisement choisiriez-vous ?

Arakuchi caressa longuement sa barbe nattée.

— J'opterais pour une forme de vie cachée, répondit-il. Je donnerais à mon cœur l'apparence d'une bête de l'ombre ou des profondeurs. Je le ferais vivre là où les humains auraient peu de chances de l'apercevoir.

— Il y a des galeries de mine, dans le Sud, observa Takeda. Une bête pourrait facilement s'y dissimuler.

— Exact, approuva le montreur d'ombres. Les tunnels représentent les intestins du dragon. Je vous déconseille d'y descendre si vous ne voulez pas périr asphyxiés. Même chose pour l'estomac : un volcan dont le cratère bouillonne d'une lave symbolisant les sucs digestifs. Tout ce qui y tombe est aussitôt consumé.

— Mais que mange le Serpent ? s'étonna Sigrid.

— Des hommes, bien sûr ! s'esclaffa le vieillard. À date fixe, les *shôguns* jettent les deux tiers de leurs prisonniers dans le volcan. Ça s'est toujours passé ainsi. Quand les naufragés deviennent trop faibles, on les conduit au sommet du cratère et on les pousse dans le vide. Ils s'en vont nourrir la lave qui bouillonne au fond du trou. Pour échapper à ce massacre, il faut devenir samouraï et revêtir la cuirasse magique. On est alors sacré serviteur du Grand Serpent, et l'on reste immortel tant qu'on défend ses intérêts.

— Y a-t-il quelque part des trésors cachés ? s'enquit Takeda.

— Sans doute, fit le vieux. Depuis des millénaires les dragons avalent tout ce qui flotte à la surface des océans, ce serait bien le diable s'il n'y avait pas, dans les cales des vaisseaux engloutis qui jalonnent la plaine, quelques coffres remplis d'or.

— Voilà enfin une bonne nouvelle ! triompha le jeune homme.

Arakuchi eut un sourire étrange et n'en dit pas plus.

« Il nous dissimule quelque chose..., songea Sigrid. Mais quoi ? »

22

La caverne mystérieuse

Sigrid et les convoyeurs dressèrent tant bien que mal un campement au moyen de tentes de cuir. Ce ne fut pas facile, car le vent menaçait à tout moment d'emporter ces abris précaires.

La jeune fille venait à peine de se rouler dans une couverture quand Arakuchi se faufila sous le petit chapiteau qui tremblait au rythme des rafales.

— J'ai tout de suite vu que vous étiez des jeunes gens aventureux, gloussa-t-il en caressant sa barbe nattée. Vous méritez un autre destin que celui de convoyeurs de vaches rouges.

Takeda dressa l'oreille. Sigrid, méfiante, se demanda où le vieillard voulait en venir.

— Je crois de mon devoir de vous signaler qu'à deux

cents mètres d'ici s'ouvre une caverne mystérieuse, reprit le saltimbanque. On dit qu'un coffre abritant un trésor sans pareil s'y trouve caché.

— Un trésor ? s'exclama Takeda, les yeux brillants.

— C'est ce qu'on raconte, murmura le vieil homme. Depuis que le Grand Serpent existe, des centaines d'aventuriers ont essayé de s'en emparer. Beaucoup se sont fait avaler par le dragon dans cet unique but.

— Et tous ont échoué, n'est-ce pas ? fit Sigrid avec une moue ironique.

Elle en voulait à Arakuchi de réveiller, par ses sornettes, les mauvais penchants de Takeda.

— Oui, dit le montreur d'ombres. Le froid qui règne au cœur de la caverne dépasse tout ce qu'on peut imaginer. La chair gèle sur les os. Elle se vitrifie, si bien que lorsqu'on perd l'équilibre, on explose en un million de morceaux de verre. Seuls les os restent intacts ; les muscles, les organes deviennent poussière cristalline.

— D'accord, s'impatienta Sigrid. L'aventure est donc impossible, alors pourquoi nous en parler ?

Le baladin prit une expression rusée et secoua la tête.

— Parce qu'il existe un moyen de tourner la difficulté, annonça-t-il. Je dispose d'un élixir qui permet au corps de supporter des températures mortellement basses. Dès qu'on commence à geler, on en avale une gorgée et le tour est joué. Il permettrait à des jeunes gens aventureux de descendre au fond de la caverne et de jeter un coup d'œil à l'intérieur de ce fameux coffre.

— Et vous pensez à nous, bien sûr, fit Sigrid. Pourquoi ne pas y aller vous-même ? Pourquoi n'envoyez-vous pas l'un de vos danseurs de corde ?

— Moi, je suis trop vieux, répliqua le montreur d'ombres. Quant à mes acrobates, je n'ai en eux qu'une confiance limitée. Vous, c'est différent. J'ai tout de suite senti que vous étiez honnêtes. Voilà pourquoi je vous fais une proposition : je vous donne la potion. En échange vous me rapporterez une poignée de diamants. Une poignée sur la totalité du trésor, c'est peu.

— Parce que le coffre contient des diamants ? balbutia Takeda.

— C'est ce qu'on prétend, marmonna le saltimbanque. Des pierres transparentes comme l'eau d'un lac, mais si froides qu'elles changent en statue de glace celui qui les touche. La potion vous protégera de ce maléfice, et vous pourrez les manipuler sans crainte jusqu'à ce qu'elles se réchauffent. Voulez-vous tenter l'aventure ? Je campe ici depuis longtemps. Chaque fois que les convoyeurs passent, poussant devant eux un troupeau de vaches rouges, j'essaye de dénicher parmi eux un jeune aventurier en qui je pourrais placer ma confiance. Jusqu'à aujourd'hui cet espoir avait toujours été déçu.

— D'accord ! lança Takeda. Je vous donnerai deux poignées de pierres !

Sigrid réfléchissait intensément.

« Et si Arakuchi se trompait sur la nature réelle du trésor ? se disait-elle. Il y a peut-être un coffre, soit, mais pourquoi ne contiendrait-il pas autre chose que des diamants ? *Un cœur, par exemple...* Le cœur du dragon ! »

Si c'était le cas, elle ne devait pas laisser passer l'occasion !

— O.K., soupira-t-elle, j'y vais aussi.

Le montreur d'ombres se frotta les mains.

— Bien, bien ! gloussa-t-il. Prenez ce sac. Il contient la fiole d'élixir, mais aussi des boîtes à lumière qui vous permettront d'affronter les ténèbres du monde souterrain. Ne videz pas le flacon trop vite. Songez que vous devrez garder assez de potion pour le chemin du retour. Personne ne peut survivre là-haut sans avoir recours à une astuce magique. Tous ceux qui vous ont précédés se sont changés en statues de verre. Quant à toi, la fille aux cheveux bleus, laisse ton harpon ici ; là-haut il fait si froid qu'il casserait comme du verre. Réfléchissez bien avant d'accepter ma proposition, de terribles souffrances vous attendent.

— Je n'ai pas peur ! assura Takeda, j'ai connu de pires épreuves.

— Tant mieux, tant mieux, radota le vieillard avec un sourire d'ours gourmand, ainsi tu n'auras aucun mal à me rapporter ce que je demande.

*

Au cours de l'heure qui suivit, Sigrid et Takeda s'équipèrent du mieux possible, entassant dans leurs besaces cordes, couteaux et nourriture séchée. Quand Arakuchi eut la certitude que tout le monde dormait, il les fit sortir de la tente et les guida sur le plateau enneigé pour leur indiquer le chemin à suivre.

— Là, murmura-t-il en désignant l'un des pics dominant la montagne. On appelle cet endroit « le croc du Serpent ». L'entrée de la caverne se trouve à mi-chemin du sommet. Plus vous grimperez, plus la température s'abaissera. Soyez prudents. À présent, avalez chacun une gorgée d'élixir et marchez sans vous retourner.

Sigrid et Takeda obéirent.

La neige, d'abord poudreuse, se changea rapidement en particules de glace sous leurs semelles.

« Nous sommes en train de faire une bêtise, songea la jeune fille, mais il se pourrait bien que le cœur du dragon soit au bout de la route, et je ne peux pas laisser passer cette chance. »

La pente était raide et ils grimpaient lentement. Au bout d'une heure, ils rencontrèrent les premières statues de glace...

C'étaient les cadavres des aventuriers tués par le froid. Ils étaient morts debout, figés en pleine marche.

— Tu as vu ? haleta Takeda. On dirait des sculptures de verre ! Leur chair et leurs organes sont devenus transparents, on voit leur squelette au travers.

— Oui, souffla Sigrid. C'est ce qui risque de nous arriver si nous traînons. Le flacon de potion est beaucoup trop petit à mon goût, si tu veux tout savoir.

Mais Takeda ne l'écoutait pas. Tendant la main, il poussa l'une des « statues » pour la faire tomber. Elle explosa en heurtant un rocher, se métamorphosant en un million de débris de verre. Seul le squelette demeura intact.

— C'était stupide ! siffla Sigrid. Pourquoi as-tu fait ça ?

— Je voulais juste voir, grommela Takeda.

C'était bien là une réponse de garçon !

Il leur fallut encore trente minutes pour atteindre l'endroit indiqué par le vieil homme.

Un courant d'air glacial filait au ras du sol, en provenance d'une caverne dont l'entrée était à peine plus large que la tanière d'un ours. Cela sifflait, telle une bise s'effilochant sur les créneaux d'une cité dressée sur la banquise. Les jeunes gens s'immobilisèrent au seuil de la grotte. Un froid intense montait des profondeurs.

« C'est comme un château creusé dans le ventre d'un iceberg », songea Sigrid dont les mains s'engourdissaient déjà.

— Nous ne pourrons jamais supporter une telle température, observa Takeda en s'accroupissant. Nos os vont casser comme du verre. Il faut prendre une nouvelle gorgée d'antidote.

Il chercha dans sa musette la fiole de potion remise par Arakuchi, la déboucha et la porta à ses lèvres. Après quoi il la tendit à Sigrid.

— C'est trop tôt, grogna la jeune fille. Nous ne sommes même pas encore entrés dans la place.

— Je sais, répliqua Takeda ; mais le moyen de faire autrement ? Si nous pénétrons là-dedans sans le secours de l'élixir, nous serons pétrifiés par le gel au bout d'un quart d'heure. Bois et avance... Dans ce genre d'épreuve, il ne faut pas trop réfléchir. Pense plutôt aux promesses du montreur d'ombres.

— Tu y crois, toi, à cette histoire de diamants ?

— Bien sûr, c'est uniquement pour ça que j'ai accepté de te suivre dans le ventre du dragon ! Tu n'imagines tout de même pas que c'est pour ta jolie frimousse ?

Sigrid se faufila dans la caverne. La température était si basse qu'elle suffoqua et se protégea instinctivement le visage derrière sa main levée, comme si des milliers d'aiguilles de verre allaient se planter dans ses joues. Takeda retint son souffle et la suivit. Il ne faisait pas noir à l'intérieur de la grotte ; comme partout ailleurs des micro-organismes phosphorescents émettaient une lueur verte dissipant les ténèbres. Cette palpitation incertaine éclairait deux murailles de crânes empilés de part et d'autre du passage. Certains des squelettes étaient encore coiffés de leur casque de combat.

— Pas très réjouissant, soliloqua la jeune fille.

— Ce n'est qu'un début, observa Takeda ; si des milliers de chasseurs de trésor se sont succédé au cours des siècles, il y en a probablement tout autant sur trois kilomètres. Ça fait un sacré champ de bataille.

L'antidote agissait ; les corps des jeunes gens se réchauffaient. La chair de poule déserta les bras de Sigrid et ses muscles redevinrent souples.

Les deux compagnons avançaient à petits pas, essayant de sonder la voûte du regard. Les échos accompagnant leur progression leur donnaient à penser que la caverne était immense. Ils s'engagèrent sur un chemin en pente vive, pavé de crânes. Les macabres billes d'os tournaient sous la semelle, à la moindre pression, rendant la station verticale à peu près impossible. Takeda perdit l'équilibre et tomba sur le dos.

— À quatre pattes c'est plus facile ! assura Sigrid, avant de rouler sur le flanc et de s'assommer contre un monceau d'ossements.

La pente s'accentuait, à la manière d'un toboggan. Les crânes aidant, les deux amis glissaient plus qu'ils ne marchaient. Les têtes de mort roulaient sous leurs reins, les propulsant vers le bas sans qu'ils puissent se raccrocher à la moindre aspérité. À chaque seconde, ils prenaient un peu plus de vitesse, entraînant derrière eux un tumulte de mâchoires déboîtées et de tibias épars. À présent ils roulaient cul par-dessus tête, tels des enfants qui dévalent une pente neigeuse. Les crânes de squelettes formaient un tapis de grosses billes ivoirines sous leur dos, et cette surface désespérément mobile les privait du moindre espoir de reprendre leur équilibre.

Ils tombèrent pendant une éternité, ne distinguant autour d'eux qu'un puits de ténèbres parsemé de lucioles vertes. Quand ils touchèrent enfin le fond, ils se retrouvèrent à demi ensevelis sous les ossements dont ils avaient provoqué la chute. La poudre d'os leur emplissait la bouche, les narines, les faisant tousser. Sigrid écarquilla les yeux pour explorer l'endroit, mais il faisait moins clair que dans la première salle, et les

« lucioles » tapissant la voûte ne fournissaient plus qu'une lueur anémiée insuffisante pour l'œil humain. Takeda tira de son sac l'une des boîtes à lumière que leur avait données Arakuchi et l'ouvrit en grand. Sigrid jura.

Ils se trouvaient dans une tranchée tapissée de crânes rangés les uns au-dessus des autres, et dont les orbites vides semblaient tournées dans leur direction.

— Des catacombes, souffla Takeda.

— Un cimetière de voleurs malchanceux, oui ! cracha Sigrid. Et aucune possibilité de faire demi-tour. J'ai cru que nous allions nous rompre le cou sur ce tapis roulant !

La jeune fille recula pour examiner la pente qu'ils venaient de dévaler. Dès qu'elle essaya de se hisser vers le haut, les crânes qui pavaient la descente roulèrent sous ses mains, la rejetant en arrière.

— *Une descente à sens unique*, soupira-t-elle, il faudra faire avec. Aucun espoir de remonter par là.

Les jeunes gens se dévisagèrent, ne sachant quelle stratégie adopter

— À ton avis, c'est un piège ? interrogea Takeda.

— Sans doute, grogna la jeune fille. Mais il y a un côté positif à tout cela : le Grand Serpent ne se donnerait pas la peine de protéger des trésors sans valeur à ses yeux. Il se fiche pas mal de l'or et des pierreries. À mon avis, s'il a piégé l'endroit, c'est parce qu'il y cache son cœur.

— Le cœur de cette bestiole ne nous rendra pas

riches, grommela le jeune homme. Seuls les diamants m'intéressent.

Sigrid haussa les épaules.

— De toute façon, nous ne pouvons pas revenir en arrière, philosopha-t-elle, il faut aller de l'avant.

— Exact ! lança Takeda. Nous n'allons pas rester assis sur ces ossements jusqu'à la fin des temps !

Ils reprirent leur marche. Le plafond de la galerie étant très bas, ils durent poursuivre en rampant. Chaque fois que ses épaules frôlaient les têtes de morts tapissant le boyau, Sigrid avait l'impression que les mâchoires dénudées s'apprêtaient à la mordre. Au bout d'un moment, elle s'immobilisa.

— J'ai de nouveau froid, constata-t-elle avec inquiétude, bon sang ! On dirait que la température a encore baissé...

— C'est vrai, confirma le garçon. Je grelotte, moi aussi, pourtant il n'y a pas un quart d'heure que nous avons avalé l'antidote. Nous devrions normalement être immunisés contre le froid pour 24 heures !

— Pas si la température ne cesse de dégringoler ! objecta Sigrid. J'ai dans l'idée qu'au fur et à mesure que nous nous rapprocherons du cœur, il fera de plus en plus glacial !

— Alors il va falloir de nouveau absorber une rasade de potion, soupira Takeda. Si ça continue, nous n'en aurons plus assez pour le retour !

Le jeune homme plongea la main dans son sac à la recherche de la fiole. Sigrid devait fournir de réels efforts pour ne pas claquer des dents. Son corps n'était plus qu'un glaçon, et l'ankylose gagnait ses phalanges. Combien faisait-il à l'intérieur du tunnel ? Moins 30 ? Moins 40 ?

Assise au milieu des crânes, elle ne sentait plus ses mains.

Takeda lui passa la fiole, elle but avidement se retenant à grand-peine de vider le flacon. Le garçon grelottait lui aussi, et se déplaçait en évitant le contact des crânes, comme si chacun d'eux avait été taillé dans un bloc de glace.

Les jeunes gens attendirent en silence que l'antidote fasse effet, puis reprirent leur reptation.

Le tunnel allait en s'élargissant.

— Pas étonnant qu'il y ait autant de squelettes, souffla Sigrid. Sans la potion du montreur d'ombres nous serions morts depuis longtemps.

Elle parlait pour meubler le silence des catacombes, mais sa voix résonnait à l'intérieur des crânes alignés, prenant du même coup un écho sinistre.

Là aussi la pente était vive, et il fallait mettre à profit les aspérités du terrain pour ne pas être emporté par le toboggan des têtes de morts qui pavaient la route.

— Ça descend toujours, constata Sigrid.

Elle était inquiète. Comment allaient-ils remonter ? Dès qu'ils faisaient mine de reculer, les crânes roulaient comme des billes sous leurs talons pour les rejeter vers le bas. Les profondeurs les aspiraient, leur coupant tout espoir de retraite.

Sigrid avançait cahin-caha, observant du coin de l'œil les murailles d'ossements.

« Combien y a-t-il de squelettes ? se demanda-t-elle. Pouvons-nous espérer avoir plus de chance que ces malheureux ? »

Elle avait peur mais elle devait continuer. Si le cœur du dragon se trouvait au bout de la route, elle s'en emparerait. *Alors, elle aurait tout pouvoir sur la bête.*

L'ossuaire s'étendait à perte de vue. Partout ce n'étaient que falaises de cages thoraciques empilées, collines de crânes édentés, routes pavées de vertèbres qui craquaient dès qu'on les effleurait. Sigrid essayait de se faire la plus légère possible, mais chaque fois que l'un de ses poings se posait sur le sol, les osselets répandus faisaient entendre un concert de détonations sèches. Même les stalagmites étaient chapeautées de crânes, tels de sinistres totems.

Lorsque la pente devint trop raide, les deux compagnons perdirent à nouveau l'équilibre et roulèrent cul par-dessus tête. Quand ils touchèrent enfin le sol, ils étaient couverts d'ecchymoses et de poussière d'os. Un remugle puissant leur monta aux narines, les faisant suffoquer. C'était une odeur bizarre. Pas franchement désagréable, mais qui n'évoquait rien de connu. Une senteur rappelant le goudron liquide ou la résine.

Takeda brandit l'une des boîtes à lumière. Le halo diffusé par le coffret éclaira les berges d'un lac souterrain à l'eau affreusement rouge. L'odeur montait de cette nappe enfouie dont aucune ride ne plissait la surface.

— On dirait du naphte[1], remarqua le garçon, cela fait penser à ces gisements qui donnent une huile inflammable dont on garnit les lampes...

— *C'est du sang*, fit Sigrid. Le sang du dragon... Il est là pour irriguer le cœur. Nous touchons au but.

Sa voix résonna à l'intérieur des crânes. Takeda plissa les yeux. Il leva la main, désignant le centre du lac souterrain.

— Il y a une île, cria-t-il, regarde ! Juste au milieu. Une île blanche.

Sigrid hocha la tête. C'était vrai. Elle distinguait un piton calcaire s'élevant à trois mètres au-dessus de la surface. Une boîte oblongue trônait sur ce minuscule atoll... Une boîte qui ressemblait diablement à un...

— *Un coffre de pirate !* haleta Takeda. C'est le coffre au trésor dont parlait Arakuchi. Nous sommes riches !

— Tais-toi, coupa la jeune fille, ne te monte pas la tête. Cette boîte est peut-être l'écrin au sein duquel le cœur du dragon est caché. Quoi qu'il en soit, il faut traverser le lac et grimper sur l'île.

Elle s'avança jusqu'à la limite du liquide et fronça le nez avec dégoût.

— Je ne plongerai pas là-dedans ! fit-elle. Nous n'avons aucune idée de ce qui peut vivre dans ces profondeurs.

Le garçon eut un signe d'assentiment.

---

1. Pétrole brut.

— Je n'ai pas non plus l'intention de nager dans cette soupe, confirma-t-il. Nous allons bricoler un radeau.

— Un radeau ? Avec quoi ? Il faut du bois pour construire un radeau !

— Nous prendrons des os, décida Takeda, le matériel ne manque pas. J'ai de la corde. Avec des os et de la ficelle, on peut construire une embarcation. Et puis, en cherchant bien, je suis certain que nous trouverons du bois. Ce serait bien le diable si le vent n'avait pas poussé quelques branches dans l'ouverture des crevasses !

Ils se mirent en quête, sélectionnant les os les plus longs. Rapidement, tibias et fémurs s'entassèrent sur la berge. Comme l'avait prévu Takeda, ils ne tardèrent pas à dénicher des branchages pétrifiés par les infiltrations calcaires. Ce matériel réuni, ils s'installèrent au bord du lac pour bivouaquer car le froid les avait éprouvés et ils sentaient leurs forces s'amenuiser. Ils mangèrent en silence, puis se lancèrent dans la confection du radeau. Ce ne fut pas une petite affaire, et trois heures s'écoulèrent avant que l'embarcation ne prenne forme. Sigrid assemblait, Takeda ficelait. Les branches glanées au milieu des éboulis constituaient la charpente du radeau, les os jouaient le rôle de traverses et assuraient la liaison entre les poutres maîtresses.

Alors qu'elle attirait à elle un fagot, Sigrid fit tomber un morceau de bois dans le lac. À peine le branchage entra-t-il en contact avec la solution bitumineuse qu'un étrange phénomène se produisit. *En l'espace de cinq secondes, le bois mort se mit à reverdir...* Bientôt la sève suinta au niveau de la cassure.

Sigrid émit un cri de surprise et repêcha le gourdin du bout des ongles. Takeda accourut. Les yeux dilatés par la stupeur, il suivit une à une les étapes de la métamorphose. À présent le bâton se ramifiait en pousses nouvelles, ses brindilles se couvraient de bourgeons... Puis ces derniers s'épanouirent, donnant naissance à une multitude de feuilles vertes !

En moins de trois minutes, le gourdin était passé de l'état de sarment desséché à celui de branche fraîchement cassée.

— C'est le lac ! balbutia la jeune fille, le sang du dragon est si puissant qu'il redonne vie à ce qui est mort ! Tu comprends ce que cela signifie ?

Takeda devint affreusement pâle.

— Oui, souffla-t-il, *si nous y trempions un os, il se couvrirait de chair !*

— Exact ! Notre radeau va devenir vivant ! Tous les os qui le composent vont se gainer de muscles, de peau... ce sera abominable ! Le squelette que nous avons fabriqué va devenir celui d'une bête impossible... d'un monstre !

Le jeune homme se mordit les lèvres.

— Il n'y a pas d'autre moyen, soupira-t-il enfin, il faut gagner l'îlot. Le radeau est achevé. Ce serait bête de renoncer si près du but ! Il faut tenter la traversée. Nous ramerons de toutes nos forces, et sitôt sur l'île j'ouvrirai le coffre. Je remplirai ma besace de diamants. Juste les plus gros. Ce sera l'affaire de cinq minutes. Le lac n'est pas si vaste. Nous l'aurons vite traversé en sens inverse. Je te parie que nous aurons débarqué avant que le radeau se change en... en bestiole.

Sigrid se passa la main sur le visage. Elle se fichait bien des diamants, mais si le cœur du dragon se cachait là, elle devait à tout prix s'en emparer.

— D'accord, capitula-t-elle, nous allons tenter le coup ; mais ce sera moins facile que tu ne l'imagines, prépare-toi au pire !

Takeda prit une bouffée d'air, aida Sigrid à grimper sur l'embarcation et poussa cette dernière vers le lac. Le radeau flotta sans peine sur le flot épais, et le jeune homme vint aussitôt rejoindre sa compagne. Saisissant les pagaies (qu'ils avaient fabriquées en utilisant des tibias prolongés par des omoplates !), les deux amis se mirent à ramer.

Le bateau commença à glisser à la surface du liquide rouge vif sans provoquer de turbulences.

Sigrid frappait l'eau à coups redoublés, inquiète de ne pas voir l'île grossir aussi vite qu'elle le souhaitait. Ils avaient à peine parcouru le tiers du trajet que Takeda poussa un cri étouffé. *Sa pagaie était en train de se recouvrir de muscles rouges dont les fibres palpitaient de manière désordonnée.* Au même instant, les branches mortes formant l'assise du radeau reverdirent, se couvrant de feuilles charnues.

Sigrid grimaça ; entre ses doigts l'aviron devenait affreusement vivant, et elle avait l'impression de brasser l'eau à l'aide d'un bras coupé.

— Attention à ce que pourrait faire ce truc, haleta

Takeda ; si le sang du Serpent redonne vie à ce qui est mort, il se pourrait bien que cette « rame » te saisisse à la gorge pour t'étrangler !

— Tu veux dire que... ?

— Oui. Il n'est pas impossible que le Serpent puisse commander à tout ce qu'il abreuve de son sang.

Sigrid s'acharna sur sa pagaie. Sous ses doigts les os se gainaient de tendons, de fibres musculaires...

« Ce n'est qu'une illusion, se dit-elle dans un sursaut de volonté, des images hallucinatoires imposées par l'esprit du Grand Serpent ! Il essaye de nous rendre fous. »

— L'île se rapproche, chuchota Takeda, prépare-toi à aborder. Il va falloir faire vite, sinon le radeau risque de se transformer en une énorme araignée !

Sigrid rejeta la pagaie qui lui faisait peur.

— Nous arrivons, haleta Takeda. Je vais courir jusqu'au coffre, pendant ce temps essaye d'amarrer le radeau comme tu pourras. Il ne faudrait pas qu'il nous fausse compagnie et nous abandonne sur ce piton rocheux.

À présent l'embarcation se convulsait, organisme invraisemblable fait d'ossements assemblés en dépit des lois anatomiques. La chair reconstituée par la vertu du sang magique faisait du radeau originel un monstre de chair anarchique, un entrelacs de muscles sans utilité, et dont les fibres se nouaient au hasard.

« Une araignée, se répéta Sigrid figée par l'épouvante. Ou un crabe dont les pattes ne courraient pas toutes dans la même direction... »

L'architecture du bateau se tordait sous l'action de spasmes de plus en plus violents. Déjà les cordes cédaient, les branches feuillues partaient à la dérive. Le radeau se défaisait.

— Nous allons couler ! hurla Sigrid.

Elle se voyait déjà sombrant dans les eaux rouges. Takeda tentait de l'aider à prendre pied sur la berge de l'île calcaire.

— Le coffre ! haleta la jeune fille, ouvre le coffre ! Vite !

Elle gesticulait au milieu du bateau de fortune dont les formes se distendaient. Il était évident que l'organisme impossible allait exploser d'une minute à l'autre.

Sigrid tituba dans les cailloux, cherchant vainement le moyen d'amarrer l'embarcation vivante. Dès que ce fut fait, elle courut sur les traces de Takeda qui filait en direction du coffre. C'était une malle de bois renforcée de clous de cuivre. Rien n'y manquait, ni les ciselures ni l'énorme serrure décorée de l'emblème des pirates : un crâne grimaçant surmontant deux tibias.

« Bizarre, se dit Sigrid. C'est trop parfait... On dirait une mise en scène. »

— Attends ! cria-t-elle, ne l'ouvre pas. Je crois qu'on s'est fait rouler.

Mais Takeda, hypnotisé par le coffre, ne l'entendit pas. Il souleva le couvercle, démasquant un monceau de diamants étincelants d'une incroyable pureté. Sigrid jura, déçue. Ainsi, il ne s'agissait pas du cœur du dragon. Elle avait fait tout ce chemin pour rien !

— Attends ! répéta-t-elle. C'est un piège, je pense que…

Hélas ! le jeune homme, incapable de résister à l'attraction qu'exerçaient sur lui les pierres précieuses, avait déjà plongé les mains dans la masse crissante du trésor. Une formidable déflagration se produisit. Ce fut comme si l'hiver explosait, bombardant les alentours d'ondes givrantes capables de geler le temps en plein vol !

Sur la berge, de l'autre côté du lac, la muraille d'ossements fut parcourue d'un frémissement, et tous les crânes se mirent à claquer des mâchoires comme s'ils voulaient dévorer vifs ces jeunes nigauds qui venaient de tomber dans le panneau.

« À moins qu'ils ne soient en train de se moquer de nous ? songea Sigrid. Riraient-ils de notre naïveté ? »

Takeda, quant à lui, ne pouvait plus bouger. Au contact des diamants, de la glace s'était formée sur ses doigts, emprisonnant ses mains sous une croûte de givre. Il ouvrit la bouche pour hurler, mais aucun son ne sortit de sa gorge. Il lui sembla que chacune de ses veines était en train de geler.

— Les diamants, haleta Sigrid, c'était de l'hiver en conserve…

Un peu partout à l'intérieur de la caverne, les falaises d'ossements s'écroulaient dans un déluge de poussière blanche. Cela dura une éternité puis le calme se réinstalla, et la surface du lac redevint lisse.

— C'est fini, exulta Sigrid, c'est fini !

Et elle s'évanouit, le visage bleui par le froid.

23

La fièvre de vie

Lorsque Sigrid rouvrit les yeux, un froid intense régnait dans la caverne. Roulant sur le flanc, elle vit que le coffre avait éclaté. Les diamants répandus sur le sol s'étaient soudés entre eux, formant un gros bloc de glace. Takeda reposait sur le dos, inconscient. Le gel marbrait son corps de plaques bleues. Sigrid se redressa. Son haleine formait d'épais nuages à chaque expiration. Elle grelottait et découvrit avec stupeur que des flocons de neige tapissaient le sol de l'îlot. Elle rampa vers la berge. Le lac s'était solidifié, prenant l'aspect d'une plaine de marbre rouge. La jeune fille tendit la main, posa les doigts à la surface du liquide écarlate... *De la glace !* C'était bien de la glace. Il s'en élevait un froid qui lui racornissait la chair et faisait s'entrechoquer ses dents.

« Le trésor... c'était un piège, se dit-elle. En y plongeant les mains, Takeda a déclenché un système de sécurité qui va nous tuer si nous ne trouvons pas le moyen de filer d'ici au plus vite. »

Elle se frictionna pour tenter de raviver la circulation dans ses membres. Rien n'y fit. Elle était en train de geler comme un animal pris dans les glaces du Pôle. Sa chair s'engourdissait. Elle se rua vers Takeda et le secoua. Mais le garçon demeura insconscient.

« Pourvu que le froid des diamants ne lui ait pas solidifié le sang dans les veines », pensa-t-elle.

— Takeda ! appela-t-elle, Takeda, réveille-toi !

La tête du jeune homme ballotta sous les secousses sans qu'il ouvre les yeux. Sigrid palpa le garçon. La peau de son ventre était gelée. Un instant, elle crut qu'il avait rendu l'âme et colla son oreille contre sa poitrine pour localiser l'écho de son cœur. Il battait sur un rythme qui allait s'amenuisant. Sigrid se releva en jurant. Takeda était en train de mourir de froid. La jeune fille fouilla dans la sacoche à la recherche du flacon de potion que leur avait remis Arakuchi, le montreur d'ombres. Ses doigts gourds s'escrimèrent sur le bouchon qui refusait de tourner. Enfin la fiole s'ouvrit. Elle voulut la porter à ses lèvres ; hélas ! aucun liquide n'en coula. Elle crut une seconde qu'elle était vide, mais, en l'examinant plus attentivement, se rendit compte que l'antidote avait gelé à l'intérieur du flacon ! Un voile noir passa devant ses yeux et elle craignit de perdre à nouveau connaissance. Disciplinant sa respiration, elle s'efforça au calme et vida le sac pour trouver le briquet d'amadou dont Takeda ne se séparait jamais. Après tout, il suffisait d'une simple petite flamme pour dégeler la potion. Elle n'aurait qu'à tenir le flacon au-dessus du briquet et... Hélas ! la molette, grippée par le froid, refusa de tourner, et aucune étincelle n'enflamma la mèche jaune du cordon. Sigrid eut beau souffler, le briquet demeura inutilisable. Elle faillit en pleurer de désespoir. Elle s'escrima tant et tant que ses doigts gourds finirent par tordre l'axe de la petite roue abrasive, l'empêchant définitivement de tourner.

— C'est la revanche du Grand Serpent, balbutia-t-elle. Il continue à s'acharner sur nous. Il veut nous retenir ici. Il espère que nos os s'ajouteront à ceux des voleurs malchanceux.

Elle était au bord de la crise nerveuse ; l'incident du briquet avait eu raison de sa résistance. Elle remit fiole et briquet dans le sac, puis entreprit de faire rouler Takeda sur la glace.

Inanimé, le garçon n'était plus qu'un poids mort, difficile à bouger. Enfin, Takeda toucha la surface du lac avec un bruit sourd qui fit tressaillir son amie. La banquise allait-elle se rompre ? Sigrid s'immobilisa, guettant avec angoisse l'apparition d'éventuelles fêlures sur le « marbre » rouge. Elle ne vit rien et poussa un soupir de soulagement. Saisissant son camarade par un bras, elle se mit à le haler.

« Par les dieux endormis, songea-t-elle, à ce train-là il sera pétrifié avant d'avoir atteint l'autre rive. »

Le lac les entourait de son immensité rouge. Les mâchoires serrées, Sigrid tirait. Takeda pesait plus lourd qu'un éléphant mort. La fille aux cheveux bleus crut que les fibres de ses épaules allaient craquer. Par bonheur, cette débauche d'efforts physiques la réchauffa. Au bout de cinq minutes ses dents cessèrent de claquer.

Elle dépassa l'endroit où le radeau avait sombré. La proue de l'embarcation dépassait de la glace, magma de chairs soudées en dépit du bon sens. La masse musculaire avait bourgeonné au hasard, donnant naissance à un animal invraisemblable, aveugle et paralysé. Une bête monstrueuse qui pointait encore la tête au-dessus de la banquise, et que le gel avait préservée de l'engloutissement immédiat. Sigrid évita de la regarder tant elle était horrible.

« Si le froid ne l'avait pas paralysée, elle se serait jetée sur nous », se dit-elle.

Le froid transperçait ses souliers, et elle sentait deux tiges de glace s'élever graduellement à l'intérieur de ses jambes. L'humidité de la voûte se changeait en paillettes de givre ; cette neige crissante tombait sur ses épaules.

— Il neige sous la terre ! s'écria-t-elle d'une voix où affleurait la folie, Takeda, tu entends ? Il neige !

Elle se trouvait à présent à mi-chemin, mais le garçon inanimé pesait de plus en plus lourd. À chaque nouvelle traction, Sigrid croyait entendre craquer la glace sous les reins de Takeda. Le lac n'était sûrement gelé qu'en surface ; cette croûte pouvait céder à tout instant.

Au fur et à mesure qu'elle se rapprochait de la berge,

la jeune fille notait d'incroyables transformations dans le paysage des catacombes. Ainsi, les crânes disposés en muraille étaient-ils translucides, comme si on les avait taillés dans du cristal. La phosphorescence de la voûte jouait dans cet assemblage, y allumant de fantastiques reflets.

Sigrid toucha enfin la berge. Au moment où elle essayait de pousser Takeda à terre, elle entendit craquer la glace, et une longue fêlure se dessina sous la tête du jeune homme. Le danger devenait imminent. Rassemblant ses dernières miettes d'énergie, elle roula sur la rive et s'arc-bouta pour tirer le garçon sur la terre ferme. Malgré le froid intense, un peu de sueur perla à son front. Elle allait renoncer, les bras raidis par la crampe, quand Takeda ouvrit enfin les yeux.

Sigrid le gifla pour lui faire reprendre conscience.

— Grimpe ! hurla-t-elle, vite, grimpe au sec ! Je n'ai plus de force.

Cette fois, le jeune homme comprit. D'un coup de reins, il s'arracha de la banquise rouge et tomba à genoux sur la berge. Tout de suite, il se mit à claquer des dents et se recroquevilla en se frictionnant les épaules. Sigrid se lança à la recherche d'une brassée de bois et de quelques silex dans l'espoir d'allumer un feu. Mais les branches étaient enrobées d'une pellicule de glace plus dure que le verre, et adhéraient au sol, s'opposant à toute tentative de ramassage. La jeune fille tournait en rond, désespérée.

Elle remarqua qu'au moment de la décharge énergétique, le maelström avait projeté de grandes flaques de sang sur la berge. Ce raz de marée avait recouvert les ossements d'une couche de chair rose qui bourgeonnait encore malgré le froid. Elle eut une illumination ; tirant son coutelas, elle se mit à tailler dans le matelas de viande, comme si elle détachait la peau d'un bison abattu.

— Takeda, appela-t-elle. Viens, aide-moi.

Le garçon se traîna vers elle ; son visage avait un teint cadavéreux, ses lèvres étaient violettes.

— Prends ton poignard, haleta Sigrid, et essaye de décoller cette cochonnerie.

— Mais pourquoi ?

— Bon sang, s'impatienta la jeune fille, tu ne vois pas que c'est de la chair vivante ! La chair du Grand Serpent ! Elle est brûlante malgré l'hiver qui règne ici, elle palpite. Nous en ferons une couverture qui nous tiendra chaud le temps de la remontée.

— Tu es folle !

— Non ! c'est le seul moyen de ne pas mourir gelés. Dans une demi-heure, mes doigts ne seront plus capables de bouger... et j'ai déjà sommeil.

— Moi aussi.

— Tu sais ce que cela signifie. Alors, aide-moi !

Malgré sa répugnance, Takeda s'attela à la tâche, décollant du tapis d'ossements le « bifteck » qui avait bourgeonné au petit bonheur, formant une flaque épaisse de plusieurs centimètres. La chair se décollait en chuintant, telle la fourrure d'un animal qu'on écorche.

— Elle est bouillante ! exulta Sigrid. Par les dieux, elle est malade, tu le sens ? Elle a la fièvre !

— Oui, admit Takeda, *il fait si froid qu'elle a attrapé la grippe !*

— Exact, confirma la jeune fille. Nous allons nous envelopper dans sa fièvre ; elle nous réchauffera pendant que nous grimperons vers la surface. Viens !

Takeda hésitait encore, la bouche crispée par le dégoût.

— Un manteau, insista Sigrid, un manteau vivant pour deux. Viens, enveloppe-toi !

Ils se couvrirent de la cape de chair rose, la refermant sur eux comme une couverture. Ils pouvaient sentir sous leurs mains les pulsations désordonnées qui l'agitaient. La chose empestait la sueur et la fièvre, mais sa chaleur était réconfortante. Les jeunes gens cessèrent bientôt de claquer des dents.

— Une bouillotte vivante, bégaya la jeune fille, une bouillotte pleine de bon sang brûlant !

— Il faut se mettre en marche, dit enfin Takeda, il faut regagner la surface avant que cet édredon ne refroidisse.

— Attends, coupa Sigrid, regarde si l'antidote s'est liquéfié. Tout à l'heure il était gelé.

Takeda éleva le flacon à la hauteur de ses yeux, mais le liquide présentait toujours la même solidité.

— C'est peut-être un maléfice, chuchota-t-il, un tour de passe-passe du Grand Serpent ?

— Nous verrons plus tard, pour le moment nous avons la couverture de chair, c'est suffisant.

Marchant côte à côte, les jeunes gens se lancèrent à l'assaut de la côte.

Par bonheur, le gel avait soudé entre elles toutes les têtes jonchant le chemin, si bien qu'ils purent progresser sur ce pavage glissant sans avoir l'impression de se déplacer sur des billes. Ils dérapèrent à trois reprises, mais la couverture de viande amortit leur chute ; de plus, en formant bourrelet, elle les empêcha de dévaler la pente et de retourner à leur point de départ.

Au bout d'un moment, Takeda leva dans la lumière le petit flacon d'antidote. Mais le liquide restait toujours figé, plus dur que de l'ambre solidifié.

— Il est vitrifié, murmura le jeune homme. Pas la peine d'espérer. Il ne retournera jamais à l'état liquide.

— Sans la couverture de chair nous serions déjà morts, fit Sigrid.

— C'est vrai, mais il nous reste encore pas mal de chemin à parcourir. Est-ce que cette chose vivra assez longtemps pour nous maintenir à l'abri jusqu'à ce que nous soyons sortis de la zone de grand froid ?

— Je ne sais pas, avoua Sigrid, ce n'est qu'un organisme rudimentaire. La fièvre qui le torture va probablement le tuer.

— Alors, il faut repartir sans tarder.

Lorsque les tunnels se firent plus étroits, ils rampèrent à l'abri de l'enveloppe fiévreuse, échappant ainsi au terrible refroidissement de l'air. Les crânes ne bougeaient plus sous leurs mains. À présent, ils n'étaient plus que des boules d'os sans malice, soudées les unes aux autres par le froid de l'hiver magique.

C'est alors que le « bifteck » se contracta violemment, comprimant le garçon et la fille comme s'il voulait les broyer. Sigrid poussa un cri de souffrance.

— Qu'est-ce que c'était ? bredouilla Takeda.

— Je... *je crois qu'il a éternué...*, fit Sigrid. Sa grippe est en train d'empirer.

— Bon sang ! protesta le jeune homme. J'ai cru qu'il allait nous écraser !

— Ça va se reproduire, prophétisa Sigrid. Mieux vaut presser le pas.

Ils s'attaquèrent avec soulagement au dernier tronçon, celui qui les ramènerait à l'entrée de la caverne. Bien que l'escalade ne fût pas de la plus grande simplicité, ils réussirent à regagner la surface sans jamais se séparer de la cape de chair brûlante qui les préservait du gel. Lorsqu'ils roulèrent dans la neige, ils étaient à bout de forces et leurs membres tremblaient. Ils se couchèrent sur le sol, se réchauffant à la fièvre du « bifteck », attendant que leur cœur reprenne son rythme régulier. Malheureusement, la couverture chauffante éternua de nouveau, encore plus violemment. Sigrid crut que ses côtes allaient se rompre. C'était comme si un marteau-pilon essayait de l'écraser.

— Sortons de ce truc ! glapit Takeda en amorçant un geste pour se dégager.

— Non ! hurla la jeune fille. Pense aux statues de

verre ! Nous sommes encore trop haut et la potion ne nous protège plus. Il faut redescendre jusqu'au campement, là où la température est supportable.

Titubant, ils dévalèrent la pente enneigée. De temps à autre, ils heurtaient le cadavre vitrifié d'un voleur malchanceux qui explosait sous le choc.

Les « atchoums » de la couverture de chair rose devenaient plus violents. À chaque spasme, le garçon et la fille étaient écrasés l'un contre l'autre au point de ne plus pouvoir respirer.

« Si ça continue, les contractions vont nous tuer ! » songea Sigrid.

Au terme d'un nouvel éternuement qui avait failli leur fracasser le crâne en les secouant comme des pêches trop mûres, ils décidèrent de se débarrasser de l'enveloppe fiévreuse et de continuer sans protection.

— Cours ! haleta Sigrid. Nous sommes presque sortis de la zone de grand froid, le campement n'est plus très loin.

— Tu en es sûre ? s'inquiéta Takeda. Je ne vois plus rien. Ni les vaches rouges ni les roulottes des saltimbanques... Il n'y a plus personne.

Sigrid aurait voulu ouvrir les yeux, mais le gel s'accrochait à ses cils, lui soudant les paupières.

— Cours ! répéta-t-elle en s'élançant à l'aveuglette.

La pente l'entraîna.

Trois minutes plus tard, elle tomba, les jambes raidies, sans pouvoir se relever. La souffrance se changea en torpeur.

Au moment où elle s'abandonnait au sommeil de la

mort, elle entendit, à l'autre bout du monde, l'écho étouffé des sabots d'un cheval claudiquant sur la roche gelée. Elle haussa mentalement les épaules. Tout cela ne l'intéressait plus, c'était trop tard. Elle s'endormait... Elle ne voulait pas être dérangée.

Elle était presque morte quand quelqu'un lui écarta sans ménagement les mâchoires et fit couler du thé brûlant dans sa gorge.

— C'est moi, Hata, le mousse, fit une voix à son oreille. Les autres vous ont abandonnés. Noburu et Hokukaï disaient que vous étiez sans doute morts. Le montreur d'ombres nous a expliqué qu'il avait tout fait pour vous empêcher d'entrer dans la caverne maudite mais que vous ne l'aviez pas écouté.

Sigrid ne put répondre. Peu à peu, une étoile de chaleur se mit à palpiter au centre de son corps, repoussant les paillettes de givre engorgeant ses veines.

— Ça va aller, murmura Hata. Je vais faire du feu. Vous êtes sauvés.

24

Le maître des marionnettes

Le harpon de Sigrid était toujours fiché au même endroit. Personne n'avait osé s'en emparer ; sans doute parce qu'on craignait qu'il ne portât malheur à celui qui le volerait. La neige tombait dru, recouvrant déjà les traces imprimées par les roues et les pattes des « chevaux ». Hata s'agenouilla, s'empressant de ranimer le feu. Sigrid et Takeda s'approchèrent des pauvres flammes, essayant de se réchauffer. Sigrid observait son compagnon d'aventures à la dérobée. Elle ne savait plus très bien ce qu'elle éprouvait pour lui. Les épreuves qu'ils venaient de traverser avaient tissé entre eux un lien étrange, d'une puissance sans égale. Quelque chose de curieusement fort, une complicité que Sigrid n'avait jamais connue avec aucun garçon.

« Suis-je en train de tomber amoureuse de lui ? » se demanda-t-elle. Elle s'avoua incapable de répondre. À force d'affronter la mort et le danger, ils avaient fini par former une espèce de couple indissociable. Par-delà les oppositions, les querelles, l'incompréhension, quelque chose avait réussi à se nouer. Une confiance inébranlable en l'autre.

« Il m'agace, songea la jeune fille, il est bourré de préjugés et de défauts, mais il est brave et, dans l'action, je sais que je peux compter sur lui. Ce n'est pas si fréquent. »

En outre, au cours des dernières heures, ils s'étaient tant de fois sauvé mutuellement la vie qu'aucun des deux n'était plus en mesure de savoir comment se répartissaient désormais entre eux les rôles de débiteur et de créancier !

Sigrid se promit de réfléchir à tout cela lorsque le moment s'y prêterait. Pour l'heure, Hata expliquait avec force détails le départ précipité des convoyeurs.

— C'est la faute du montreur d'ombres, Arakuchi, répéta-t-il. Il nous a assuré que vous ne reviendriez pas, et que votre intrusion dans la caverne sacrée déclencherait la colère des démons. Tout de suite après, il est remonté dans sa roulotte, et ses acrobates ont fouetté les chevaux pour prendre le chemin de la plaine. Son départ a provoqué la panique dans nos rangs.

— Quel vieux fourbe ! grogna Takeda.

— Il nous a trahis, observa Sigrid. Nous sommes tombés dans un piège. Arakuchi nous a expédiés dans la grotte avec l'espoir que nous n'en sortions pas vivants.

— Tu as raison, fit le garçon. Nous avons été naïfs. Ce vieux bonhomme est, à n'en pas douter, un serviteur du Grand Serpent. Il s'arrange pour faire parler les gens et supprime ceux qui semblent décidés à se révolter.

Difficile de se méfier de lui, il a l'air si inoffensif.

— Cela nous servira de leçon, soupira la jeune fille, mais je crois que nous aurions intérêt à le retrouver.

— Pourquoi ?

— *Parce qu'il se pourrait bien que le cœur du dragon soit justement caché dans sa fichue roulotte !*

Takeda eut un sursaut.

— Quoi ? hoqueta-t-il.

— Mais oui, insista Sigrid, réfléchis ! Qui irait penser que l'organe le plus important du Grand Serpent puisse être dissimulé dans un chariot délabré ? Un chariot qui arpente les routes du nord au sud, d'est en ouest. Un chariot protégé par une bande d'acrobates, de danseurs de corde, qui sont probablement des ninjas !

Takeda hocha la tête.

— Hé ! Hé ! fit-il en se grattant le menton. Ce serait une bonne astuce, à n'en pas douter. Sacré camouflage que cette carriole pourrie.

— Comme tu dis ! Je suis persuadée que ce vieux bonhomme est le gardien du cœur. Il faut le retrouver au plus vite.

L'excitation faisait vibrer les nerfs de la jeune fille.

Elle avait la certitude d'avoir percé le mystère du cœur introuvable. *Une roulotte de baladins...* On ne pouvait pas imaginer mieux ! Une escouade d'acrobates miteux qui, en réalité, formaient un redoutable commando d'assassins. La carriole cahotait au long des chemins, n'éveillant nullement l'attention. De temps à autre, les saltimbanques s'arrêtaient dans un village pour donner une représentation bâclée qui leur fournissait un excellent alibi.

— Dès que nous aurons repris des forces nous descendrons de la montagne, décida-t-elle.

— Je nous fabriquerai des chevaux, lança Hata, avec des bouts de bois et de la chair à modeler. Je sais très bien faire ça. Je vous accompagnerai partout où vous irez. Je veux devenir un héros, comme vous !

Son enthousiasme avait quelque chose d'émouvant. Sigrid tendit la main pour lui ébouriffer les cheveux.

— D'accord, capitula-t-elle. Mais il faudra se montrer prudent. Ces danseurs de corde sont probablement des tueurs de première force.

*

Dès que le feu s'éteignit, ils levèrent le camp et gagnèrent la plaine. Alors qu'ils descendaient le versant sud de la montagne, ils se hissèrent sur les rochers pour tenter de localiser la roulotte. Takeda affirma distinguer une tache mouvante dans le lointain, trop petite pour être celle d'un troupeau en marche.

— On les rattrapera sans mal, déclara Sigrid. La carriole se déplace lentement. C'est normal, ils ne veulent prendre aucun risque. Ils se promènent sur les routes depuis si longtemps que personne ne fait plus attention à eux.

Elle crispa les mâchoires sous l'effet de l'impatience. Elle avait hâte d'en finir. Elle s'en voulait de n'avoir pas compris plus tôt.

« Prudence ! Ne t'emballe pas ! se dit-elle. Le montreur d'ombres est un rude adversaire. Le Serpent ne peut avoir confié son cœur à un vieillard sans force. Il faut s'attendre au pire. »

— Ce type est un magicien, grommela Takeda comme s'il lisait dans les pensées de sa camarade. Nous aurons affaire à forte partie.

*

Dès qu'ils furent dans la plaine, Hata s'employa à modeler des chevaux ; besogne à laquelle il était fort habile. Grimpés sur ces montures à la démarche mécanique, les trois jeunes gens s'élancèrent à la poursuite des saltimbanques.

Pendant qu'ils chevauchaient, Sigrid se demandait quelle forme aurait le cœur du dragon.

« Un poisson dans un aquarium ? songea-t-elle. Une flamme dansant sur la mèche d'une bougie magique ? »

Une fois dans la roulotte, il faudrait y réfléchir à deux fois. Si elle commettait l'erreur de s'emparer d'un objet sans importance, elle n'aurait aucun pouvoir sur le Grand Serpent.

« Il y aura probablement des leurres, se dit-elle. Et ce montreur d'ombres est à coup sûr un expert en matière de tromperies. »

*

Hélas ! les choses ne tournèrent pas comme prévu. Avertis par un mystérieux signal, les baladins se mirent bientôt à scruter l'horizon, comme s'ils cherchaient à détecter la présence d'un ennemi.

Sigrid et les garçons s'empressèrent de se dissimuler derrière une crête rocheuse.

— Nous sommes repérés, souffla la jeune fille. Arakuchi semble équipé de fichues antennes. Il nous a sentis venir.

— La roulotte poursuit son chemin, murmura Takeda après avoir risqué un œil hors de la cachette. Mais on dirait que le vieux a laissé son arrière-garde sur place pour s'occuper de nous.

Alarmée, Sigrid examina la lande. Six danseurs de corde leur barraient la route. Vêtus de noir, ils portaient chacun un arc et un carquois en bandoulière.

Soudain, l'un d'eux encocha une flèche sur la corde de son instrument, leva les bras, et décocha un projectile en direction du ciel. Le trait siffla d'une étrange façon.

— Une flèche magique..., souffla Hata. Regardez ! Il y a quelque chose d'accroché à l'empenne...

— Mais oui ! haleta Takeda. *Une corde !*

Sigrid fronça les sourcils. Que cachait donc cette nouvelle manigance ?

La flèche poursuivait sa course sans faiblir. On avait l'impression qu'elle aurait pu voler ainsi sur des dizaines de kilomètres. Elle alla se ficher au sommet d'une colline avec une vibration sourde. Aussitôt, l'archer s'empara de la corde reliée à la flèche, et la fixa à un arbre, en prenant soin de la tendre au maximum.

— Il y a de la sorcellerie là-dessous, balbutia Hata, un tel prodige ne pourrait exister sans cela.

Sigrid retint sa respiration. Le filin reliant l'arbre au sommet de la colline s'étirait en travers de la plaine sur plus de deux kilomètres. Tout à coup, elle comprit ce qui se préparait.

— Mais oui ! s'exclama-t-elle. Bien sûr ! Ce sont des funambules. Ils vont se servir des cordes pour surveiller la lande. Ils vont se déplacer au-dessus de nos têtes et rien n'échappera à leur regard !

À peine avait-elle prononcé ces mots que l'archer s'engagea sur le filin tendu avec une remarquable assurance. Sans la moindre hésitation, il se mit à progresser dans les airs, s'élevant doucement au-dessus du sol.

— Regardez ! lança Hata. Ses amis font pareil !

Effectivement, les autres saltimbanques s'étaient mis à tirer des flèches aux quatre points cardinaux. Les projectiles s'entrecroisaient, traînant chacun une cordelette. Très vite, un réseau de câbles s'installa dans le ciel, surplombant la lande d'une vingtaine de mètres.

— On dirait une toile d'araignée, souffla Takeda.

— Une fois grimpés là-dessus ils n'auront aucun mal à nous repérer, grinça Sigrid. Nous ne pourrons nous cacher nulle part... Vous avez vu ? Ils ont conservé leurs arcs. À mon avis, ils comptent s'en servir pour nous neutraliser.

Les trois jeunes gens luttèrent contre la panique qui s'emparait d'eux. Dans le ciel, les silhouettes des ninjas funambules se rapprochaient dangereusement. L'aisance avec laquelle les assassins vêtus de noir se déplaçaient sans jamais perdre l'équilibre était prodigieuse.

— Nous sommes fichus ! grogna Takeda. Il n'y a aucun endroit où s'abriter sur cette satanée lande. Dès qu'ils nous auront repérés il leur sera facile de nous trouer la peau !

— Glissons-nous sous le ventre des chevaux ! lança Sigrid. Ces bêtes ne sont pas vraiment vivantes, la piqûre des flèches leur sera indifférente.

— Oui ! approuva Hata, bonne idée !

La jeune fille et les deux garçons se dépêchèrent de ramper entre les pattes de leurs curieuses montures. Au-dessus d'eux, les cordes jetées en travers du paysage vibraient mélodieusement sous les pas des ninjas funambules.

Sigrid ordonna à son « cheval » d'avancer et calqua ses mouvements sur le rythme de ses pas. Elle ne nourrissait aucune illusion : en voyant trotter ces trois cabales solitaires, les ninjas comprendraient vite le subterfuge. Elle espérait cependant que les animaux modelés par le mousse survivraient aux traits que ne manqueraient pas de leur décocher les assassins équilibristes.

La première flèche se ficha dans la croupe du cheval de Sigrid avec un bruit mat. La jeune fille tressaillit comme si la pointe du projectile s'enfonçait dans son propre corps. Elle fut soulagée de constater que sa monture ne semblait pas souffrir de cette blessure.

— Hé ! exulta Takeda. Ça fonctionne !

« Oui, pensa Sigrid, mais pour combien de temps ? »

À présent, les flèches se succédaient ; elles se plantaient dans l'échine des bêtes en vibrant. De temps à autre, l'une d'elles se faufilait entre les pattes raides des marionnettes de chair pour se ficher dans le sol, frôlant l'un des jeunes gens recroquevillés. C'étaient de longues flèches noires, à la hampe épaisse. Les plumes de l'empenne provenaient des ailes d'un corbeau. Elles étaient tirées avec tant de puissance qu'elles auraient sans difficulté traversé la cage thoracique de Sigrid.

Consciente du danger, la jeune fille essayait de conserver son sang-froid.

« Mon cheval a reçu tant de flèches qu'il a l'air d'un hérisson, se dit-elle. Toutes ces blessures risquent de l'affaiblir. Que ferai-je quand il s'effondrera ? »

Elle attendait avec impatience le moment où les carquois des archers seraient vides. Les ninjas devraient alors descendre les regarnir.

« Cela nous accordera un court répit, songea-t-elle. *À moins qu'il ne s'agisse de carquois magiques inépuisables ?* »

— Il faudrait trancher ces fichues cordes ! cria-t-elle à l'intention de Takeda.

— Avec quoi ? répliqua le garçon. Pourquoi n'utilises-tu pas ton harpon ?

— Parce que je ne pourrai toucher qu'un seul ninja, fit Sigrid. Pendant ce temps, les autres auront beau jeu de me prendre pour cible.

— Essayons de fabriquer des frondes..., proposa Hata. Il y a des morceaux d'os par terre, utilisons-les comme projectiles.

— J'ignore comment on se sert d'une fronde, avoua Sigrid.

— Moi je sais, fit Takeda. Le gosse a raison, ça peut marcher !

Les garçons se dépêchèrent de déchirer leurs guenilles pour confectionner des lance-pierres dans lesquels ils disposèrent les débris d'os récupérés sur le sol.

Dans les minutes qui suivirent, ils prirent l'un et l'autre d'énormes risques pour bombarder les funambules... sans toutefois réussir à toucher un seul d'entre eux.

Sigrid doutait de l'efficacité du procédé. Quelque chose lui soufflait que les danseurs de corde possédaient à tel point le sens de l'équilibre qu'ils auraient pu dormir perchés sur les filins en appui sur un pied, comme le font certains oiseaux. Non... il aurait mieux valu fabriquer un arc et l'utiliser pour leur réexpédier les flèches qui criblaient le dos des chevaux. Hélas ! pour réaliser une telle arme il aurait fallu disposer d'une branche bien souple, matériau introuvable dans cette partie de la lande où ne poussaient que des buissons de poils roses imitant la bruyère.

— Arrêtez ! cria la jeune fille. Ça ne marche pas et vous vous exposez trop. Ils auront bientôt épuisé leurs projectiles. Nous les attaquerons lorsqu'ils redescendront faire provision de flèches.

Sigrid serra les dents en attendant que les carquois soient enfin vides. Quand la dernière flèche fut tirée, elle sortit de dessous sa monture pour observer ce qui se passait. Les funambules vêtus de noir ne bougeaient plus. Immobiles sur leur fil, ils attendaient, les bras ballants.

« Bizarre, songea la jeune fille. On dirait des oiseaux perchés sur une ligne téléphonique. Qu'est-ce qu'ils fichent ? »

Se tournant vers Hata, elle lui ordonna d'expédier une pierre en direction du ninja le plus proche. Le mousse obéit. Cette fois, le débris de cartilage frappa le danseur de corde en plein front. L'archer perdit l'équilibre et bascula dans le vide. Il s'écrasa à trois mètres de Sigrid, les bras en croix, sans même pousser un gémissement.

— Bon sang ! s'exclama Takeda en se penchant sur le cadavre, regardez un peu ça ! *Ce ne sont pas de vrais hommes...*

— Tu as raison, approuva Hata. Il s'agit de pantins modelés avec de la chair et des morceaux de bois, comme nos chevaux.

— Leur durée de vie était limitée, fit pensivement Sigrid. Une fois épuisée l'énergie qui les animait, ils se sont immobilisés.

— Des pantins, répéta Takeda. Des pantins modelés par le montreur d'ombres...

— Voilà donc comment il s'entoure de serviteurs et de soldats, observa Sigrid. Il les fabrique à sa guise, et selon ses besoins.

Hata avait tiré son coutelas. D'un geste large, il fendit la poitrine du funambule. Aucun organe ne s'y cachait. La lame mit au jour un squelette de branchages retenus entre eux par des nœuds de ficelle jouant le rôle d'articulations.

— Facile pour lui de se constituer une armée ! grogna Takeda. Il n'a qu'à ramasser des bouts de bois et les recouvrir de pâte vivante. Deux ou trois formules magiques suffisent ensuite à inculquer une conduite à ces golems[1].

— *Cela signifie qu'il est tout seul*, fit Sigrid. Les baladins qui l'entourent sont des marionnettes fabriquées pour donner le change. C'est lui le gardien du cœur ! Il ne pouvait courir le risque de partager son secret avec d'autres, voilà pourquoi il se sert de pantins sans âme.

— Ils ne peuvent pas parler, compléta Takeda, par conséquent ils ne risquent pas de trahir le secret de la roulotte.

— Nous sommes sur la bonne piste, siffla Sigrid. Il faut à tout prix rattraper la carriole.

---

1. À l'origine : statues de boue qu'une formule magique suffisait à animer.

— Ce ne sera pas facile, observa le mousse. Si le vieux n'a qu'à se baisser pour fabriquer des soldats, il lui sera facile de s'entourer d'assassins !

— Je ne pense pas, répliqua la fille aux cheveux bleus. Confectionner de telles marionnettes doit demander du temps. À mon avis, il a dû conserver une demi-douzaine de gardes, pas davantage. Nous devrions pouvoir les vaincre.

— Comment cela ? s'enquit Takeda.

— Il suffit d'attendre qu'ils aient usé leur énergie et s'immobilisent, comme ça s'est passé ici.

— D'accord, fit le jeune homme. Le principe est bon, mais encore faut-il rester en vie ! Ces fichus funambules ont bien failli nous transpercer à dix reprises. Nous n'aurons pas toujours cette chance.

— J'ai une idée, fit Sigrid. Nous allons nous fabriquer des armures de chair.

— Quoi ?

— Mais oui, c'est simple. Nous prélèverons sur le sol des morceaux de chair rose dont nous nous envelopperons, comme s'il s'agissait d'une cuirasse.

— Oui ! Oui ! s'enthousiasma Hata. Je comprends. En cas d'attaque, les flèches se planteront dans l'armure de viande sans nous blesser.

— C'est ça, approuva Sigrid. Nous nous servirons de la chair du dragon comme d'un gilet pare-balles.

Takeda fit la grimace.

— Tu veux dire qu'on va s'empaqueter dans des morceaux de bifteck ? grogna-t-il. C'est répugnant !

— Je n'ai rien d'autre à te proposer, déclara calmement Sigrid. Rappelle-toi ce qui s'est passé dans la caverne. Nous avons utilisé la fièvre de la viande pour nous protéger du froid. Ce n'était guère ragoûtant, mais cela nous a sauvé la vie !

— Moi je trouve que c'est une idée géniale, s'exclama le mousse. On aurait dû y penser plus tôt.

Agenouillé sur le sol, il taillait déjà de grands lambeaux de chair rose pour confectionner les costumes imaginés par Sigrid.

La chair du dragon ne saignait pas. Elle ressemblait à de la pâte à modeler, une pâte à modeler gorgée d'électricité vitale qui frémissait sous les doigts tel un animal impatient de s'élancer au galop.

Le mousse s'empressa d'empaqueter la jeune fille dans une armure rosâtre qu'il pétrissait sur son corps, au fur et à mesure.

— C'est tellement épais que tu ne pourras plus bouger ! ricana Takeda. Tu as l'air d'un lutteur de sumo !

— Ce n'est pas un problème, répliqua Sigrid. L'armure va remuer à ma place. Elle va me porter comme le ferait un cheval. Il suffira que je lui imprime quelques mouvements de base, ensuite elle les répétera. Nos montures ne font pas autrement.

— Elle a raison, dit Hata. La viande du dragon est obéissante. Elle fait ce qu'on lui demande jusqu'à ce qu'elle meure, faute d'énergie.

Le mousse acheva son travail de modelage, laissant le visage de Sigrid à nu. La jeune fille avait l'impression d'être enterrée dans une boue tiédasse, ce n'était guère agréable mais le jeu en valait la chandelle.

— D'accord, capitula Takeda, j'accepte de me cacher au cœur de cet emplâtre, mais je persiste à trouver ça immonde.

Hata empaqueta le jeune homme, puis procéda à son propre enveloppement. Sigrid l'y aida du mieux possible mais ses mains, prisonnières des gros gants de chair, n'étaient guère habiles.

Quand ils furent tous revêtus de leurs costumes protecteurs, ils se mirent en marche. Sigrid constata qu'elle avait vu juste : elle esquissa une dizaine de pas, le temps d'apprendre au vêtement de viande les mouvements qu'elle attendait de lui, puis l'armure prit le relais, et elle n'eut qu'à se laisser porter. Ce n'était plus elle qui marchait, c'était le costume ! Elle aurait pu fermer les yeux et s'endormir sans que la cuirasse cesse pour autant d'avancer.

— Hé ! s'écria Hata, c'est magique !

C'était un bien curieux spectacle que de voir les trois jeunes gens se déplacer sur la lande. Enveloppés comme ils l'étaient, ils avaient à peu près l'apparence de gros baigneurs ayant oublié de passer un slip et cherchant vainement la plage la plus proche. Mais le stratagème imaginé par Sigrid fonctionnait plutôt bien. Les scaphandres de chair rose marchaient d'un bon pas sans que leurs occupants ressentent la moindre fatigue.

Au bout d'une heure de course, Hata poussa un cri :

— Hé ! j'aperçois la roulotte !

Sigrid plissa les paupières. À présent, elle distinguait

elle aussi la carriole du montreur d'ombres arrêtée en travers de la route.

Elle supposa que le vieillard avait été contraint de faire halte pour modeler de nouveaux animaux de trait. Ce contretemps lui avait fait perdre son avance.

— Il a l'air surpris, commenta Takeda. Il s'imaginait sans doute que ses funambules nous avaient expédiés dans l'autre monde !

Le vieil homme à la barbe nattée donnait en effet des signes d'agitation. Sigrid devina qu'il lançait des ordres à la hâte. La chanteuse au tambourin se tenait à ses côtés – sans doute s'agissait-il de sa petite-fille ? Les autres saltimbanques avaient empoigné leurs arcs et se mettaient en position de tir.

Sigrid jeta un coup d'œil aux alentours. La lande, désespérément plate, n'offrait aucun endroit où se cacher.

« Nous allons encaisser les coups de plein fouet, songea la jeune fille. J'espère que les cuirasses de viande rose rempliront leur office. »

Elle se contracta en voyant les baladins pointer leurs arcs vers elle.

— Protégez-vous le visage ! lança-t-elle aux garçons. Ils sont peut-être assez adroits pour nous loger une flèche dans l'œil, même à cette distance !

— Tournons-leur le dos ! proposa Takeda. Il n'y a qu'à attendre que les carquois soient vides...

Les trois amis se recroquevillèrent sur le sol. Sigrid se prépara avec angoisse au choc de la première flèche.

« Pourvu que l'armure soit assez épaisse, songea-t-elle. Si elle est trop molle, la pointe la traversera et se fichera dans mon corps. »

Bien qu'elle s'appliquât à dissimuler sa peur, elle n'en menait pas large. Malgré la distance, elle entendit vibrer les cordes des arcs et siffler les projectiles. Les traits chuintaient dans l'air avec un bruit de tissu déchiré. Pendant deux secondes, elle serra les mâchoires à s'en faire éclater les dents, puis elle reçut un coup de poing entre les omoplates... Elle gémit malgré elle, incapable de savoir si la pointe avait traversé. Au cours de sa formation militaire on lui avait appris qu'une blessure n'est pas suivie d'une douleur immédiate, et qu'il peut s'écouler parfois cinq secondes avant que les nerfs ne réagissent au traumatisme. Un nouveau choc fit vibrer son épaule droite, puis un autre, et encore un autre...

Les archers se déchaînaient. Elle jeta un bref coup d'œil à Takeda. Trois longues flèches noires étaient déjà fichées sur le trajet de son échine.

— Ça va ? lui demanda-t-elle, tu n'es pas blessé ?

— Je ne crois pas, souffla le jeune homme. Mais j'espère que ce petit jeu ne va pas durer trop longtemps, j'ai l'impression de me transformer en hérisson.

Sigrid partageait cet avis. À chaque nouvel impact elle s'attendait à sentir une pointe d'acier lui percer les côtes.

« Ça ne fonctionnera qu'un temps, se dit-elle. Lorsque l'armure aura épuisé son énergie, elle ne sera plus capable de durcir ses muscles, et les flèches la transperceront facilement. »

Elle roula sur le flanc pour observer ce qui se passait derrière elle. Arakuchi prenait la fuite ! Grimpé sur un cheval rose, sa petite-fille en croupe, il galopait vers la ligne d'horizon.

— Le lâche ! cria-t-elle. Il fiche le camp.

— Tant mieux ! répliqua Takeda, ça signifie que les ninjas vont tomber à court d'énergie. Dès qu'ils s'immobiliseront les flèches cesseront de pleuvoir.

— Essayons de rester en vie jusque-là, soupira la jeune fille.

Depuis une minute elle était inquiète car elle sentait la cuirasse s'amollir, comme si elle succombait à la fatigue.

« Elle a encaissé trop de blessures, diagnostiqua-t-elle. Elle s'affaiblit. Dans peu de temps elle sera aussi molle qu'un chewing-gum trop mâché et laissera les flèches la traverser de part en part. »

Heureusement, le tir des golems devenait moins précis, et beaucoup de traits rataient désormais leur cible. C'est avec une réelle satisfaction que Sigrid les voyait se ficher dans le sol. Les ninjas s'affaiblissaient, eux aussi. Dans un moment, ils ne seraient plus que des marionnettes inertes, vides d'énergie ; des épouvantails inoffensifs plantés sur la lande, les bras ballants.

Enfin, les tirs cessèrent.

Craignant une ruse, les jeunes gens restèrent immobiles une dizaine de minutes, puis rampèrent en direction de la roulotte. Les archers ne bougeaient plus. Certains avaient même lâché leur arc.

S'agissait-il d'une ruse ? Sigrid hésitait à se redresser. La carapace de chair s'amollissait de plus en plus, dans deux minutes elle se détacherait de ses épaules, tel un vêtement qui tombe en lambeaux.

— Allez, soupira-t-elle. On y va.

Les trois amis se relevèrent ensemble. Là-bas, près de la carriole, les ninjas restèrent sans réaction.

— C'est bon, fit Hata, je crois qu'ils ont épuisé leurs réserves, ce ne sont plus que des biftecks inoffensifs.

Sigrid se débarrassa de la cuirasse molle qui gênait ses mouvements. Elle eut l'impression de s'extraire d'une combinaison de plongée à moitié dissoute. À pas lents, elle s'approcha des archers. Leur visage rosâtre était dépourvu d'expression.

« Des têtes de poupée, se dit-elle. Nous aurions dû nous en rendre compte lorsque nous les avons rencontrés sur la montagne. Mais c'est vrai qu'il neigeait, et que les flocons réduisaient la visibilité à presque rien. »

Takeda, toujours prompt à fanfaronner, s'amusa à boxer les baladins inertes. Ses victimes s'effondrèrent.

— Au moins on n'a plus rien à craindre d'eux, déclara-t-il, satisfait.

Sigrid ne répondit pas. La roulotte la fascinait. Elle mourait d'envie de s'y introduire mais ne se décidait pas à pousser la porte de bois peinturlurée défendant les appartements du montreur d'ombres.

— Il s'agit d'être prudents, chuchota-t-elle. Le cœur du Grand Serpent est caché là-dedans. Le problème, c'est que nous ignorons quel aspect on lui a donné. Il faudra tout examiner et choisir sans traîner, car je pense que le maître des marionnettes est parti chercher de l'aide auprès du *daimyo* Takamura. Dans peu de temps il va revenir, à la tête d'un détachement de samouraïs, et nous serons fichus.

— Je n'avais pas pensé à ça, grommela Takeda, contrarié. Tu as raison, il convient de se dépêcher. Les *bushis* ne sont pas des golems, ils nous couperont la tête d'un revers de sabre, sans l'ombre d'une hésitation.

Sigrid escalada le petit marchepied qui permettait d'accéder à la porte et tourna la poignée. Elle n'avait aucune idée de ce qui l'attendait à l'intérieur. Allait-elle tomber foudroyée par un piège maléfique ?

Le battant grinça en s'ouvrant, dévoilant un invraisemblable capharnaüm. La roulotte était un grenier qu'encombraient des centaines d'objets hétéroclites. Il y avait de tout : des casques, des sabres, des masques démoniaques, des robes de soie colorée, des toiles peintes destinées à servir de décor pour les représentations, un dragon de papier et des dizaines de marionnettes accrochées au plafond.

— Par les dieux endormis ! haleta Takeda. Où se trouve le cœur dans tout ça ?

— Je ne sais pas, avoua Sigrid. Il faut chercher quelque chose qui bouge... Un objet en mouvement. Un métronome, une pendule...Tu vois le genre ? C'est un cœur, donc il bat ! Cela nous permet d'écarter d'emblée tous les trucs inertes.

— J'ai compris, souffla le jeune homme.

Pendant que le mousse se hissait sur le toit de la roulotte pour surveiller la route, Sigrid et son compagnon plongèrent les mains dans le monstrueux fouillis qui les entourait.

— Quelque chose qui bouge ! se répétait la fille aux cheveux bleus. Un cœur ne peut être immobile, sinon c'est qu'il est mort.

Elle fouillait avec fébrilité, sachant que le temps lui était compté. Arakuchi allait revenir d'une minute à l'autre, à la tête d'une dizaine de samouraïs, et tout serait joué.

En écartant la toile peinte d'un décor de théâtre, elle découvrit un bocal à l'intérieur duquel tournait un minuscule poisson rouge.

« Rouge comme un cœur... », se dit-elle aussitôt.

Alors qu'elle s'apprêtait à appeler Takeda, celui-ci la rejoignit, il tenait une bougie à la main. Une bougie au bout de laquelle vacillait une petite flamme rouge.

— Est-ce que ça ne serait pas ça ? demanda-t-il. D'habitude les flammes n'ont pas la couleur du sang.

Sigrid se mordit les lèvres. Il pouvait s'agir d'une bougie modelée dans une cire magique capable de durer dix mille ans. Elle symbolisait peut-être la vie du Grand Serpent. Une vie qui s'éteindrait avec cette flamme... Gagnée par l'affolement, elle jeta un dernier coup d'œil autour d'elle. À part la bougie et le poisson, aucun objet ne remuait d'une manière ou d'une autre.

— Je ne sais pas, avoua-t-elle. Emportons le bocal et le chandelier, nous verrons bien !

— Vite ! cria Hata depuis le toit de la roulotte. Je vois quelque chose à l'horizon. Un groupe de cavaliers au galop.

— Fichons le camp ! décida Takeda. Il faut dénicher un endroit où se cacher !

Les trois jeunes gens s'éloignèrent de la roulotte en courant. Sigrid serrait le bocal contre sa poitrine, Takeda essayait de protéger la bougie avec sa main afin que la flamme n'en soit pas soufflée par le vent.

— Où veux-tu que nous nous cachions ? se désespéra Sigrid. Cette lande est plus plate qu'une tôle ! Les samouraïs n'auront aucun mal à nous localiser.

— Pas sûr, fit Hata, il y a un moyen. Je vais inciser la peau du sol avec mon coutelas puis nous nous glisserons dans la blessure. La chair cicatrisera tout de suite au-dessus de nos têtes. Si nous prenons soin de respirer à petits coups, nous disposerons d'assez d'air pour attendre le départ des guerriers.

— Bonne idée ! s'enthousiasma Takeda. Dépêche-toi de creuser. Je n'ai pas envie de mourir pour avoir dérobé une bougie et un poisson rouge, ce serait là une fin ridicule pour un maître voleur !

Hata s'agenouilla, aussitôt imité par Sigrid. La peau de la lande ne résista pas aux lames aiguisées des couteaux de chasse. C'était comme de creuser dans de la glaise ; en cinq minutes, ils eurent dégagé une ouverture assez grande pour les accueillir tous les trois. Un bruit de galop grossit dans le lointain. Sigrid, Takeda et le mousse s'empressèrent de se recroqueviller dans la fosse avec les trésors dérobés dans la roulotte. Hata rabattit la peau de la plaine sur leurs têtes, comme on tire une couverture.

— Voilà, chuchota-t-il, dans deux minutes ce sera

cicatrisé. Les samouraïs n'y verront que du feu. Sigrid ne dit rien. La flamme de la bougie scintillait entre les mains de Takeda.

« Si nous restons là trop longtemps elle mangera vite tout notre oxygène... », songea-t-elle avec angoisse.

25

L'auberge aux grandes dents

Bientôt, les trois amis perçurent les vibrations provoquées par les pattes des chevaux. Les samouraïs arpentaient la lande, à la recherche des fuyards, donnant de temps à autre de grands coups de sabre dans les buissons. Les ordres du montreur d'ombres leur parvenaient, assourdis par l'épaisseur du sol.

— Trouvez-les ! hurla Arakuchi, et tranchez-leur la tête. C'est la volonté du *daimyo* Takamura Heyassu.

Sigrid sentit Hata frissonner contre elle. Ainsi, ils étaient devenus des hors-la-loi...

La jeune fille transpirait. À l'intérieur de la poche de chair l'air commençait à manquer. Curieusement, la flamme rouge de la bougie magique ne donnait aucun signe de faiblesse.

« Normal, songea Sigrid, si elle représente le cœur du dragon, elle doit être capable de brûler dans les pires conditions, sinon la vie du Grand Serpent serait constamment en danger. »

Les minutes s'ajoutaient aux minutes sans que les guerriers fassent mine de renoncer. Sigrid tremblait à l'idée qu'un « cheval » pose la patte en plein sur la cachette... et tombe dans la fosse ! Si cela arrivait, ils seraient immédiatement découverts.

Takeda et le mousse retenaient leur respiration. Ils faisaient tous deux preuve de courage et résistaient à l'affolement. Sigrid s'estima heureuse de les avoir pour compagnons d'aventures.

Soudain, alors qu'ils s'efforçaient de prendre leur mal en patience, un bouillonnement se produisit entre leurs pieds et une tête émergea du sol.

« Un singe rose ! s'étonna la jeune fille. Par les dieux endormis, je les avais oubliés ceux-là ! Pourvu qu'ils ne se mettent pas dans l'idée de provoquer une catastrophe. »

Déjà, Takeda avait tiré son coutelas et s'apprêtait à frapper.

La créature dégagea ses épaules, puis ses bras. Elle ne semblait pas animée de mauvaises intentions.

— Bonjour, dit-elle, je suis le sergent Makinaalamanzuvaapaa, du corps des agents d'infection galactique. Nous avons suivi vos démêlés avec les ninjas. Je pense que nous poursuivons le même but : détruire le Grand Serpent ; j'ai donc décidé de ne pas vous mettre de bâtons dans les roues. Qu'avez-vous trouvé à l'intérieur de la roulotte ?

Sigrid lui fit signe de se taire. Elle craignait que les murmures sifflants du singe ne résonnent sur la lande, à travers la peau du sol.

— Ne soyez pas si peureux, ricana le sergent. Les samouraïs s'éloignent. Ils sont d'assez mauvaise humeur et distribuent des coups de sabre en tous sens. Mes hommes les surveillent, ils me signaleront quand le danger sera passé. En attendant, parlez-moi de vos trouvailles.

Sigrid hésita. Elle se méfiait des singes. Elle n'ignorait pas que leur intention était de tuer le Grand Serpent sans s'occuper des humains prisonniers de son ventre. Ces soldats faisaient partie d'un commando suicide, ils ne s'embarrassaient pas de considérations humanitaires.

La jeune fille saisit son harpon et le pointa sur la poitrine de la créature.

— Ne t'avise pas d'éteindre cette bougie ou de tuer ce poisson, lança-t-elle d'un ton menaçant, ou je te cloue au mur.

Le singe considéra le bocal et la petite flamme rouge avec amusement.

— Ça ne risque pas, ricana-t-il. À mon avis, vous vous êtes trompés ; le cœur du Grand Serpent ne peut pas être caché à l'intérieur de ces objets. Ce ne sont que des babioles de foire, des tours de magie élémentaires destinés à stupéfier les paysans, rien de plus.

— Tu mens, siffla la jeune fille.

— Pas du tout, fit le singe. La flamme de cette bougie brûle probablement sous l'eau, ou une idiotie de ce type. Quant au poisson, je suppose qu'il vole dans les airs quand on le sort de son bocal. Des sottises, te dis-je ! Le cœur du dragon a forcément une apparence plus imposante.

— Pas d'accord, murmura Sigrid. Le Grand Serpent est malin. Plus malin que toi en tout cas.

Le singe haussa les épaules et s'enfonça dans le sol comme s'il avait déjà perdu trop de temps en compagnie de ces amateurs.

— Qu'en penses-tu ? s'enquit Takeda. Tu crois qu'il pourrait avoir raison ?

— Je ne sais pas, avoua la jeune fille. Il n'y avait rien d'autre dans la roulotte. Je continue à penser que le dragon a choisi de donner à son cœur l'aspect d'un objet dérisoire qui n'attire pas l'attention.

— Nous en discuterons plus tard, intervint Hata, il serait temps de sortir de ce trou avant de manquer d'air. Je commence à me sentir mal.

Levant son couteau, il découpa la peau de la plaine au-dessus de sa tête. L'air frais s'engouffra dans la cachette.

— Les samouraïs sont partis, annonça le mousse. Le stratagème était bon, il ne faudra pas hésiter à y recourir quand nous nous retrouverons de nouveau en difficulté.

Ils sortirent de la fosse l'un après l'autre en prenant soin de ne pas renverser le bocal.

— Et maintenant, que fait-on ? grogna Takeda.

— Si nous sommes réellement en possession du cœur du dragon, nous avons désormais tout pouvoir sur lui, dit Sigrid. Il devrait nous obéir comme un chien de cirque.

— Parfait ! s'exclama le jeune homme, demande-lui donc où il cache ses trésors ! Je ne suis pas venu ici pour sauver le monde mais pour devenir riche...

Sigrid leva les yeux vers la voûte qui tenait lieu de ciel. Elle était embarrassée car elle n'avait aucune idée sur la manière d'entrer en contact avec le Grand Serpent. Comment fallait-il lui parler ? Voyait-il tout ? Entendait-il tout ? Ou bien fallait-il se rendre dans un temple pour solliciter une entrevue ? La présence d'un prêtre était-elle nécessaire ?

« Le *daimyo* Takamura et le montreur d'ombres doivent savoir ça, songea-t-elle, mais je ne pense pas qu'on puisse leur demander le mode d'emploi ! »

En désespoir de cause, elle leva le poing vers le « ciel » et cria :

— Je m'adresse à toi, Grand Serpent. Je veux que tu saches que nous tenons ton cœur entre nos mains. Je t'ordonne d'aborder au rivage de l'île la plus proche et d'ouvrir la gueule pour libérer tes prisonniers. Tu ne peux pas continuer à ravager cette planète, tu dois le comprendre. Si tu refuses d'obéir, nous ferons cuire le poisson sur la flamme de la bougie, puis nous éteindrons celle-ci... *et tu mourras !* M'entends-tu ? Il est temps de parvenir à un accord.

Elle se tut, la gorge enrouée. Takeda et Hata regardaient le ciel, dans l'attente d'un prodige, mais rien ne se passa.

— Ça n'a pas l'air de beaucoup l'inquiéter, observa le jeune homme au visage de renard. Je vais finir par penser que le singe rose disait vrai. Nous n'avons volé que des babioles dépourvues d'intérêt.

— Attendons, souffla Sigrid. Le dragon est rusé. Il ne s'affolera pas à la première menace. Il va faire semblant de prendre notre ultimatum à la légère pour essayer de nous convaincre que nous ne disposons d'aucun moyen de pression sur lui. Sans doute espère-t-il que nous abandonnerons le bocal et la bougie derrière nous.

— Hum, hum..., fit Takeda, dubitatif.

Sigrid avait peine à masquer sa déconvenue. Elle avait espéré un résultat rapide et éclatant ; manifestement, la situation était en train de lui échapper.

Tout à coup, la tête du singe rose émergea de nouveau du sol.

— Au lieu de perdre votre temps vous feriez mieux de descendre vers le sud, ricana-t-il. En manière de représailles, le *daimyo* Takamura a décidé de jeter les gens de votre village en pâture au Grand Serpent.

— Quoi ? s'écria la jeune fille. Il va les jeter dans le volcan qui sert d'estomac au dragon ?

Le singe pouffa de rire.

— Il n'y a pas de volcan, lança-t-il, Arakuchi s'est payé votre tête. L'estomac du dragon est camouflé, comme son cœur. C'est normal, sinon les gens se méfieraient.

— Camouflé ? répéta Sigrid. Tu veux dire qu'il a l'apparence d'une chose anodine...

— Exactement, consentit à expliquer la créature enfouie dans la terre et dont la tête s'agitait au beau milieu de la route. Les choses se déroulent toujours de la même façon : les gardes vont conduire tes amis dans une grande bâtisse aux murs constitués d'os et de chair. Au premier abord, ils auront l'illusion de s'installer dans un palais, et ils en seront très flattés. Ce qu'ils ignorent, c'est qu'on surnomme ce château « l'auberge aux grandes dents ».

— Ho, ho ! grogna Takeda, je n'aime pas ça.

— Et tu as raison, l'ami ! s'esclaffa le chimpanzé. Ce château d'os est en fait un estomac déguisé. La nuit, les chambres digèrent les invités qui ont commis l'erreur de s'endormir. Le Grand Serpent possède des dizaines d'auberges de ce genre à travers tout le pays, elles lui servent à piéger les voyageurs naïfs. Tout y est très luxueux et on y trouve des victuailles en abondance – ce qui fait que les naufragés s'empressent de se gaver.

— Mais le vin est drogué, compléta Sigrid. Et ils finissent par basculer dans le sommeil...

— Oui, confirma la créature, alors la maison les mange. Si on ne veut pas servir de nourriture à la bête, mieux vaut éviter les auberges et les manoirs où l'on vous fait bon accueil.

— Tu dis que les villageois de l'île d'Amoto sont sur

le point d'être conduits dans l'une de ces bâtisses ? s'impatienta Sigrid.

— Oui, fit le singe. Si vous partez maintenant, vous aurez une chance d'arriver là-bas avant qu'ils ne s'endorment. Vous aurez peut-être du mal à les convaincre de la réalité du danger car les « auberges » du dragon n'ont, apparemment, rien de menaçant, bien au contraire.

Après avoir indiqué la route à suivre, le singe rose s'enfonça dans le sol et reprit sa reptation dans les profondeurs du Grand Serpent.

— Tu crois qu'il faut aller là-bas ? fit Takeda. Après tout, ces gens ont essayé de nous tuer, rappelle-toi : Noburu, le chef de village, avait mis nos têtes à prix ; quant à Anato, la fille à qui tu as coupé les doigts, elle ne rêvait que de t'arracher les yeux. Sans oublier Haha, ta mère adoptive, qui t'a reniée. À mon avis, il serait plus sage de les laisser se débrouiller. Si l'auberge aux grandes dents les digère, ce sera bien fait pour eux !

— Non, protesta Sigrid. Même s'ils n'ont pas été très sympas avec nous, on ne peut pas les abandonner à un pareil sort. Il faut les prévenir du danger qui les menace.

*

Ils marchèrent presque une journée dans la direction indiquée par le singe. Alors que leurs « chevaux » donnaient des signes d'épuisement, ils distinguèrent enfin une construction sur la plaine. Une inscription, sur la barre transversale d'un portique de bois, annonçait :

Palais du repos mérité

Derrière, s'étendait un jardin encombré de buissons rosâtres poussant n'importe comment. La « maison », quant à elle, était des plus curieuses et se donnait beaucoup de mal pour dissimuler son origine organique sous un amoncellement de sculptures en os et en cartilage. Il en montait des rires et des chants.

— Ils sont déjà ivres, grommela Takeda. On ne devrait pas entrer là-dedans, c'est trop dangereux.

Sigrid mit pied à terre sans répondre. L'endroit n'était même pas gardé, sa méfiance s'en trouva renforcée.

« C'est peut-être un piège du *daimyo* Takamura, se dit-elle. Une ruse pour nous attirer ici. Dans une minute ses soldats vont nous encercler pour exiger la restitution de la bougie magique et du poisson rouge. »

Malgré tout, elle devait prévenir les villageois d'Amoto du danger qui les menaçait. Après avoir dissimulé le chandelier et le bocal dans le jardin, elle grimpa lentement les marches d'os menant au Palais du repos mérité. Takeda et le mousse la suivirent en maugréant. L'intérieur était somptueux. Colonnes, statues, décorations, tout concourait à faire croire qu'on se trouvait dans une riche demeure. Il fallait y regarder de près pour s'apercevoir que parois et tentures étaient faites de chair vivante.

— Je suppose que ces sculptures sont en réalité des dents camouflées, murmura Takeda. Elles réduisent les convives en bouillie quand la maison décide de mâchouiller ses invités.

Sigrid leva la tête. Les statues – *curieusement pointues !* – s'élevaient du sol et pendaient du plafond telles des stalagmites et des stalactites dans une caverne.

— Tu pourrais bien avoir raison, fit-elle en effleurant un personnage d'ivoire coiffé d'un casque conique, et dont l'allure générale évoquait celle d'une gigantesque canine !

Depuis un moment, ses idées s'embrouillaient. Elle se demanda si les poudres odoriférantes grésillant au creux des brûle-parfums n'en étaient pas la cause.

— Je crois qu'on essaye de nous endormir, dit-elle à ses compagnons. Si nous ne sortons pas d'ici, nous oublierons bientôt ce que nous sommes venus y faire.

Déjà, Hata dodelinait de la tête, un sourire béat en travers du visage.

Sigrid s'ébroua. Son cerveau s'engourdissait. Elle avait envie de se laisser aller, de tout oublier, de se mêler à la fête et de ne plus penser à rien. Çà et là, des fontaines d'ivoire distribuaient du vin en un jaillissement ininterrompu. Les convives se bousculaient pour y remplir leurs coupes. La jeune fille reconnut Noburu.

L'ancien chef de village était affublé d'un invraisemblable kimono de cérémonie chamarré d'or et titubait, la face enluminée par l'ivresse. Sigrid le saisit par le bras et lui expliqua qu'ils devaient tous évacuer le Palais sans attendre, mais l'homme se dégagea d'une bourrade.

— Fiche-moi la paix ! gronda-t-il. Ne t'avise pas de gâcher la fête. C'est le *daimyo* Takamura lui-même qui nous a expédiés ici pour nous récompenser d'avoir mené le troupeau de vaches rouges dans les montagnes. Toi, tu nous as abandonnés en cours de route pour t'approprier je ne sais quel trésor interdit... Nous avons dû nous débrouiller seuls. Alors va-t'en ! ces réjouissances ne te sont pas destinées !

Il titubait en bafouillant. Quand Sigrid voulut le raisonner, il menaça de lui fendre le crâne avec sa coupe. La jeune fille dut renoncer. Elle visita rapidement les chambres attenantes. Elle y trouva le capitaine Hokukaï et les matelots de *La Pieuvre bleue*, tous fort avancés sur le chemin de l'ivresse. Ils la repoussèrent pareillement, lui reprochant de les avoir laissés tomber lors de la traversée de la montagne.

Dans la dernière salle, elle découvrit Anato et Haha, sa mère adoptive, occupées à se gaver de confiseries hallucinogènes. La vieille femme et la jeune fille aux doigts coupés riaient comme des gamines, d'un rire strident qui semblait ne devoir jamais finir.

— Va-t'en ! lui cria Haha. Je t'ai reniée. Tu n'es plus ma fille ! Anato s'occupe bien mieux de moi. Elle a raison : jamais je n'aurais dû adopter une étrangère aux cheveux bleus !

Sigrid eut beau s'acharner à leur expliquer ce qui allait se passer dès qu'elles auraient sombré dans le sommeil, elles continuèrent à l'accabler d'insultes et de moqueries.

— Ça ne sert à rien, intervint Takeda. Ces gens sont abrutis par le vin drogué et la fumée hypnotique des brûle-parfums. Dans un moment ils vont s'endormir et la maison les mangera. Il va nous arriver la même chose si nous ne sortons pas d'ici. Je sens mes paupières se fermer.

— Moi aussi, gémit Hata. Et puis je meurs de faim. Je n'ai qu'une envie : piocher dans ces victuailles et me remplir la panse.

Sigrid s'adossa à une colonne car ses jambes ne la soutenaient plus. Une bienheureuse langueur s'emparait d'elle et, pour un peu, elle se serait elle aussi couchée sur un sofa de soie, comme Anato et Haha pour se gaver de pâtes d'amandes et de gâteaux de riz.

Takeda l'empoigna par l'épaule et la tira vers la sortie. Au fur et à mesure qu'ils avançaient, les odeurs du banquet se faisaient plus alléchantes. Les vapeurs montant des fontaines de vin leur tournaient la tête. Hata s'était mis à picorer dans les plats.

— Hum... comme c'est bon ! balbutia-t-il, la bouche pleine.

Sigrid l'enviait, elle faillit repousser Takeda pour courir, elle aussi, vers la table chargée de nourriture. Elle se contraignit à fixer son attention sur les sculptures d'ivoire en forme de crocs.

« N'oublie pas que nous sommes dans une gueule, se dit-elle. Une gueule déguisée en palais. Quand tout le monde aura basculé dans la torpeur, le plafond s'abaissera en direction du plancher, comme une mâchoire, pour écraser les dormeurs, puis les sucs digestifs commenceront à ruisseler des murs, pour dissoudre les corps mis en pièces... »

Oui, c'est ainsi que les choses allaient se passer, et ils devaient quitter ce piège au plus vite.

Les trois jeunes gens roulèrent sur les marches du Palais. L'air frais leur fit du bien. Derrière eux, dans les profondeurs de la bâtisse, les rires s'espaçaient.

— Ils sont en train de s'endormir..., murmura Sigrid. On ne peut pas les laisser là. Il faut retourner les chercher.

— Ils refuseront de nous suivre, objecta Takeda.

— Nous les emmènerons de force, décida la jeune fille. Dans dix minutes ils ne seront plus en état de résister.

Et, sans s'occuper de ses compagnons, elle escalada les marches d'os pour se rapprocher de l'entrée afin d'observer ce qui se passait dans le Palais. Il faudrait faire vite, c'était certain, car, dès le dernier convive assoupi, la bâtisse sortirait de son immobilité trompeuse pour remplir sa mission d'estomac affamé.

Noburu roula sur le sol, laissant échapper sa coupe. Hokukaï et le cuisinier ronflaient, effondrés en travers de la table.

Sigrid bondit, saisissant le chef de village par les pieds, elle le tira au-dehors. Voyant qu'elle s'obstinait dans sa folie, Takeda et le mousse vinrent lui prêter main-forte.

Transporter les fêtards un à un ne fut pas une mince

affaire. Certains se débattaient, d'autres pesaient affreusement lourd. À peine arrivés au seuil du Palais, les trois compagnons se contentaient de les abandonner au sommet de l'escalier. La plupart roulaient sur les marches sans même s'éveiller.

— Bon sang ! hurla tout à coup Takeda. Regardez le plafond, *il bouge !*

— C'est vrai ! cria Hata. Il est en train de descendre... il se rapproche du sol pour déchiqueter les dormeurs !

Sigrid leva les yeux et frissonna. La salle était en train de rapetisser. Dans un instant les crocs déguisés en statues d'ivoire allaient remplir leur mission de mastication. Déjà, les « tentures » se couvraient d'humidité.

« De la salive ! songea Sigrid. L'eau est en train de lui venir à la bouche. »

Mais elle devait encore récupérer Haha et Anato, dans la salle du fond, la plus éloignée... Elle se demanda si elle y parviendrait. Elle osait à peine regarder en direction des dents qui se rapprochaient doucement du sol. Dans trois minutes la jonction se ferait, et tout ce qui aurait le malheur de se trouver pris dans l'étau des mâchoires serait broyé.

Haha dormait, mais Anato se débattit, griffant comme une chatte en colère. Elle s'accrochait aux pieds des meubles pour résister à ses sauveteurs. Takeda dut l'assommer d'un coup de poing afin de la charger sur son dos.

— On dégage, cria-t-il d'une voix déformée par

l'angoisse. C'est fini, on ne peut plus rien pour les autres.

Il avait raison, les sculptures du plafond frôlaient désormais la tête de Sigrid. La salive moussait sur le sol. Ils s'élancèrent vers la sortie tandis que le Palais continuait à rétrécir. L'entrée du bâtiment diminuait à vue d'œil. Sigrid dut se courber pour éviter les dents d'ivoire de la voûte qui n'étaient plus qu'à 1,50 m du plancher. Elle dérapa dans la salive gluante, perdit l'équilibre, et continua sa course à quatre pattes.

Jusqu'à la dernière seconde elle crut qu'elle n'atteindrait pas l'escalier. Quand elle se glissa dans l'ouverture, les crocs lui griffèrent les omoplates. Takeda, Hata et les deux femmes assoupies roulèrent sur les marches tandis que le Palais se refermait avec un bruit sourd. Sigrid se retourna. Le plafond ne formait plus qu'un avec le plancher. Les deux mâchoires du Palais du repos mérité s'étaient étroitement soudées, comme celles d'un crocodile.

— S'en est fallu d'un cheveu..., haleta Takeda toujours vautré dans la poussière, au bas de l'escalier monumental.

Sigrid ne répondit pas.

Une bonne centaine de samouraïs encerclaient le jardin, le sabre à la main. À leur tête se tenaient le *daimyo* Takamura Heyassu, *shôgun* des *shôguns*, et Arakuchi, le montreur d'ombres.

[illegible] tait toujours [illegible] croupe la pet[illegible] fille au tambourin.

— P[illegible]-vous à mourir [illegible] annonça le *daimyo*. Vous avez co[illegible] pour abattre la [illegible]issance du Grand Ser-[illegible]

26

Le combat final

— Tu m'as trahi, toi, la fille aux cheveux bleus, cria Takamura en apercevant Sigrid. Je suis déçu, j'avais de grands projets en ce qui te concerne, mais tu as préféré prendre le parti des vers de terre.

— Je vous avais dit qu'elle ne pourrait s'empêcher de venir secourir ces paysans ! ricana Arakuchi qui portait toujours en croupe la petite fille au tambourin.

— Préparez-vous à mourir, annonça le *daimyo*. Vous avez comploté pour abattre la puissance du Grand Serpent, je ne puis tolérer cela.

— Nous avons la chandelle magique et le poisson rouge, cria Sigrid, jouant son va-tout. Si vous tentez quoi que ce soit contre nous, je détruirai ces objets magiques, et le dragon mourra à la seconde même.

Le maître des marionnettes éclata d'un rire sifflant. Il se contorsionnait tellement sur son cheval qu'il paraissait près de vider les étriers.

— La chandelle..., hoqueta-t-il. Le poisson... Pauvre idiote ! Ce sont des accessoires de saltimbanques, du matériel de prestidigitation ; tu peux les réduire en miettes si cela te chante. La santé du dragon n'en sera nullement affectée.

Sigrid se demanda s'il bluffait. Ses certitudes s'effritaient.

« Si nous ne disposons d'aucune monnaie d'échange nous sommes fichus », songea-t-elle.

Elle ordonna à ses compagnons de réveiller les villageois et de leur dire de se tenir prêts au combat. Elle ne se faisait pas d'illusion sur l'issue de l'affrontement, mais elle tenait à combattre jusqu'au bout. Sous les coups de pied de Takeda les fêtards sortirent de l'engourdissement. Le capitaine Hokukaï et ses matelots furent les premiers à prendre conscience de ce qui se passait. Ils brandirent leurs coutelas sans hésiter. Il y avait du pirate en chacun d'eux, et une belle bataille ne leur faisait pas peur. Noburu et les gens du village se montrèrent moins enthousiastes. Il fallut les secouer pour les amener à empoigner les bambous de la palissade et s'en faire des épieux. Assise sur les marches d'os du palais cannibale, la vieille Haha se lamentait en s'arrachant les cheveux.

— Ainsi c'est la fin, grommela Hokukaï en se rapprochant de Sigrid. Qu'importe, ç'aura été une belle aventure. Mieux vaut mourir les armes à la main que digérés dans l'estomac d'un dragon !

La jeune fille empoigna son harpon. Takeda et Hata se placèrent à ses côtés.

— Dommage que ça finisse ainsi, lui souffla le jeune homme au visage de renard. Tu avais du cran, pour une fille... J'envisageais presque de t'épouser et de faire de toi une bonne voleuse.

— C'est très gentil de ta part, fit Sigrid avec un petit rire, mais je crois que ça n'aurait pas marché.

— Hum, grogna Takeda. C'est vrai que tu es indisciplinée et que tu ne respectes pas assez l'autorité masculine, mais je ne désespérais pas de t'éduquer.

Ils essayaient tous les deux de sourire pour oublier qu'ils s'étaient affrontés bien des fois au cours des semaines passées. Aujourd'hui tout cela n'avait plus d'importance puisqu'ils seraient morts dans dix minutes.

Dans un élan, Sigrid attira Takeda et Hata contre elle. Le mousse pleurait silencieusement.

— Je regrette, leur dit-elle. Nous avons échoué...

— Tant pis, sanglota Hata, essayons au moins de mourir dignement. De toute façon, c'est un honneur pour moi de périr en combattant à tes côtés.

Les trois jeunes gens s'étreignirent puis se séparèrent pour reprendre leurs armes. Là-bas, à la lisière du jardin, les samouraïs se préparaient à l'assaut.

— Donnons-leur du fil à retordre ! cria Takeda en levant son couteau. Puisqu'il est maintenant évident que je ne deviendrai pas riche, je me contenterai de mourir en héros !

Soudain, alors que les « chevaux » des guerriers s'élançaient, un bouillonnement se fit au niveau du sol. D'un seul coup, dix, vingt, trente faces simiesques jaillirent de la terre, dessinant un cordon autour de l'auberge aux grandes dents.

— Les singes roses ! haleta Sigrid qui n'en revenait pas.

L'une des créatures se tourna vers elle pour lancer :

— Sergent Makinaalamanzuvaapaa, du corps des agents d'infection galactique du royaume de Naarpaal au rapport ! Mon commando suicide est prêt à mourir avec vous, chère amie. Nous commencerons quand vous voudrez.

— Merci de votre aide, balbutia la jeune fille, mal remise de sa stupeur.

— De rien, dit le sergent. Nous ne faisons qu'accomplir notre mission. Détruire le *daimyo* contribuera à affaiblir le Grand Serpent, c'est tout ce qui importe.

Une centaine de singes roses entouraient maintenant le Palais. La plupart d'entre eux demeuraient à demi enfoncés dans le sol, tels des nageurs qui ne se décideraient pas à sortir de l'eau. Ils restaient fidèles à leur vieille technique de combat qui consistait à plonger sous la terre pour attaquer leurs ennemis par en dessous.

Ce renfort inattendu désarçonna Takamura et le montreur d'ombres. Pendant une minute tout le monde retint son souffle et l'on n'entendit plus que le son rythmé du tambourin dans les mains de la petite fille. Puis le *daimyo* poussa un long cri de guerre, et ce fut la ruée.

Les singes roses se jetèrent en avant, les crocs découverts. Agents d'infection, ils mordaient leurs adversaires pour leur inoculer les virus mortels dont ils étaient remplis. Tels des cobras, ils jaillissaient du sol sous les « chevaux », les renversant d'un coup d'épaule, puis se jetaient sur les samouraïs, essayant de localiser le défaut de la cuirasse pour y planter les dents.

Sigrid et ses amis, qui ne voulaient pas être en reste, s'élancèrent à leur tour, constituant la deuxième vague d'assaut. Hokukaï et ses matelots firent merveille, mais Noburu resta frileusement tapi dans l'enceinte du Palais sous prétexte d'assurer la sécurité des villageois d'Amoto.

Ce fut une bataille terrible, car les *bushis* de Takamura savaient manier le sabre à la perfection, et les têtes des singes roses volaient dans les airs, les dents encore luisantes de venin.

Les samouraïs mordus rendaient l'âme presque immédiatement. Leur visage se convulsait, devenait bleu, leurs mains s'ouvraient, laissant choir les terribles *katanas*[1] à la lame tachée de sang.

La bataille devenait confuse. Tout à coup, un singe jaillit de terre sous le « cheval » du montreur d'ombres, le renversant d'un formidable coup d'épaule. Le vieil

1. Sabres.

homme vida les étriers, suivi de la petite fille qu'il avait jusque-là portée en croupe. La gamine lâcha le tambourin, qu'elle n'avait jamais cessé d'agiter, et s'abattit dans la mêlée. Sigrid écarquilla les yeux. *Sur le sol, le tambourin continuait à battre la mesure alors que personne ne le secouait plus...*

« Mais oui, bien sûr ! se dit la harponneuse dans un éclair de lucidité. Je me suis trompée depuis le début. Ce n'est pas la gosse qui agitait le tambourin, c'est le tambourin qui secouait la fillette ! »

Elle voulut faire part de sa découverte à Takeda, mais le chaos de la bataille l'avait éloigné d'elle.

« Je viens enfin de trouver le cœur du dragon, songea-t-elle avec un frisson. Il correspond tout à fait à l'idée que je m'en faisais : un objet dérisoire parcouru d'un mouvement continu. »

S'ouvrant un chemin au milieu des guerriers, elle se rapprocha de la fillette qui gisait sur le sol. Il ne lui fallut pas longtemps pour comprendre qu'il s'agissait d'une marionnette fabriquée à partir de la chair rose du sol. Un pantin joliment modelé sur une armature de bois. Elle n'avait aucun lien de parenté avec le montreur d'ombres, ce n'était qu'un leurre accroché au tambourin. On croyait qu'elle agitait le petit tambour en cadence alors que c'était exactement le contraire !

Sigrid s'en détourna. Elle aperçut le vieillard qui rampait en direction de l'objet magique pour s'en saisir. Elle le dépassa en trois enjambées et ramassa le tambourin. Un étrange courant électrique la traversa tout entière mais elle ne lâcha pas prise. Il ne s'agissait pas d'un banal instrument de percussion, la palpitation énorme qui faisait vibrer sa surface suffisait à le prouver. Sigrid dut contracter les muscles du bras pour le dompter. *Il essayait de lui échapper...*

Elle assura sa prise et pensa, de toute la puissance mentale dont elle était capable :

« Si tu ne capitules pas, je te crève avec la pointe de ce harpon... Choisis ! »

Aussitôt, les soubresauts de l'objet maléfique diminuèrent pour reprendre la dimension d'une palpitation régulière évoquant celle... d'un cœur !

Sigrid leva le tambourin au-dessus de sa tête et hurla :

— Ça suffit ! Arrêtez ! Je tiens le cœur du dragon en mon pouvoir ! Si vous ne déposez pas les armes, je le déchire et nous mourrons tous !

La *daimyo* devint blême. Arakuchi se recroquevilla entre les pattes des « chevaux » en sanglotant.

Takamura Heyassu, le *shôgun* des *shôguns*, jeta un ordre bref, et les guerriers posèrent leurs sabres à terre. On n'entendait plus que les halètements des hommes et des singes couverts de sueur et de sang.

— C'est fini, répéta Sigrid en assurant sa prise sur le tambourin. J'ai le pouvoir absolu. À partir d'aujourd'hui, c'est à moi que tu devras obéir, Takamura.

Takeda, Hata, Hokukaï et le cuisinier borgne avaient fait cercle autour de la jeune harponneuse pour la protéger des singes roses qui lorgnaient avec jalousie sur le tambourin. Pendant trente secondes, l'issue de la bataille parut indécise et Sigrid crut que les agents d'infection allaient se jeter sur elle pour lui arracher l'objet magique des mains.

— Tu peux retourner dans ton château, Takamura, cria-t-elle. Je te tiendrai au courant de mes décisions. Je t'interdis de continuer à exercer ta tyrannie sur les naufragés que tu fais travailler comme des esclaves. Libère-les tous... et attends mes ordres.

Blanc de rage, le *daimyo* éperonna son « cheval » et s'éloigna, suivi de ses guerriers.

Sigrid et ses amis prirent alors conscience que les singes roses les avaient encerclés.

27

Le pacte

— Tout cela est très bien, dit le sergent Makinaalamanzuvaapaa, chef du commando suicide des agents d'infection du royaume de Naarpaal ; mais que comptes-tu faire *réellement* ? J'espère que tu n'as pas l'intention de prendre le pouvoir à la place de Takamura.

— Bien sûr que non, fit Sigrid en haussant les épaules. Je te demanderai seulement d'être patient. Je vais ordonner au Grand Serpent d'aborder au rivage de la première île venue et de libérer ses prisonniers. Ensuite, je te donnerai le tambourin, et tu en useras à ta convenance. Je suppose que tu t'empresseras de tuer le dragon...

— Bien sûr, fit le sergent. C'est là ma mission. Grâce

à toi nous savons que notre manière de combattre n'était pas la bonne. Nous en informerons nos chefs. Désormais, nos agents chercheront à localiser le cœur des Serpents, cela devrait permettre de mettre fin aux catastrophes causées par ces nuisibles.

— Je le pense aussi, dit Sigrid en espérant que le singe respecterait sa parole.

*

Cette fois, le Grand Serpent se retrouva contraint d'obéir. Sigrid lui ordonna de prendre le chemin d'Ikenawa. C'était, à son avis, une île relativement accueillante en dépit de sa forêt carbonisée. Elle disposait d'une source et de nombreuses mares d'eau potable – ce qui n'était pas le cas des autres atolls. En outre, comme ses habitants avaient péri lors de l'incendie allumé par le samouraï de feu, les gens d'Amoto pourraient y fonder un village sans avoir à mener une détestable guerre de conquête.

Pendant tout le temps que dura le voyage, la jeune fille ne lâcha jamais le tambourin magique. Takeda et le mousse la serraient de près, jouant les gardes du corps.

— Que vas-tu faire une fois que nous serons sortis de la bête ? demanda Hata. Tu vas repartir sur ta planète ?

— Je ne sais pas, avoua Sigrid. Je pense que j'attendrai l'arrivée de la navette de secours que la Compagnie des transports intergalactiques ne va pas manquer d'envoyer lorsque le crash de mon vaisseau sera connu.

— C'est triste, se lamenta l'adolescent, j'aurais bien aimé que tu restes.

— Ce n'est pas mon monde, soupira Sigrid. J'étais venue chez vous pour suivre un traitement médical, c'est tout. Je crois que je suis guérie, il est temps pour moi de me remettre en route.

— Je partirais bien avec toi, grommela Takeda. Je suis sûr qu'il y a un tas de choses à voler sur ta planète. Un maître brigand dans mon genre pourrait sûrement y devenir riche en très peu de temps. Mais si je t'accompagne, c'est uniquement pour l'argent, c'est compris ? Ne va pas te mettre dans la tête des idées comme quoi je ne peux pas me passer de toi ! Takeda n'a besoin de personne ! Qu'on se le dise !

*

Quand le Grand Serpent aborda sur la plage d'Ikenawa, il ouvrit la gueule pour permettre à ses prisonniers de sortir par l'escalier serpentant à l'intérieur de son gosier. Une longue procession s'organisa. La foule des naufragés se pressait sur les marches d'os pour retourner à l'air libre. Malgré la hâte générale, il n'y eut pas trop de bousculade. La vieille Haha et sa fille adoptive, Anato, furent les dernières à sortir. Au moment de s'engager dans l'escalier, la veuve de l'armateur s'étonna de voir l'ancienne plongeuse se baisser pour prélever furtivement une poignée de chair rose sur la peau de la plaine.

— Anato, que fais-tu ? s'impatienta-t-elle.

— Rien, Mère, répondit la jeune fille, j'emporte juste un souvenir.

— Tête folle ! s'exclama Haha, qui voudrait se rappeler un tel endroit ?

Plus tard, alors qu'elle progressait lentement en direction de la sortie, Anato s'appliqua à modeler la pâte vivante volée au Grand Serpent. Elle en fit des doigts artificiels qu'elle s'empressa de coller sur ses moignons. Elle eut la surprise de constater que les prothèses se soudaient parfaitement à sa chair dont elles différaient seulement par la coloration.

« Hé ! songea-t-elle. J'ai une main toute neuve, c'est comme si cette peste de Sigrid ne m'avait jamais mutilée ! »

Au même instant, une voix terrible résonna dans son crâne, une voix inhumaine qui était celle du Grand Serpent. Elle disait :

— Je te donne ces doigts de remplacement en échange d'un service. Si tu acceptes, tu les conserveras jusqu'à ton dernier souffle, mais pour cela, tu dois faire quelque chose pour moi...

— Quoi donc ? demanda Anato, sur la défensive.

— Rien de très compliqué, dit le dragon. Quand tu seras sortie de ma gueule, trouve Sigrid et tue-la.

— D'accord, fit Anato avec un vilain sourire, c'est un travail qui me convient tout à fait.

Ne manque pas la prochaine aventure de Sigrid, l'exploratrice des mondes perdus :

« Les mangeurs de murailles »

Table

Composition JOUVE – 62300 LENS
N° 816468e
Imprimé par CAYFOSA QUEBECOR à Barcelone (Espagne)
Éditeur n° 68041
32.10.1117.4/03 – ISBN : 2.013.2117.1
Loi n° 49.956 du 16 juillet 1949 sur les publications destinées à la jeunesse
Dépôt légal : janvier 2006